二見文庫

マンハッタン物語

ローレンス・ブロック=編/田口俊樹・高山真由美=訳

Manhattan Noir
edited by
Lawrence Block

マンハッタン物語

目次

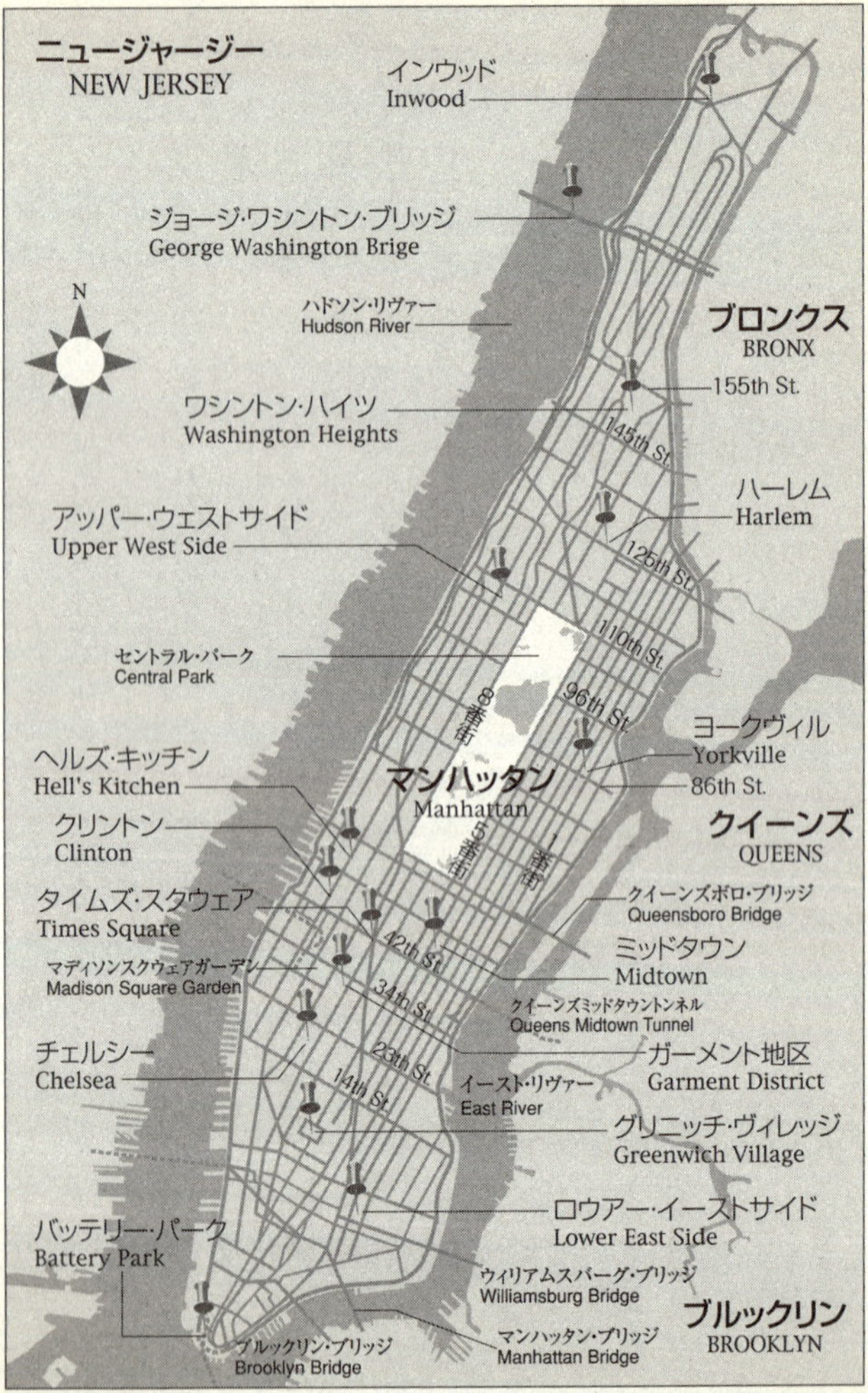
ニュージャージー
NEW JERSEY
インウッド
Inwood
ジョージ・ワシントン・ブリッジ
George Washington Brige
N
ハドソン・リヴァー
Hudson River
ブロンクス
BRONX
155th St.
ワシントン・ハイツ
Washington Heights
145th St.
ハーレム
Harlem
アッパー・ウェストサイド
Upper West Side
125th St.
110th St.
セントラル・パーク
Central Park
8番街
96th St.
ヨークヴィル
Yorkville
ヘルズ・キッチン
Hell's Kitchen
マンハッタン
Manhattan
86th St.
5番街
クイーンズ
QUEENS
クリントン
Clinton
一番街
タイムズ・スクウェア
Times Square
クイーンズボロ・ブリッジ
Queensboro Bridge
ミッドタウン
Midtown
42th St.
マディソンスクウェアガーデン
Madison Square Garden
34th St.
クイーンズミッドタウントンネル
Queens Midtown Tunnel
チェルシー
Chelsea
23th St.
ガーメント地区
Garment District
14th St.
イースト・リヴァー
East River
グリニッチ・ヴィレッジ
Greenwich Village
ロウアー・イーストサイド
Lower East Side
バッテリー・パーク
Battery Park
ウィリアムスバーグ・ブリッジ
Williamsburg Bridge
ブルックリン
BROOKLYN
マンハッタン・ブリッジ
Manhattan Bridge
ブルックリン・ブリッジ
Brooklyn Bridge

図版：長谷川正治

序文

ダーク・シティへようこそ

街《ザ・シティ》。

われわれはマンハッタンをそんなふうに呼ぶ。世界の人々はアップルと、いや、もっときちんと言えばビッグ・アップルと呼び、われわれもその呼び方に異を唱えたりはしない。が、自分たちではあまりそう言わない。われわれはただ街《ザ・シティ》と呼ぶ。それ以上のことばは必要がない。

公式にはニューヨークは五つの自治区からなる市だが、街《ザ・シティ》と言えばマンハッタンを指す。ブルックリンやブロンクスやクイーンズ、あるいはスタテン・アイランドの住人なら「おれは今夜、街に行くよ」と言ったりする。これで充分意味が通じる。どの街に行くのかとは誰も尋ねない。きみはすでに街の中にいるじゃないかと指摘したりもしない。なぜなら彼は外側の自治区にいるだけで、街の中にいるわけではないからだ。マンハッタンこそが街なのだ。

数年前に新刊のツアーでサンフランシスコを訪れたときの話だ。地元の人との会話で私はつい〝街《ザ・シティ》に住んでいる〟と言ってしまった。「ああ、あなたがたはニューヨークをそう呼ぶんですね」とその相手は言った。「私たちはサンフランシスコをそう呼ぶんですよ。街《ザ・シティ》ってね」

後日、私はその会話を近所に住む友人のドナルド・ウェストレイクに報告した。「おもしろいね」とウェストレイクは言った。「もちろん彼らはまちがってるよ。だけどおもしろい」

街《ザ・シティ》。マンハッタンにあまねく広まる傲慢《ごうまん》さを象徴することばだ。だがそれは奇妙な傲慢さだ。そこで生まれ育った者の誇りとはちがう。われわれの多くがもともとはどこかよそからやって来たのだから。

ニューヨークはどこも――五つの自治区のすべてが――まさに移民の街だ。住人の五十パーセント近くが外国生まれである。不法移民を加えればそのパーセンテージはさらに上がるだろう。新しく押し寄せる人の波が常に街に活気と勢いを与えてきた。

マンハッタンやその周辺の家賃は、昨今では多くの移住者にとって手の出るものではない(豊富な資金を携えてやって来る幸運な者たちにとっては今も第一の選択肢になりうるが)。しかし外国からの人々ばかりでなく、アメリカ国内のほかの地域からの新参者、街の郊外やすぐ外の自治区からの移住者も多い。ここ一世紀以上ものあいだ、この街は頭脳と才能と活力と野心を持った若者たちが自分の住処《すみか》を探してやって来る場所でありつづけている。マンハッタンはチャンスを約束してくれるからだ。もちろん、成功のチャンスと――少なくとも同じくらい重要なことだが――自分らしく生きるチャンスを。

私はニューヨーク州の北西部、バッファローで生まれた。一九四八年十二月、十歳半のときに私は週末を父とこの街で過ごした。グランド・セントラル駅で列車を降り、すぐそばのコモドア・ホテルに宿を取って、それからの三、四日であらゆる場所に行った。リバティ島（当時はベドロー島と呼ばれていた）に自由の女神像を見にいき、エンパイア・ステート・ビルの最上階にのぼり、ブロードウェイにショウ（『チャーリーはどこだ?』）を見にいき、生放送のテレビ番組「トースト・オブ・ザ・タウン」（「エド・サリヴァン・ショウ」の前身）を見にいった。地下鉄と高架鉄道で行ける場所ならどこへでも行った。日曜日の朝、三番街線（高架鉄道のひとつ）に乗ってダウンタウンに向かったのを覚えている。父がバワリー街の安酒場を指差したのだ。男がひとり、酒場から飛び出して血も凍るような叫び声をあげ、向きを変えてまた店の中に戻っていった。

思うに、私はあの週末にニューヨーカーになった。そして可能になるとすぐに私はここに移り住んだ。

「なぜ別の場所を望む必要がある？　すでにこの街にいるのに」と友人のデイヴ・ヴァン・ロンクはよく言ったものだった。

マンハッタン・ノワール（本書の原題）。

私はマンハッタンの圧倒的な首位を主張するだろうが（反対者がいたとしての話である）、価値あるものがすべてここから始まるとは夢にも思っていない。マンハッタンの多くの住人がそうであるように、われわれの最良のアイディアの多くもどこかほかの場所からやって来る。本書のアイディアも、橋――世界一美しい橋――の向こうからやって来た。『ブルックリン・ノワール』というすばらしい短篇集が先にあった。

先の本が評判においても売れ行きにおいてもかなりの成功を収めたために、アカシック・ブックスのジョニー・テンプルは〈ノワール〉を各地に展開することに決めた。ティム・マクロクリンが編纂《へんさん》者として際だった実例となったために、私がマンハッタンの巻の指揮を執ることになった。

私は腰を落ち着けて本書のために執筆してほしい作家のリストをつくり、電子メールで参加を呼びかける招待状を送った。これは指摘しておくべきだろうが、昨今の文芸の世界では短篇を書くというのは好きでなければできない労働だ。経済的なインセンティブがほとんどないからで、私の立場から提示できた金額も実に些少《さしょう》だった。それでも、私が依頼した作家のうちほぼ全員がふたつ返事で引き受けてくれた。私はまずそれを嬉しく思い、彼らが締切を守って作品を渡してくれたのをまた嬉しく思った。さらに、その作品が――読者諸賢にも同意いただけると思うが――たぐいまれな逸品であることを何より嬉しく思った。

当初の私からのリクエストはそんなに細かいものではなかった。マンハッタンを舞台とした〝ダークな〟物語を依頼し、そのとおりのものが集まった。『ブルックリン・ノワール』の読者はご記憶かもしれないが、あの短篇集の各作品にもベイ・リッジ、カナーシー、グリーンポイントなど、地名のタイトルがついていた。われわれも本書で同じ原則を用いた。

C・J・サリヴァンのインウッドやジョン・ラッツのアッパー・ウエストサイドから、ジャスティン・スコットのチェルシーやキャロル・リー・ベンジャミンのグリニッチ・ヴィレッジまで、うまくマンハッタン全体をカバーできたと思う。作品の雰囲気やスタイルにも幅があり、そこがまたすばらしい。ノワールは滑稽《こっけい》なものでもありうる。マジック・リアリズムを包含するものでもありうる。豊潤な文体で書かれてもいいし、硬質な文体で書かれてもいい。過去形で書かれても現在形で書かれてもいい。視点だって一人称でも三人称でもかまわない。私は敢えて〝ノワール〟を定義しようなどとは思わない。もしそれができるなら、フランス語の単語を使う必要などないではないか。しかし、眼に見える以上のものを見ようとする方法のひとつ、それがノワールだ、とは思う。

ノワールと聞くと犯罪や暴力を思いうかべることが多いが、必ずしもそれを書いていなくてもいい。本書の作品群もすべてが犯罪小説というわけではない。すべてが犯罪小説作家の作品というわけでもない。しかしどれも犯罪と暴力が――中心的な位置にあるわけではなくとも――常に影を落とす世界の話である。

ノワールということばが取り沙汰されるようになったのは最近だが、何も完全に新しいものというわけでもない。映画の世界でノワールといえば、一九三〇年代から四〇年代のワーナー・ブラザースのB級映画が連想される。それよりさらに遡《さかのぼ》った時代にさえ、ノワール的なものは存在する。本書への招待状を送った際、最初に送信したもののひとつにアネット&マーティン・マイヤーズ宛の依頼があった。ふたりはマアン・マイヤーズという名前で、昔のニューヨークを舞台とする歴史小説のシリーズを書いている。過去の街の〝ダークな〟物語をマアン・マイヤーズとして寄稿してもらえないだろうか？　ふたりはその依頼を受けてくれた。しばらくすると、『オルガン弾き』と同時にマーティンの現代の物語を添付したメールが届いた。

アンソロジー編纂者につきものの悩みだ。ふたつの物語があり、ふたつともこの街の暗い側面を見事に映し出している。ふたつとも落とすには惜しい作品だった。

寄稿者の多くは、マンハッタンとはかぎらないがニューヨークに住んでいる（マンハッタンに住むための算段をつけるのは大変なことで、年を追うごとに困難は増すばかりだ。ニューヨークといえばまず不動産が話題になるほどで、そのあたりの現実はジャスティン・スコットの『ニューヨークで一番美しいアパートメント』にうまく描かれている）。ジェフリー・ディーヴァーはヴァージニアに、ジョン・ラッツはセント・ルイスに住んでいるが、私はこのふたりへの依頼も早い時期に考えた。ふたりともマンハッタンを舞台とした作品を書いており、その作品に街への深い理解と、何よりニューヨーカーとしての感受性がよく表われているからだ。

さて、長話が過ぎたようだ。そろそろ筆を置こう。皆さんは物語を読むためにページをめくっているのだから。きっと気に入っていただけることと思う。私は気に入っている。

グリニッチ・ヴィレッジにて
二〇〇六年一月

ローレンス・ブロック

（高山真由美＝訳）

見物するにはいいところ

ジェフリー・ディーヴァー
田口俊樹＝訳

A Nice Place to Visit

BY JEFFERY DEAVER

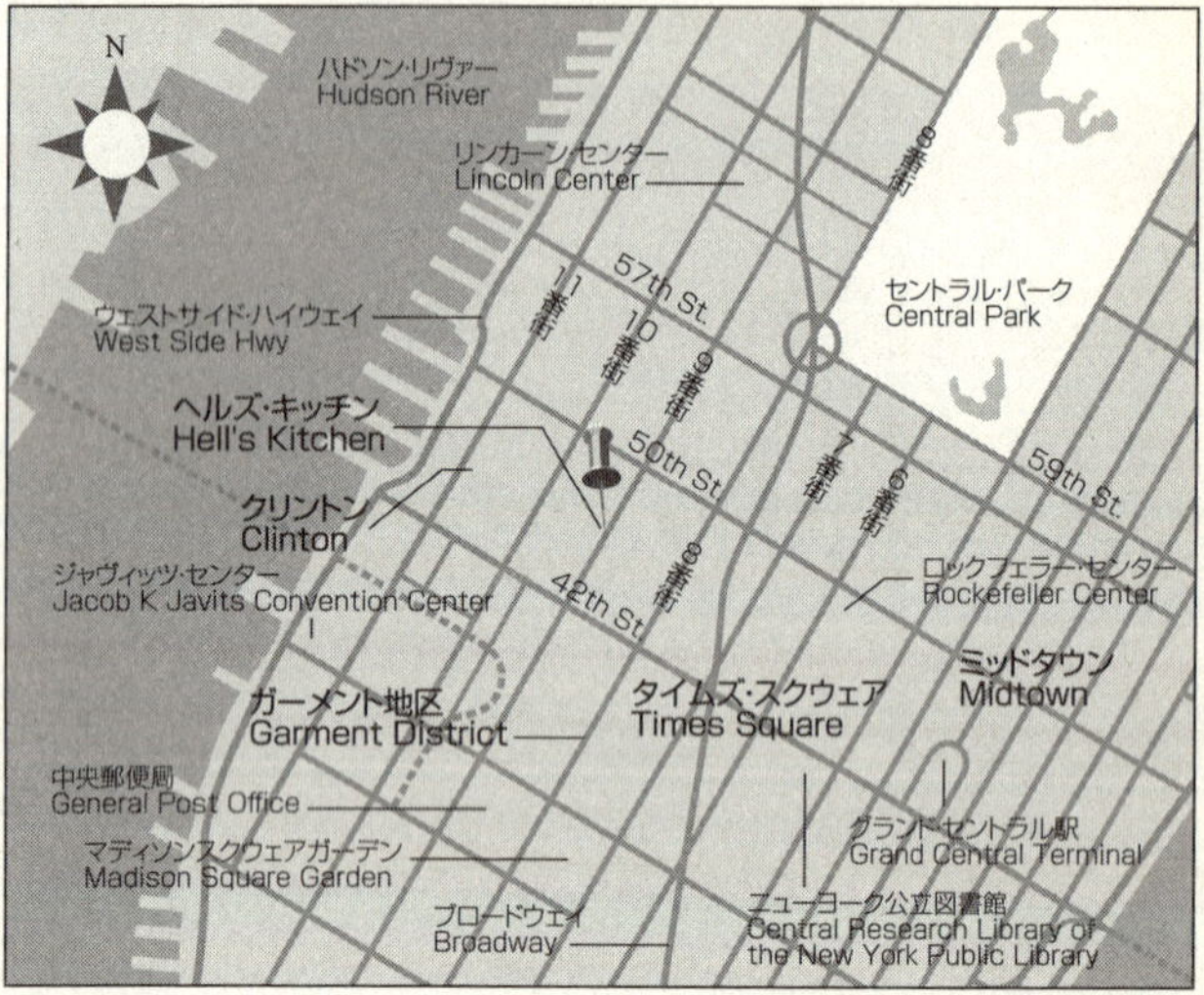

ヘルズ・キッチン
HELL'S KITCHEN

生まれながらの詐欺師、ぺてん師、イカサマ師には第六感というものがあり、彼らは絶好のチャンスを嗅ぎつける。それが今、リッキー・ケルハーのしていることだった。油がこびりつき、五年前の銃痕がまだ残っている窓のそばのくすんだカウンターについているふたりの男に眼をつけていた。

ふたりの男のあいだでどういうことが起きているにしろ、ふたりともそのことをあまり愉《たの》しんでいるようには見えなかった。

リッキーはさらに観察を続けた。ひとりはここハニーの店で二、三度、見かけたことのある男で、スーツを着てネクタイをしめていた――こういう酒場ではいやでも眼につく場ちがいな恰好だ。もうひとりのほうは、革ジャケットに細身のジーンズというなりで、レザーカットながら、ニュージャージー丸出しの野暮なヘアスタイル。マフィアのガンビーノ・ファミリー・フリーク、とリッキーは見当をつけた。いや、ニュージャージーに合わせるなら『ソプラノズ』か。大画面テレビを手に入れるためなら女房も質に入れかねない、人でなしタイプ。相当苛立《いらだ》っているようで、ミスター・スーツが言うことすべてに首を振り、一度などカウンターに拳を思いきり叩きつけ、グラスが跳ね上がった。もっとも、それに気づいた者はひとりもいなかったが。そういう店なのだ、ハニーの店は。

リッキーは店の奥のいつもの席、L字型カウンターの短いほうにいた。バーテンダーは、黒人とも白人とも見分けがつかない薄汚れた年寄りで、言い争っているふたりを不安げに見ていた。「大丈夫だって」とリッキーはそんなバーテンダーを安心させて言った。「おれがちゃんと見てるから」

ミスター・スーツがブリーフケースを開けたのが見えた。書類がいっぱいはいっていた。この悪臭漂う薄暗いヘルズ・キッチンの酒場で取引きされるものといえば、切り刻んだ草を詰めた袋か、トラックからくすねられた箱詰めのジョニー・ウォーカーとおおむね相場が決まっている。取引き自体、男性用トイレか店の裏の路地でおこなわれるものだが、これはどうやらちがうようだ。痩《や》せている上に、背も五フィート四インチしかないリッキーには、そこで起きていることを実際にのぞき見ることはできなかったが、例の魔法の直感、詐欺師の眼がしっかり見ておけと彼に告げていた。

「くそったれ」とマフィア・フリークがミスター・スーツに言っていた。

「残念だが」ミスター・スーツは肩をすくめた。

「ああ、その台詞はまえにも聞いたよ」フリークはストゥールから降りた。「だけど、本気でそう言ってるようには聞こえない。なんでかわかるか？　損をしたのはこのおれだからだ」

「冗談じゃない。こっちだって大損だよ」

しかし、リッキーにはよくわかっていた。他人が損をした話を聞いたところで、自分の損の穴埋めにはならない。それが世の中というものだ。

フリークはますます興奮して言った。「いいか、よく聞け。おれはこれから何本か電話をする。こっちにだって知り合いがいるってことだ。おまえとしちゃ、あんまりもめたくないような連中だ」

ミスター・スーツはブリーフケースの中の新聞記事らしいものを叩いて言った。「このあとどうなると思う？」ミスター・スーツはそのあとは声をひそめて、何ごとか囁《ささや》いた。フリークの顔が不快げにゆがんだ。「さあ、もう家に帰って、めだたないようにおとなしくして、注意を怠らないことだ。あとは祈るしかない。彼らが――」ミスター・スーツはさらに声をひそめた。リッキーには〝彼ら〟が何をするのかまでは聞き取れなかった。

フリークがまたカウンターを叩いて言った。「こんなことで片がつくと思ってるのかよ、ええ？　このくそが――」

「なああなあ、あんたたち」とリッキーは言った。「もうちっとヴォリュームをトげろよ。なあ？」

「おまえは何さまだ、このチビくそ？」とフリークが嚙みつくように言った。ミスター・スーツがなだめてフリークの腕に手を置いた。が、フリークはその手を払いのけて、リッキーを睨《にら》んだ。

リッキーは脂ぎった艶《つや》のないブロンドの髪をうしろに撫でつけ、ストゥールからゆっくり降りると、すり減った床をブーツの踵《かかと》で派手に踏み鳴らしながら、L字型カウンターの長いほうに歩いていった。相手は自分より六インチ背が高く、体重は三十ポンド重そうな体格をしていたが、リッキーは大昔に学んでいた。身長、あるいは体重、あるいは筋肉よりはるかに人をちぢみ上がらせるものは狂気だということを。だから一対一の対決になると使ういつもの手を使った。とことん気味の悪い眼つきをして、男の顔をまっすぐに見すえ、怒鳴った。

「何さまか教えてやろう。今からおまえのケツを路地に引っぱり込んで、十通り以上のやり方でファックしてやれる男だ。今すぐここから出ていく気がおまえにないのなら！」

チンピラは上体をのけぞらせるようにして、眼をしばたたいた。そして、いきなりオートマティックをぶっ放した。「うせろ、チビくそ」

リッキーはそのまま動かなかった。笑っているように見えなくもない表情を顔に浮かべ、哀れなチンピラに勝手に想像させた。自分の撃った弾丸《たま》がたまたまリッキーの額をかすめてしまった以上、このあとどんなことになるのか。

何も起こらず、数秒が過ぎた。

チンピラは最後に自分のグラスに残ったビールを震える手で飲み干すと、なけなしの体面を保とうと、わざとらしい笑い声をあげ、「クソが」とつぶやいてドアから出ていった。まるでリッキーをやっつけたかのように。

「すまなかった」とミスター・スーツが言って立ち上がり、勘定を払おうとした。

「いや、あんたは残ってくれ」とリッキーは言った。

「残る？」

「ああ、あんたはな」

男はためらったが、また腰をおろした。

リッキーは男のブリーフケースの中をちらっとのぞいた。数枚の見事な船の写真が眼にはいった。「このあたりじゃ冷静でいることが肝心だ。わかるだろ？　心おだやかにしてることがな」

ミスター・スーツはゆっくりとブリーフケースを閉じると、色褪せたビールの宣伝用シールや薄汚れたスポーツのポスターが貼ってある店内を見まわして言った。「ここはあんたの店か？」

バーテンダーはふたりの話し声が聞こえる範囲にはいなかった。リッキーは言った。「まあ、そんなところだ」

「ニュージャージーのやつだ」ミスター・スーツはチンピラが出ていったドアのほうを顎で示して言った。ニュージャージーと言えば、それですべての説明がつくしでもいうかのように。

リッキーは思った。ニュージャージーには妹が住んでいる以上、この侮辱に対しては腹を立てるべきだろうか。彼は忠義に篤《あつ》い男だった。が、結論はすぐに出た。忠義というのは、州や都市や、その手のくだらないものとはなんの関係もないものだ。「で、やつはかなり損をしたわけだ」

「取引きがうまくいかなかったということだ」

「ああ。で、どれほど？」

「さあ、わからない」

「彼にもう一杯ビールを出してくれ」とリッキーはバーテンに声をかけてから、ミスター・スーツに視線を戻して言った。「さっきの男と商売をしながら、あいつがいくら損したかもわからない。そういうことかい？」

「なんであんたにそんなことを話さなきゃならないのか」とミスター・スーツは黒い眼をまっすぐにリッキーの眼に向けて言った。「わからないと言ったのはそのことだ」

今度は腹を立ててもよかった。張りつめた沈黙ができた。が、リッキーは笑って言った。

「そう警戒するなって」

ビールが運ばれてきた。

「リッキー・ケルハーだ」リッキーは自分のグラスをミスター・スーツのグラスに合わせて言った。

「ボブ・ガルディーノ」

「まえにも見かけたことがあるけど、このあたりに住んでるのか？」

「たいていはフロリダにいる。商売があるとこっちに来る。デラウェアにも行く。ボルティモアやニュージャージー沿岸《ジャージー・ショア》やメリーランドにもね」

「ほう？　サマーハウスがあるんで、おれもメリーランドにはよく行くよ」

「メリーランドのどこに？」

「オーシャン・シティだ。寝室が四つの水上コテージだ」リッキーはそれがT・Gの別荘で、自分のものでないことは言わなかった。

「いいね」ガルディーノは感心したようにうなずいた。

「ああ、悪くない。だけど、ほかにもいいところがないか、今、調べてるところでね」

「不動産はいくら持っても持ちすぎということがないからね。株よりずっといい」

「おれはウォール・ストリートでもうまくやってるぜ」とリッキーは言った。「自分の欲しいものを知ることが肝心なんだよ。それができてりゃ、まあ、いくらセクシーな株に出合っても手は出せなくなるものさ」今のはテレビで耳にした台詞だった。

「的を射たことばだ」今度はガルディーノが自分のグラスをリッキーのグラスに合わせた。

「かなりいかした船だったけど」とリッキーは顎でブリーフケースを示して言った。「それがあんたの商売か？」

「商売はあれこれあるだろうけど。あんたは何をしてるんだ、リッキー？」

「いろんなことをやってる。いろんな商売をね。このあたり一帯で。まあ、ほかの土地でも。さっき話したメリーランドとか。あそこもけっこう稼げるところだよ。目先が利く人間には」

「あんたのような人間には？」

「まあね。その眼が今、見てるものを教えてやろうか？」

「あんたの眼が見てるもの？」

「ああ」

「なんだね？」

「ペテン師だ」

「ペテ――？」

「詐欺師だ」

「ペテン師が何かぐらい知ってるよ」とガルディーノは言った。「だけど、どうして私がペテン師だなんて思うんだ？」

「そう、たとえば、あんたがハニーの店に来たのは――」

「ハニーの店？」

「ここだ。ハンラハンの店だ」

「ああ」

「――負け犬のクソ野郎に船を売るためじゃない。なあ、さっきのはいったいどういうことだったんだ？」

ガルディーノは可笑《おか》しそうに笑った。が、何も言わなかった。

「いいか」とリッキーは声をひそめて言った。「おれは馬鹿じゃない。通りで誰に訊いてくれてもいい」

「何も言うことはないよ。取引きが不発に終わった。それだけのことだ」

「おれはお巡りじゃないぜ。あんたはそう思ってるみたいだが」リッキーはまわりに眼を走らせると、ポケットに手を突っ込んで、T・G用に持ち歩いているハッシシのはいった袋をちらっと見せた。「お巡りがこんなものを持ち歩くと思うか？」

「いや、お巡りなんて思っちゃいないし、あんたは全然問題がなさそうに見える。しかし、だからといって、そういう相手に会うたびに肚《はら》のうちを明かすこともないからね」

「そりゃもっともだ。ただ……こっちとしちゃ思ったわけだ、一緒に商売ができるチャンスがあるんじゃないかって」

ガルディーノはビールを飲んで言った。「それでも同じことだ。だけど、どうしてそんなことを思った？」

「あんたの詐欺の手口を知りたい」

「詐欺じゃない。彼に船を売ろうと思ったんだが、それが駄目になった。それ以上話すことはないよ」

「だけど……よし。おれが考えてるのはこういうことだ」リッキーは取って置きの詐欺師の声音で言った。「欲しい車が手にはいらなくて怒るやつらはいくらも見てきたよ。それが家であれ、女であれ。だけど、さっきのチンピラは――あいつは船が手にはいらなくて怒ったんじゃない。あいつが怒ったのは頭金が返ってこないからだ。なんでそうなったんだ？」

ガルディーノは肩をすくめた。

リッキーはあきらめなかった。「じゃあ、ゲームをするっていうのはどうだ？　あんたとおれで。おれが質問するから、あんたは答えてくれ。おれの読みがあたってるか、とんだ見当ちがいか。それだけ答えてくれればいい。どうだ？」

「なんでもいい。よし、いくぜ。あんたは船を借りる——」リッキーは両手を上げ、〝借りる〟ということばに指でクォーテーションマークをつけた。「どこかのヌケ作に売るためにだけど、その船はこっちに運んでる途中で〝沈没する〟」そこでもう一度クォーテーションマークをつけた。「そいつにはどうすることもできない。頭金は返らない。そいつは怒り狂う。でも、誰を責めたらいい？　船はそもそも盗品なんだから」

ガルディーノはただビールをじっと見ていた。このクソ野郎、とリッキーは思った。まだ折れる気はないようだ。

彼はさらに続けた。「しかし、ほんとうは船なんか最初からなかった。ほんとうのところ、あんたは盗みもしなかった。ただ、桟橋で撮った写真と偽造した捜査報告書かなんかを見せりゃよかった」

ガルディーノもついに笑った。が、それだけだった。

「あんたのリスクといえば、金を損したカモに嚙みつかれるぐらいのものだ。詐欺としちゃ悪くない」

「私は船を売ってるんだ」とガルディーノは言った。「それだけのことさ」

「そうとも。あんたは船を売ってる」リッキーは相手を注意深く観察して、別の角度から攻めることにした。「つまり買い手を探してるというわけだ。じゃあ、おれが買い手を見つけるっていうのはどうだ？」

「二十の扉か」

「船に興味があるやつを知ってるのか？」

「ひとり心あたりがある。そいつは興味を持つかもしれない」

ガルディーノは少し考えてから言った。「きみが言ってるのはきみの友達か？」

「友達だったら、今ここでそいつのことを持ち出すわけがないだろ？」

八番街の空を覆う雲のあいだから陽が射して、ガルディーノのグラスにあたり、カウンターの上に、病人の眼のような黄色い影をつくった。ややあって、ガルディーノが言った。

「シャツをまくり上げてくれ」

「なんだって――？」

「シャツだ。シャツをまくり上げて、一回転してくれ」

「おれが盗聴器をつけてるとでも思ってるのか？」

「いやなら、ビールを飲んで、バスケットボールの話でもして、ここで別れるだけのことだ。あんた次第だ」

自分の貧弱な体が気になり、リッキーは躊躇《ちゅうちょ》した。が、結局、ストゥールから降りると、革のジャケットをまくり上げ、薄汚れたTシャツもまくり上げて、一回転してみせた。

「よし。あんたも同じことをしてくれ」

ガルディーノは笑った。が、この状況が可笑しくて笑ったというより、平静を保とうとしてわざと笑ってみせたのだろう。リッキーはそう踏んだ。

ガルディーノもジャケットとシャツをまくり上げた。そんなふたりをバーテンダーがちらっと見やった。が、眉ひとつ動かさなかった。そういう店なのだ、ハニーの店は。

ガルディーノは腰をおろし、リッキーはビールをもう一杯ずつ注文した。

ガルディーノが声をひそめて言った。「いいだろう、私のやってることを教えよう。でも、いいか。密告しようなんて気分にあんたがなるとも思えないが、最初に言っておきたいことがふたつある。まずひとつ、私がやってることは厳密には合法とは言えないが、人を殺したり、子供にクラックを売りつけたりするようなこととはちがうということだ。わかったかい？　だから、あんたが警察に駆け込んだところで、彼らにできるのは、ばかげた不実表示の説明を私に要求する程度のことだ。あんたはお巡りに笑われて警察署を追い出されることになるだろう」

「おいおい、そんなことは——」

ガルディーノは指を一本立てた。「もうひとつ。タレ込んだ場合、フロリダにいる仲間があんたを見つけ出すだろう。で、あんたは血を流すことになる。何日も」ガルディーノはにやっと笑った。「私の話はあんたに充分通じただろう《コパセティック》か？」

〝コパセティック〟がどういう意味であれ、リッキーは言った。「心配するなって。おれは金儲けがしたいだけなんだから」

「よし。じゃあ、こういうことだ。頭金なんかじゃない。買い手は前金で全額支払う。十万とか、十五万とか」

「嘘だろ」

「買い手にはこんなふうに話す。押収された船はどこに保管されてるか、そういうことを知ってるやつを知ってるとね。これは実際におこなわれてることだが、船内に麻薬が見つかると、押収された船は麻薬取締局に――あるいは酒を飲んで操縦したオーナーが逮捕されると、沿岸警備隊か州警察に――持っていかれて一カ所に集められ、競売にかけられる。しかし、それがフロリダじゃどうなるかと言うと、船の数が多すぎて、登録されるまでにやたらと時間がかかるんだ。で、買い手にはこんなふうに話す。こっちの人間が夜中の三時にそこへ忍び込んで、登録されるまえに船を運び出すとね。それをデラウェアかニュージャージーに運んで、新しい登録ナンバーを貼りつける。それだけでなんと、十万で五十万の船が手にはいるというわけだ」

金を受け取ったら、今度は悪いニュースを知らせる。今さっきニュージャージーの友人にしたように」ガルディーノはブリーフケースを開けて、新聞記事を取り出した。見出しにはこう書かれていた――〝沿岸警備隊の押収品窃盗で三人逮捕〟。

連邦政府の押収品保管ドックでの連続船窃盗事件に関する記事だった。事件の詳細に続けて、ドックの警備が強化されたことや、FBIとフロリダ州警察が行方不明の六隻の船を購入した可能性のある人物を追っていることも書かれていた。当局はすでに主犯格を逮捕し、東海岸の購入者によって支払われた現金百万ドル近くを回収したことも。

リッキーはその記事にざっと眼を通して言った。「どうやった？　自分で活字にしたのか？」

「ワープロだ。新聞から破り取ったように見せるのにわざとふちをぎざぎざにした。で、それをコピーしたんだ」

「警察は買い手の名前も金の出所もいずれ突き止める。そう言ってカモを怖《お》じ気《け》づかせるわけだ。〝さあ、もう家に帰って、めだたないようにおとなしくして、注意を怠らないことだ〟。中には一日か二日、騒ぐやつもいるだろうが、たいていはそれっきりになる」

当然のことながら、ふたりはそこでまたグラスを合わせた。「くそ見事というほかないね」

「どうも」

「あんたに買い手を紹介したら？　おれの取り分はどれぐらいになる？」

ガルディーノは少し考えてから言った。「二十五パーセントだな」

「五十だ」リッキーは得意の狂気じみた眼でガルディーノをひたと見すえた。が、ガルディーノはリッキーのその眼をこともなげに見返した。やるもんだ。リッキーは内心思った。

「買い手の支払いが十万、あるいはそれ以下だったら二十五パーセント。それ以上なら三十パーセント」とガルディーノは言った。

リッキーは言った。「五十万を超えたら半分」

少し間をおいて、ガルディーノは言った。「いいだろう。ほんとにそんな大金が用意できるやつを知ってるのか？」

リッキーはビールを飲み干すと、勘定も払わずに戸口へ向かった。「それが今からおれが取りかかる仕事ってわけよ」

リッキーはマックの店にはいった。

四ブロック離れたハンラハンの店と大差のない店だ。それでも、何百人というトラック運転手や電気工や大工の代表者たちが、結局のところ二時間になる十五分の休憩を取るコンヴェンション・センターが近くにあるせいで、混んでいた。周辺の環境もマックの店のほうがよかった。再開発が進み、ばか高いタウンハウスや新しいビルが建ち並び、〈スターバックス〉まである。暴力と活気に満ちた歓楽街だった七〇年代までと比べると、ヘルズ・キッチンも様変わりしたものだ。

T・Gは、三十代の肥《ふと》ったアイルランド系の男で、二、四人の仲間と奥のテーブルに陣取っていた。

「ライム・リッキー！」とそのT・Gが叫んだ。酔ってもいなければ、素面《しらふ》でもない——T・Gはいつもそんなふうに見える。人を渾名《あだな》でよく呼び、自分では気が利いたことを言ってるつもりでいる。が、たいていのところ、相手をうんざりさせていた。渾名そのものというより、その言い方のために。たとえばリッキーは、ライム・リッキーがなんなのかも知らなかった。どうせ飲みものか何かだろうとは思っていたが、嘲《あざけ》るようなT・Gの言い方だと、悪態にしか聞こえない。しかし、巨漢でサイコのアイルランド男に言い返すには、メジャー級のタマが要る。

「よう」とリッキーは応じて、T・Gのオフィスのような奥のテーブルに向かった。

「どこにいた？」とＴ・Ｇは訊くと、煙草を床に落として、ブーツの底で火を揉《も》み消した。

「ハニーの店だ」

「何してた、ライム・リッキー？」とＴ・Ｇは渾名を長々と引き延ばして言った。

「サオを磨いてた」とリッキーはアイルランド訛りを真似て答えた。こういうことをよく言ってしまう。Ｔ・Ｇや彼の仲間のまえで自分を貶《おとし》めるようなことをふと口走ってしまうのだ。言いたいわけでも、好きで言っているわけでもないのに。つい口から出てしまうのだ。そのたびにどうしてなのかと不思議に思う。

「それはつまり、教会の手伝いをしてる坊やのサオを磨いてたってことだな」とＴ・Ｇは言って大笑いした。彼の仲間のうち素面のやつも一緒に笑った。

リッキーはギネスを頼んだ。ほんとうは好きではないのだが、まえにＴ・Ｇから聞かされたことがあるのだ。本物の男はギネスとウィスキーしか飲まない、と。それにギネスは〝スタウト〟と呼ばれているわけで、飲めば肥れそうな気がするということもあった（〝スタウト〟は〝肥ったという意〟）。実際、彼は全人生を通じて少しでも大きくなろうと努めていた。今のところ、その努力の成果は少しも見られなかったが。

リッキーは、ナイフで切られた疵《きず》と、黒い煙草の焦げ痕があちこちについているテーブルについて坐り、Ｔ・Ｇの仲間、半ダースほどの負け犬に軽く会釈した。ポン引きや倉庫荒らしやただぶらぶらしている連中だ。そのうちのひとりは、眼の焦点が定まらないほど酔っぱらっていて、ジョークを言いかけては途中でオチを忘れるということを繰り返していた。昨日みたいにトイレにたどり着くまえに吐かなきゃいいが、とリッキーは思った。

T・Gは気ままにだらだらとしゃべっていた。例の愉しげで陰険な調子で、テーブルにいる仲間をからかったり、そこにいない者を相手に凄んでみせたりしていた。

リッキーはただ坐って、ピーナッツをつまみ、リコリスのような味がするスタウトを飲み、順番がまわってくるたび、T・Gの揶揄《やゆ》を甘んじて受けていた。が、そのあいだもほとんどずっとガルディーノと船のことばかり考えていた。

ごつごつした丸顔とカールした赤茶色の髪を手でこすりながら、T・Gが吐き捨てるように言った。「そうしたらよ、くそったれ、あのニガーのやつ、逃げやがった」

リッキーはどのニガーのことだろうと思った。ちゃんと聞いていたつもりだったが、T・Gの思考回路は時々本人にしかわからない道をたどる。まわりの者を置き去りにすることがよくある。

それでも、T・Gが怒っていることだけはわかったので、リッキーはもっともだと言わんばかりにぼそっと言った。「とんでもない野郎だ」

「まったくよ。今度あのクソを見つけたら、その場でぶっ殺してやる」そう言って、T・Gは手を叩いた。その音があまりに大きかったので、二、三人、眼をぱちくりさせた者がいた。ひどく酔った男が立ち上がり、トイレのほうへふらふらと歩いていった。今回はどうやら間に合いそうだ。

「そいつはまだこのあたりにいるのか？」とリッキーは尋ねた。

T・Gは噛みつくように言った。「だから、そいつはその黒いケツをバッファローに引っ込めっちまいやがったんだよ。今言っただろうが。なのに、なんでまだこのあたりにいるのかなんて訊く？」

「ちがうよ。このあたりってのはこの世ってことだ」リッキーは慌てて言った。「つまり、まだ生きてるのかって意味だ」

「なんだ、そうか」とT・Gは言って、まるで自分が意味を取りちがえたかのようにうなずいた。「ああ、まだ生きてやがる。腹立たしいことにな。今度おれが見つけたら、もう生きちゃいないだろうが」

「バッファローか」とリッキーは首を振って言った。「まったく」もっと身を入れて話を聞こうと思った。が、頭の中ではまだ船の詐欺のことを考えていた。ああ、確かにあのガルディーノというやつはうまい手を考えたもんだ。しかも一回の稼ぎが十万――リッキーもT・Gもそんな大金のそばに近づいたことさえなかった。

リッキーはまた首を振って、ため息をついた。「おれがバッファローへ行って、やつの黒いケツを持ち帰ってきてやりたいよ」

「おまえは男だ、ライム・リッキー。おまえはほんとに男だ」T・Gはそう言って、また与太話を続けた。

酔っぱらっているとも、素面ともつかないT・Gの眼を見つめ、うなずきながらリッキーは思った。ヘルズ・キッチンから出ていくにはいくらあれば足りるだろう？　別れた女房たちや生意気な子供や、T・GやT・G同様の負け犬どもから解放されるには。行くとすればフロリダか。ガルディーノの地元。おそらくおれにはうってつけの場所だろう。T・Gと組んで、さまざまな手口で人から金を騙《だま》し取ってきたリッキーには、現金で約三万ドルの貯金があった。けっこうな金額だが、それでも、船の詐欺で二、三人引っかければ、その五倍の金を手にして出ていける。

それで死ぬまで食えるわけではないが、人生のいい再出発にはなる。それにフロリダには金持ちの年寄りが山ほどいる。その大半がうまく騙してくれる相手に金を与える機会を待っているぼんくらどもだ。

不意に拳で腕を叩かれた。白昼夢が砕け、リッキーはその拍子に頬の内側を噛んだ。顔をしかめて、T・Gを睨むと、T・Gは笑って言った。「で、ライム・リッキー、おまえもレオンの店に行くか？　土曜の話だ」

「どうするかな」

ドアが開き、よそ者らしい男がぶらりとはいってきた。年配の男だった。五十代。ベルトのない褐色のズボン、白いシャツ、青いブレザー。それがなんであれ、〝AOFM〟と書かれた集会参加者証のバッジを首から下げていた。

協会《アソシエーション》の名前は……リッキーは眼を凝らした。肥った変人痴漢《オービースフェレットモレスター》協会。

リッキーは自分のジョークに笑った。が、誰もそれに気づかなかった。リッキーは旅行者らしいその男を観察した。以前には考えられなかったことだ。このあたりの酒場でこの手のチンケな田舎者を眼にするなど。しかし、この数ブロック南にコンヴェンション・センターができ、タマをちょん切られて、タイムズ・スクウェアがディズニーランドになってからは、ヘルズ・キッチンもホワイト・プレインズやパラマスみたいなところに一変して、ろくでもないヤッピーや観光客に乗っ取られてしまった。

男はまばたきをして店内の暗さに眼を慣らすと、ワインを注文した。(T・Gがにやにや笑いながら言った。この店でワイン?)。ワインが届けられると、男は即座にグラスの中身を半分空けた。金を持っているのは、見ればわかった。腕時計はロレックス、着ている服はデザイナーもの。ゆっくりと店内を見まわしている。そのさまは動物園の見物客を思い出させた。リッキーはそれを見て、無性に腹が立ち、しばらく頭の中で、男を店の外に引きずり出して、叩きのめして時計と財布をあきらめさせる図を思い描いた。

もちろん、それを実行する気などさらさらなかったが。それはT・Gとリッキーのやり方ではなかった。人を殴るような真似は努めて避けてきた。まあ、怪我をさせたことも何度かはあったが。言いくるめている最中にT・Gに襲いかかってきた学生を袋叩きにしたことも、ふたりの金から千ドルくすねようとしたヒスパニック野郎の顔をリッキーがめった切りにしたこともあったが、できるなら血を見ないようにするというのが彼らのルールだった。カモにしたところが金を盗られただけなら、そのことをわざわざ言いふらして、自分から自分をまぬけに見せるより、黙っているほうを選ぶものだ。しかし、怪我をさせられたとなると、警察に駆け込む可能性がうんと高くなる。

「おれの話を聞いてるか、ライム・リッキー?」とT・Gが言った。「自分の世界に閉じこもってるんじゃないよ」

「考えてたんだ」

「ほう、考えてた。すばらしい。考えてたねえ。教会のホモのことか?」

リッキーはマスターベーションをする恰好をしてみせた。反射的にまた自分を笑いものにしていた。どうしてこんなことをしてしまうのか。リッキーは旅行者に眼をやった。男は声をひそめてバーテンダーと話していた。バーテンダーがリッキーの視線に気づいて顔を起こした。リッキーは立ち上がって、T・Gのテーブルを離れると、木の床をブーツで踏み鳴らしながらカウンターに向かった。

「どうした?」

「この人は市《まち》の人じゃない」

旅行者はリッキーを見て、すぐその視線を床に向けた。

「嘘だろ」リッキーはバーテンダーに向けてわざと驚いたように眼をぐるっとまわしてみせた。

「アイオワだ」と男は言った。

アイオワっていったいどこだ? リッキーは高校には卒業寸前までかよっていた。問題なくこなせた科目もあった。が、地理だけはどうにも退屈で、まともに授業を受けたことがなかった。

バーテンダーが言った。「ジャヴィッツ・センター（ニューヨーク最大のコンヴェンション・センター）で開かれてる会議に出席するために来たそうだ」

こいつが変人痴漢協会……

「それで……」バーテンダーは男をちらっと見て、声をひそめて男に言った。「彼に話してみたらいい」

男はワインを一口飲んだ。リッキーは男の手を見た。ロレックスばかりか、小指にはめた金《きん》の指輪には、眼がくらむほど大きなダイアモンドが鎮座していた。

「ああ、いいとも。言ってくれ」

男は言った——ためらいがちに声をひそめて。

リッキーは男のことばを聞き、男が話しおえると、笑顔で答えた。「今日はついてるよ、あんた」

そう言って内心思った。おれもついてる、と。

三十分後、リッキーとアイオワから来た男は、十一番街五十丁目にあるホテル〈ブラッドフォード・アームズ〉の煤《すす》けたロビーに立っていた。

リッキーは男に女を紹介した。「こちらはダーラ」

「やあ、ダーラ」

派手に笑みを浮かべたダーラの口元で金歯が星のようにきらめいた。「調子はどう、ハニー。お名前は？」

「あ、あ……ジャックだ」

リッキーには男がほんとうは〝ジョン〟と言いかけたのがわかった。状況が状況だけにそう言っていたらかなり笑えただろう（〝ジョン〟には売春婦の客の意もある）。

「お会いできて嬉しいわ、ジャック」ダーラ——本名はシャケット・グリーリー——は身長六フィートの美人で、ファッション・ショーのモデル並みの体型をしていた。が、三年前までは男だった。アイオワから来た旅行者がそのことに気づいた気配はなかった。あるいは気づいて、いっそう興味を掻き立てられたか。いずれにしろ、彼の視線は舌のように彼女の体を舐《な》めまわしていた。

ジャックはカウンターでチェックインをすませ、三時間分を前払いした。

三時間？　リッキーは思った。こんな屁こきじじいが？　なんとなんと。

「じゃあ、愉しんでくれ」とリッキーは南部訛りを真似て言った。アイオワはおそらく南部のどこかにあるはずだというのが彼のくだした結論だった。


ロバート・シェイファー刑事は、ＦＯＸやＡ＆Ｅの刑事ものドラマで主役をやれそうな男だった。背が高く、銀髪で、やや面長ながら整ったきれいな顔をしていた。ニューヨーク市警の刑事になって、二十年近くが経つ。

今、彼は相棒の刑事とふたりで、汗と消毒液のにおいが立ち込める薄汚い廊下を歩いていた。相棒の刑事がひとつのドアを指差し、小声で言った。「ここだ」そう言って、電子聴診器のようなものを取り出し、そのセンサーを薄汚れたドアにあてた。

「何か聞こえるか？」とシェイファーも声をひそめて尋ねた。

相棒のジョーイ・バーンバウムはゆっくりとうなずいて、指を一本立てた。待てという意味だ。

そのあとうなずいた。「行くぞ」

シェイファーはポケットからマスターキーを取り出して、銃を抜くと、ドアの鍵を開けて、中にはいった。

「警察だ！　動くな！」

バーンバウムも銃を手にしてシェイファーに続いた。

中にいたふたりはまったく同じ表情をしていた。いきなり踏み込まれた驚きをふたりともあらわにしていた。ただ、ふたりのうちひとりのほうは、驚きの表情がすぐに恐怖と動揺のそれに変わった。上半身裸でベッドに坐っていた、小肥りの中年白人男のほうだ。太い上腕に海兵隊のタトゥーが彫られていたが、おそらく若い頃はけっこうタフな男だったのだろう。しかし、今は青白い撫で肩をがっくりと落とし、今にも泣きだしそうな顔をしていた。「ちがう、ちがう、ちがう……」

「くそ」とダーラのほうは悪態をついた。

「そこを動くなよ、ベイビー、静かにしてるんだ」

「なんであたしなの？　階下《した》のフロントにいたチビ、あいつがチクったのね？　でしょ？　あんなやつ、今度会ったらしょんべん引っかけてやる。あとは——」

「しょんべん以外にも何をやってもいいが、今は黙ってろ」とバーンバウムが言い、そのあとスラムの訛りを真似ていやみったらしくつけ加えた。「わかったかよ、よお、ねえちゃん？」

「まったく男ってやつは」ダーラは精一杯眼に力を込めてバーンバウムを睨んだ。バーンバウムはただ笑って、彼女に手錠をかけた。

シェイファーは銃をしまって、男に言った。「何か身元を証明するものを見せてくれ」

「お願いだ、刑事さん。聞いてくれ、私は何も——」

「何か身元を証明するものは？」とシェイファーは繰り返した。いつもながら、その物腰は慇懃《いんぎん》だった。人間、ポケットにバッジ、腰にくそでかい銃があれば、礼儀をわきまえる余裕などいくらでも持てる。

男はスラックスから分厚い財布を取り出して渡した。シェイファーは運転免許証を見た。

「ミスター・シェルビー、これは現在の住所？　デモインに住んでるんだね？」

シェルビーは声を震わせて言った。「ええ、そうです」

「よろしい。売春取締法違反で逮捕する」シェイファーは手錠を取り出した。

「法律に触れるようなことは何もしてません。ほんとに。これはただの……ただのデートだ」

「ほんとに？　じゃあ、これは？」シェイファーは傾いたナイトテーブルの上に置かれた札を手に取った。四百ドルあった。

「私は――ただ思ったんです……」

男が頭を高速回転させているのは一目瞭然だった。シェイファーは思った。こいつはどんな言いわけを考えつくだろう。こういう場合の言いわけは、すでにたいていのものを聞いてきたが。

「何か食べものとか、飲みものとか買ってこようと思ったんです」

これは初めて聞く言いわけだった。シェイファーはなんとか笑いを噛み殺した。この近辺で食べものや飲みものに四百ドル出せば、ダーラを五十人呼んで、町内あげて一大野外パーティが開ける。

「彼はセックスをするためにおまえに金を払ったのか？」とシェイファーはダーラに尋ねた。

ダーラは顔をしかめてみせた。

「嘘をつくなよ、ベイビー。どうなるかはわかってるだろ？　正直に話せば、口添えしてやるよ」

「あんたも食えないクソ野郎だね」とダーラは吐き捨てるように言った。「わかったわよ。彼はわたしにアナルと口《ラウンド・ザ・ワールド》でやらせるためにお金を払ったのよ」

「ちがう……」シェイファーは一瞬、反論しようとした。が、結局、あきらめて、さらに肩を落とした。「なんてことだ。どうしたらいい？　こんなことが知れたら、家内は死んでしまう……子供たちも……」シェルビーは顔を起こした。狼狽《ろうばい》しきった眼をしていた。「私は刑務所にはいることになるんですか？」

「それを決めるのは検事と裁判官だ」

「どうしておれはこんなことをしてしまったんだ？」とシェルビーはうめくように言った。

シェイファーはとくとシェルビーを眺め、かなり経ってから口を開いた。「女を階下《した》に連れてってくれ」

ダーラはまた悪態をついた。「よお、このくそデブ、そのくそ汚い手で触らないでよ」

バーンバウムは笑って言った。「もうおれの女じゃなくなったからか、ええ？」バーンバウムはダーラの腕をつかむと、部屋の外に連れ出した。ドアが閉まった。

「聞いてくれ、刑事さん。人のものを盗んだわけじゃない。悪意もない。そうでしょ、被害者がいるわけじゃないんだし」

「だとしても犯罪は犯罪だ。それにエイズのことは知ってるだろ、肝炎のことも？」

シェルビーはまたうつむいてうなずいた。「ええ」

シェイファーは手錠を持ったまま男をさらに観察して、軋《きし》む椅子に腰をおろした。「市《まち》にはよく来るのかい？」

「ニューヨークに？」

「ああ」

「年に一度、会議や集会があるときにね。いつも愉しみにしてるんです。よく言うでしょ？

〝見物するにはいいところ〟って」声がそのあと小さくなった。その古いことわざのあとの部分――〝でも、住みたいとは思わない〟――が相手を侮辱することになるとでも思ったのだろう。

シェイファーは尋ねた。「ということは、今回も会議で来たわけだ」シェイファーは男のポケットからバッジを取り出して見た。

「ええ、そうです。年に一度の見本市があるんです。ジャヴィッツ・センターで。屋外用の家具製造業の」

「それがあんたの商売か?」

「アイオワで卸売業をやってます」

「ほう? で、商売はうまくいってるのかい?」

「州で一番です。実際のところ、行政区全域でも」シェルビーは悲しげに言った。誇らしげなところは微塵《みじん》もなかった。逮捕されたという噂が広まれば、どれほど多くの顧客を失うことになるのか、そのことを考えたのだろう。

シェイファーはおもむろにうなずくと、手錠をしまった。

シェイファーのその動きを見て、シェルビーは怪訝《けげん》そうに眼を細めた。

「こういうことはまえにもしたことがあるのかい?」とシェイファーは尋ねた。

シェルビーは一瞬ためらいを見せたが、嘘をついてもしかたがないと思ったのだろう。

「ええ、あります」と素直に答えた。

「でも、あんたはもう二度としない。おれはそんな気がする」

「ええ、二度としません。誓います。これで懲りました」

長い沈黙ができた。

「立ってくれ」

シェルビーは眼をしばたたかせて、言われたとおり立ち上がった。が、刑事が彼のズボンとジャケットを手で叩いて調べはじめたのを見て、眉をひそめた。シェイファーは、男がほんとうに売春婦の客であることは九十九パーセントまちがいないと思っていた。そもそも上半身裸の男に盗聴器が仕掛けられているわけもなかったが、それでも完璧を期したかったのだ。

シェイファーは椅子のほうに向かってうなずいた。シェルビーは腰をおろした。この商人がすでに次の展開に薄々感づいているのは、その眼を見れば明らかだった。

「あんたに提案がある」とシェイファーは言った。

「提案？」

シェイファーはうなずいた。「ああ。おれには確信がある。あんたはもう二度とこんなことはしない」

「二度としません」

「だから、警告を与えてあんたを放免してもいいと思ってる。だけど、問題がある。この状況はもう報告されてるからな」

「報告？」

「通りにいた悪徳警官が、たまたまあんたがダーラを連れてホテルにはいるところを見かけたんだよ——彼女のことはよくわかってるんでね。で、そいつは見たままを報告して、おれたちふたりが来させられたというわけだ。だから、この件についてはもう書類ができてる」

「私の名前も？」

「いや、現時点じゃ、ただの第一当事者《ジョン・ドウ》だ。だけど、報告書がある。それが処分できればいいんだが、それには手間もかかれば、リスクもともなう」

シェルビーはため息をつくと、顔をしかめてうなずき、競りを始めた。

大した競りにはならなかった。シェルビーは数字を言いつづけ、シェイファーのほうはまだまだと親指を上げつづけるだけの競りだった。すっかり意気消沈したシェルビーが十五万ドルと言ったところで、ようやくシェイファーはうなずいた。

「なんてこった」とシェルビーはつぶやいた。

T・Gとリッキー・ケルハーがカモになりそうな旅行者を見つけたと電話をよこし、六桁はいけそうだとリッキーから聞いたときには、あの馬鹿なアイルランド系の口から出る数字としては突拍子もなかったので、シェイファーとしては笑わずにはいられなかった。が、今は大金を背負ったカモを見つけたチンピラどもを誉めないわけにはいかなかった。

打ちひしがれた声でシェルビーは尋ねた。「小切手でもいいだろうか？」

シェイファーは笑った。

「わかった、わかった……でも、何時間かはもらわないと」

「今夜八時」ふたりは会う場所を決めた。「運転免許証を預かっておくよ。それと証拠品もな」シェイファーはテーブルの現金を取り上げた。「逃げたりしたら、逮捕令状を取ってデモインの警察に送る。それだけで向こうの連中はあんたをおれたちに引き渡してくれる。そこまでいったら重罪になる。実刑は免れなくなる」

「やめてください。金は持っていきます。全額きっかり」シェルビーは大急ぎで服を着た。

「裏の通用口から出てくれ。例の悪徳警官がどこにいるともかぎらないから」

シェルビーはうなずくと、慌てて部屋から出ていった。

シェイファーはエレヴェーターでロビーに降りた。バーンバウムとダーフは一本の煙草を交替で吸っていた。

「あたしのお金はどこ？」と売春婦は言った。

シェイファーは没収した金から二百ドルを彼女に渡した。残りはバーンバウムと分けた。自分には百五十ドル、相棒には五十ドル。

「これで午後は休みかい？」とバーンバウムがダーラに尋ねた。

「このあたしが休む？　冗談じゃない、働くわよ」ダーラはシェイファーから受け取った金を見つめて言った。「少なくとも、ファックして稼ぐのと同じだけ、ファックしなくても、あんたたちがあたしに払ってくれるようになるまではね」

シェイファーはマックの店にはいった。その突然の登場に、それまで店内で交わされていた会話の少なくとも半分が実にすばやく方向転換した。シェイファーは掛け値なしの悪徳刑事だが、それでも刑事に変わりはない。客の話題は即座に、売春や詐欺やドラッグから、スポーツや女や仕事の話に切り替えられた。シェイファーは苦笑いをして店内を進み、疵跡だらけのテーブルの空いた席に腰かけると、T・Gにぼそっと言った。「ビールをくれ」シェイファーはT・Gにそう言っても許される、宇宙でほぼただひとりの人間だった。

ビールが運ばれてくると、シェイファーはリッキーとグラスを合わせて言った。「いいやつを捕まえてくれたな。十五万で同意した」

「嘘だろ」とT・Gは言って、片方の眉を吊り上げた。分け前は、シェイファーが半分、リッキーとT・Gで残りの半分を均等に分けることになっていた。「そんな金、どこから調達してくるんだ？」

「さあね。それはやつの問題だ」

リッキーが眼をすがめるようにして言った。「ちょっと待った。時計もくれよ」

「時計？」

「あのおやじのだ。ロレックスをはめてた。あれが欲しい」

シェイファーは、長年にわたってカモや容疑者から取り上げてきたロレックスを一ダースほど家に持っていた。だからもうあまり欲しいとは思わなかった。「おまえが欲しいと言えば、やつもあきらめるだろう。やつの頭には、自分のしでかしたことが女房と南部《コーン・ボーン》の客に、なんとしてもばれないようにすることしかないから」

「コーン・ポーンってなんだ？」とリッキーは尋ねた。

「ちょっと待て」とT・Gがうなるように言った。「時計を誰かが手に入れるということなら、それはおれだ」

「おいおい。おれが最初に眼をつけたんだろうが。おれがやつを見つけて――」

「おれの時計だ」とT・Gはリッキーのことばをさえぎって言った。「たぶんマネークリップかなんかも持ってるだろうから、おまえはそいつを取っとけ。ロレックスはおれがもらう」

「マネークリップなんか誰も持ってない」とリッキーは反論した。「くそマネークリップなんか欲しくない」

「いいか、ライム・リッキー」とT・Gはぼそっと言った。「ロレックスはおれのもんだ。わかったな」

「まったく。おまえらはなんだ、ガキか？」とシェイファーが言い、ビールをぐいと呷《あお》った。

「あの男とは四十六番桟橋のまえの通りを渡ったところで、今夜八時に会うことになってる」

三人はすでに二、三年今回のような手口や、ほかにもいろいろな手口を使って、組んで詐欺を働いてきた。が、それでもまだお互いに信用し合っていなかった。だから、金の受け渡しには三人全員が立ち会うことになっていた。

ビールを飲み干してシェイファーは言った。「じゃあ、あとでな」

シェイファーが帰ると、彼らはバスケットボールの試合をしばらく見た。すでに第四クォーターで、シカゴ・ブルズが巻き返せるわけもないのに、T・Gは何人かを脅して賭けに応じさせた。リッキーは最後に言った。「ちょっと出てくる」

「なんなんだ、おれはおまえのベビーシッターか？　行きたきゃ、勝手に行きゃいいだろうが」そう言いながらも、T・Gの口調は、あと八分で試合が終わるのに、結果を見逃すやつの気が知れないと言っていた。

リッキーがちょうどドアのまえまで来ると、T・Gの大きな声が聞こえた。「おい、ライム・リッキー。おれのロレックスだが、ありゃゴールドか？」

このクソ野郎。

ロバート・シェイファーも若い頃には受け持ち区域を巡回するパトロール巡査だった。その後、百ばかりの凶悪犯罪の捜査をし、マンハッタンとブルックリンで、千ほどのカモから金品を巻き上げてきた。その意味するところは、ストリートで生き延びる方法はすでに充分学んできたということだ。

そんな彼には身の危険をすばやく察知することができた。

九番街五十五丁目のニューススタンドで若い男がさばいているコカインを巻き上げようとしたのだが、この五、六分ずっと同じ足音が聞こえていた。路面をこするような不気味な音だ。誰かに尾《つ》けられている。ニューススタンドのまえで足を止め、煙草に火をつけて、ショーウインドウに映る影に眼を凝らした。思ったとおり、ひとりの男が眼にはいった。三十フィートほど後方で、安っぽいグレーのスーツを着て手袋をした男が不意に足を止め、ショーウインドウをのぞき込むふりをした。

見覚えのない男だった。長年のあいだにシェイファーには大勢の敵ができていた。警察官という身分にある程度守られてはいる。悪徳警官でも撃ち殺すとなるとリスクが大きい。それでも、頭のいかれたやつというのはこの世界にはごまんといる。

シェイファーは歩きつづけた。路面をこするような足音もついてきた。近くに停まっていた車のサイドミラーに眼をやると、男が距離をちぢめているのがわかった。手は両脇にやられ、武器は持っていなかった。歩調をゆるめても不審に思われないよう、シェイファーは携帯電話を取り出して電話をかけるふりをした。同時に、片手をジャケットの中に入れ、クロームメッキ仕上げのシグ・ザウエル九ミリのオートマティックのグリップに触れた。

しかし、男は今度は歩調をゆるめなかった。

シェイファーは銃を抜きかけた。

声がした。「刑事、電話を切ってくれないか?」

シェイファーは眼をしばたたかせながら振り向いた。男はニューヨーク市警の金色のバッジを掲げていた。

なんだ、これは? それでもいくらかは気持ちが落ち着いた。いくらかは。携帯電話をたたんで、ポケットにしまい、銃から手を放した。

「誰だ?」

男はただシェイファーに冷ややかな眼を向けて、盾章の横の身分証明書を見る時間を与えた。

シェイファーは思った。くそっ。男は市警本部の内部調査課の人間だった――悪徳警官を見つけるのを仕事にしている連中だ。

それでもシェイファーは攻撃的な態度を保った。「なんでおれを尾行した? どういうことなんだ?」

「いくつか訊きたいことがある」

「何について?」

「われわれが捜査してることについて」

「ほう」とシェイファーは皮肉っぽく言った。「そのくらいのことは察しがつくよ。もっと具体的に言ってくれ」

「われわれはおたくとある種の人間との関係を調べてる」

「〝ある種の人々〟か。まあ、お巡りのみんながみんなお巡りみたいな口を利かなきゃならないわけでもないが」

なんの反応もなかった。

シェイファーは肩をすくめて言った。「おれと〝関係〟のある人間はいくらもいるけど、おれが使ってるタレ込み屋のことか? そりゃそういうやつらともつきあわないとな。いい情報を得るためには」

「なるほど。ただ、あんたは情報以外にも得てるんじゃないのかというのがわれわれの考えだ。もっと高価なものをな」男はシェイファーの腰をちらっと見た。「まず銃を渡してもらわなきゃならない」

「おいおい」

「私はできるだけ穏便にことを進めようと思ってるんだが、あんたに協力する気がないなら、応援を頼んであんたを署に連行しなきゃならなくなる。そうなったらすべてが公《おおやけ》になるが」

ようやくシェイファーにも理解できた。これは強請《ゆす》りだ――ただ、今回はこっちが強請られる側ということだ。相手が内部調査課の人間でも同じことだ。なんとも笑える。あそこにも賄賂《わいろ》の利くやつがいるとは。

シェイファーは銃を渡した。

「じゃあ、ここだけの話といこう」

いくら要求してくるだろう？

内部調査課の男はハドソン川のほうを顎で示した。「あっちだ」

「教えてくれ」とシェイファーは言った。「どういうことか、おれにも知る権利があるはずだ。おれが賄賂を取ってるなんてことを誰かがあんたに吹き込んだのなら、それはでっち上げだ。そんなことを言うやつには何か魂胆があるんだよ」実際のところ、シェイファーはその口ぶりほど熱くはなっていなかった。熱くなってみせるのも交渉術のうちだった。

男はただこう言った。「とにかく歩こう。話はあとだ」そう言って、煙草のパッケージから一本抜いて火をつけ、シェイファーにも勧めて、シェイファーが煙草をくわえると、シェイファーの煙草にも火をつけた。

そこでシェイファーは凍りついた。信じられない気持ちで眼をしばたたき、マッチを見つめた。そこには〈マクドゥーガルズ・タバーン〉と書かれていた。T・Gのたまり場――マックの店の正式名称だ。シェイファーは男の眼を見た。男の眼は自分のミスに気づいて大きく見開かれていた。なんてこった。こいつはお巡りじゃない。身分証明書もバッジも偽物だ。T・Gが雇った殺し屋だ。T・Gはおれを消して、あのカモから十五万ドルまるまるせしめるつもりなのだ。

「くそっ」と偽警官はぼそっと言うと、ポケットからリヴォルヴァーを取り出し、シェイファーをすぐそばの路地に連れ込んだ。

「なあ、聞いてくれ」とシェイファーは声をひそめて言った。「金ならけっこう持ってる。いくらで雇われたのか知らないが、かわりにおれが――」

「黙れ」男は手袋をはめた手で自分の銃とシェイファーの銃を取り替え、クロームメッキされた大きな銃をシェイファーの首に押しつけた。そうしてポケットから一枚の紙きれを取り出し、シェイファーのジャケットの内側にねじ込むと、顔を寄せて囁いた。「こいつはメッセージだ、くそったれ。二年ものあいだ、何もかもT・Gにお膳立てさせて、何もかもやらせた挙句、金を半分も取るなんてな。おまえは利用する相手をまちがえたのさ」

「冗談じゃない」とシェイファーは必死になって言った。「やつにはおれが必要なんだ！　お巡りなしでやれるわけがないだろうが！　頼む――」

「あばよ――」男は銃口をシェイファーの額に移動させた。

「やめろ！　頼む、やめてくれ！」

路地の入口から悲鳴が聞こえた。「なんてこと！」中年の女が二十フィートほど離れたところに立って、銃を持った男を見つめ、口に手をあてていた。「誰か警察を呼んで！」男がその中年女性に気を奪われた隙に、シェイファーは男を煉瓦《レンガ》の壁に押しつけ、男が体勢を立て直して銃を撃つまえに全力で駆けだした。

背後から男の声が聞こえた。「くそっ！」追いかけてくる足音も聞こえた。しかし、ヘルズ・キッチンはシェイファーの猟場だった。殺し屋をまくには、何十本もの路地と脇道を五分も走り抜ければ充分だった。

また大通りに出ると、シェイファーは足を止めて、足首に装着したホルスターから予備の銃を抜いてポケットに入れた。そこで皺くちゃの紙――男にねじ込まれた紙があるのに気づいた。自殺に見せかけるためのメモだった。シェイファーはその紙の上で告白していた。何年も賄賂を受け取ってきたこと、これ以上罪の意識に耐えられそうにないこと、そのすべてに決着をつける必要があったこと、を。

なるほど、と彼は思った。それはある意味でまちがってはいなかった。

少なくともひとつの点──決着をつけるという点ではあたっていた。

シェイファーは煙草を吸いながら路地の暗がりに身をひそめ、マックの店の外で十五分待った。ようやくT・Gがぶざまなクマのような足取りで出てきた。ひとりだった。あたりを見まわしたが、シェイファーには気づきもせず、西のほうに歩きはじめた。

シェイファーはT・Gが半ブロック進むのを待ってから、あとを尾《つ》けはじめた。一定の距離を置き、通りに人気《ひとけ》がなくなると、手袋をはめて、ポケットの銃を探った。机の引き出しから持ってきた銃で、何年かまえに通りで買ったものだ。犯罪歴のない、フレームに登録番号が刻印されていない銃。それを手に持ち、シェイファーはすばやくアイルランドの大男との距離をつめた。

人を殺そうというとき、銃を持った側がよく犯す過ちがある。それは相手に話しかけなければならないような気になることだ。シェイファーはこんな昔の西部劇を覚えていた。父親を殺したガンマンを追う若者の映画で、その若者は親の仇《かたき》に銃を突きつけ、殺す理由を説明しはじめる。おまえはおれの親爺を殺したただのなんだのと。ガンマンはうんざりしたような顔で、隠していた銃を抜くと、若者を吹き飛ばす。そして、若者の死体を見下ろして言う。

「ぺらぺらしゃべる暇があったら、とっとと撃つことだ」

ロバート・シェイファーはそれを実行した。

T・Gは何かを聞きつけたのだろう、振り向きかけた。が、そんなT・Gの視野にはいるまえに、シェイファーはT・Gの後頭部に銃弾を二発撃ち込んだ。肥った体が砂袋のようにくずおれた。シェイファーは素手では触れたことのない銃を歩道に捨てると、うつむきながらT・Gの死体の脇を通り、十番街に出て北に向かった。

とっとと撃つことだ。

まさに……

一目見ればわかった。

リッキー・ケルハーの眼を見て、この男は今回の件には関わっていないとシェイファーは判断した。

この薄汚れた髪をした小生意気なチビは、シェイファーがコートの中の新しいオートマティックのそばに手を突っ込んで、壁にもたれているところへ、気取ってやってきた。が、この負け犬はまばたきひとつしなかった。シェイファーがまだ生きているのを見ても、少しも驚いた様子を見せなかった。シェイファーは長年容疑者を取り調べてきた。だから結論はすぐに出た。このヌケ作はT・Gの裏切りとは無関係だ。

リッキーは軽く会釈をして言った。「よう」それからまわりを見て尋ねた。「T・Gはどこだ？　早めに来るって言ってたんだがな」

眉をひそめてシェイファーは尋ねた。「聞いてないのか？」

「聞くって何を？」

「まったくな。知らないのか。やつは殺された」

「T・Gが?」

「ああ」

リッキーはただ眼を大きく見開いて、首を振った。「嘘だろ。そんなクソみたいな話、聞いてないよ」

「事実は事実だ」

「信じられない」とリッキーはぼそっと言った。「誰がやったんだ?」

「まだわからない」

「たぶんあのニガーだ」

「誰のことだ?」

「バッファローから来た野郎だ。いや、オルバニーだったかな。よくわからないが」とリッキーは小声で言った。「死んだなんてな。信じられない。ほかのやつらは?」

「やつだけだと思う」

シェイファーはリッキーの骨ばった顔を観察した。確かに、ほんとうに信じられないといった顔をしている。が、実際のところ、悲しんでいるようには見えない。しかし、それはもっともなことだ。T・Gはリッキーのダチではなかった。意地の悪い酔いどれのいじめっ子だった。

さらに言えば、ヘルズ・キッチンで生き延びている者は、死んだ者のことなどその体が冷たくなるまえに忘れてしまうものだ。

　そのことを証明するかのようにリッキーは言った。「じゃあ、この件のおれたちの取り決めはどうなる？」

「おれの見るところ、なんの影響もないよ」

「おれはもっともらってもいいんじゃないかな」

「だったら三分の一やるよ」

「三分の一なんて冗談じゃない。半分だ」

「それはできない。今はおれのほうがリスクが大きいからな」

「リスクが大きい？　なんで？」

「捜査がはいりそうだからだ。おれの名前を書いたものがT・Gの所持品から見つかるかもしれない。そうなったら、金を払って買収しなきゃならないやつが出てくる」シェイファーは肩をすくめた。「いやなら協力してくれる別のお巡りを自分で探すことだ」

　職業別電話帳にそういう項目でもあるかのようにリッキーは言った。「警官、買収専門か」

　シェイファーは言い添えた。「二、三カ月待て。ほとぼりが冷めたら、もう少しパーセンテージを上げてやってもいい」

「四十パーセントじゃどうだ？」

「ああ、四十パーセントに上げてやる」

　リッキーは尋ねた。「ロレックスももらえるかな？」

「やつの？　今夜の？」

「ああ」

「ほんとに欲しいのか？」

「ああ」

「わかった。やるよ」

リッキーは川面を見渡した。その顔がかすかにほころんだようにシェイファーには見えた。ふたりは少しのあいだ、黙って立っていた。やがて時間どおりに例の旅行者、シェルビーがやってきた。怯《おび》えているようにも、困っているようにも、怒っているようにも見えた。あらゆる感情が一度に顔に表われたような、なんとも言いがたい複雑な表情をしていた。

「持ってきた」とシェルビーは声をひそめて言った。手には何も——ブリーフケースもバッグも——持っていなかったが、長いことリベートや賄賂を受け取ってきたシェイファーは、大金でもかなり小さな封筒に収まることを知っていた。

シェルビーはまさにそういう封筒を取り出した。険しい顔をして、それをシェイファーに手渡した。シェイファーは慎重に紙幣を数えた。

「その時計もだ」リッキーがいかにも物欲しげにシェルビーの手首を指差した。

「時計？」シェルビーはためらったものの、結局、渋い顔で痩せた男に腕時計を差し出した。

シェイファーは運転免許証をシェルビーに返した。シェルビーはそれをそそくさとポケットにしまうと、慌てて東のほうに立ち去った。まずまちがいなく、タクシーを探して、空港に直行するのだろう。

シェイファーは腹の中で笑った。結局のところ、ニューヨークというのは見物するのにもそれほどいいところではないということだ。

ふたりは金を分けた。リッキーはロレックスを自分の腕にはめてみた。が、メタルバンドが長すぎ、滑稽に手首で揺れた。「時計屋に調節させるよ」とリッキーは言って、時計をポケットにしまった。「バンドはちぢめられる。大したことじゃない」

ふたりは祝杯をあげることにした。リッキーはハニーの店にしようと言った。そこで人と会う約束があるから、と。

ブルー・グレーに染まる宵の通りを歩きながら、リッキーは静かなハドソン川を見やって言った。「見ろよ」

大きなヨットが暗い川面を南に向かってゆっくりと進んでいた。

「いい船だ」とシェイファーは言って、その船のきれいな線にいっとき見とれた。

リッキーはシェイファーに尋ねた。「なんで乗ってこなかった？」

「乗る？」

「船の取引きの話だ」

「なんだって？」

「T・Gから聞いただろ？　話してもあんたは乗ってこなかったってT・Gは言ってたけど」

「いったいなんの話をしてる？」

「船の話だよ。フロリダから来た男の」

「そんな話は何も聞いちゃいないよ」

「あのT・Gのクソ野郎」とリッキーは言って、首を振った。「ちょっとまえのことだ。ハニーの店で時々見かける男がいて、実はこれからそいつに会うんだけど、そいつにはフロリダにコネがあって、そいつの仲間が押収された船を盗むんだ、登録されちまうまえに、保管ドックから」

「麻薬取締局の？」

「ああ、あと沿岸警備隊の」

シェイファーは感心したようにうなずいた。「船は登録されるまえに消えちまうってことか。うまいことを考えたもんだ」

「で、おれも一隻買おうかと思ってるのさ。そいつの話じゃ、たとえば二万ドルも出せば、その三倍の値打ちの船が手にはいるそうだ。絶対あんたは興味を持つと思ったんだがな」

「ああ、もちろん」シェイファーは小さな船を二隻持っていたが、日頃からもっといかした船が欲しいと思っていた。シェイファーは尋ねた。「もっとでかいやつはないのか？」

「確か五十フィート級のを最近売ったたんじゃなかったかな。バッテリー・パークで見たけど、そりゃいかした船だったたな」

「五十フィート？　百万はするぞ」

「買い手が払ったのはたった二十万かそこらだってそいつは言ってたけど」

「ほんとかよ。T・Gの野郎、おれはそんな話、ひとことも聞いてないよ」あのクズ野郎はもう今は誰にも何も話せない。そう思うと、シェイファーはいくらか慰められた気分になれた。

　ふたりはハンラハンの店にはいった。いつものように、店内は閑散としていた。リッキーは客席を見まわした。船の男はまだ来ていなかった。

　ふたりはボイラーメイカー——ビールのチェイサー付きウィスキー——を注文して、運ばれてくると、グラスを合わせて飲んだ。

　リッキーがバーテンダーに、T・Gが殺されたことを話していると、シェイファーの携帯電話が鳴った。

「シェイファーだ」

「殺人課のマローンだ。T・G・ライリーが殺されたことは聞いたか？」

「ああ。捜査の進展は？　何か手がかりが見つかったとか」一気に鼓動が速まり、シェイファーは頭を低くして、一心に受話器に耳を傾けた。

「いや、まだ見つかってない。ただ、ちょっとした噂を聞いたんで、あんたに助けてもらえるんじゃないかと思ってね。あのあたりのことは、あんた、詳しいだろ？」

「ああ、よく知ってる」

「T・Gの仲間が詐欺を働いてるって噂だ。それもけっこうな額の詐欺だ。六桁の。今回の殺しと関係があるかどうかはわからないが、そいつと話がしたい。リッキー・ケルハーってやつだが、知ってるか？」

シェイファーは五フィート離れたところにいるリッキーをちらっと見てから、電話の相手に言った。「よく知らないが、どんな詐欺なんだ？」

「このケルハーってやつはフロリダから来た誰かと組んで、なんとも巧妙な手口を編み出した。押収された船をどこかのカモに売りつけるんだが、実際のところ、船なんてどこにもない。全部つくり話だ。受け渡しの段になると、まぬけなカモに、手入れがあったと言う。だから、払った金はもうあきらめて、誰にも何も言わず、おとなしく姿を隠してたほうが身のためだとね」

このちんちくりんのイカサマ野郎が……リッキーを見ていると、シェイファーは怒りで手が震えはじめた。殺人課の刑事に彼は言った。「そいつのことはここしばらく見てないが、心あたりに訊いてみるよ」

「頼む」

シェイファーは電話を切って、リッキーのところに戻った。リッキーはすでに二杯目のビールを飲んでいた。

「そいつがいつここに来るかはわかってるのか？」とシェイファーはさりげなく尋ねた。

「船の男だ」

「おっつけ来るだろう」とリッキーは言った。

シェイファーはうなずくと、ビールを少し飲んでから、頭を低くして囁いた。「今の電話だがな。おまえが興味を持つかどうかはわからないが、知り合いのヤクのディーラーからだ。メキシコから入荷があったそうだ。数分後に裏の路地で会う。極上品だ。原価で分けてくれる。興味あるか？」

「ないわけないだろうが」とリッキーは言った。

ふたりは裏口から路地に出た。リッキーをさきに行かせて、シェイファーは忘れないようにしないと、と思った。このちびクソを絞め殺したら、こいつのポケットから金を取るのを忘れないようにしないと、と。

そう、時計もだ。やはりロレックスはいくつあっても困らない。

ロバート・シェイファー刑事は、九番街の〈スターバックス〉のオープンテラスで、グランデサイズのモカを飲みながら、とても快適とは言いがたい金属製の椅子に坐って思った。〝屋外用家具王〟シェルビーが田舎者相手に売りつけているのは、こういうタイプの代物だろうか。

「やあ」と男が声をかけてきた。

シェイファーは隣のテーブルについて坐っている男のほうを見た。どこかしら見覚えのある男だった。はっきりとは思い出せないのだが、それでもとりあえず笑みで応じた。

そこではたと思い出した。冷水を浴びせられたような衝撃を覚え、思わず息を呑んだ。内部調査課の警察官を騙《かた》った男——T・Gが雇った殺し屋だ。

なんてこった！

右手を紙袋に突っ込んでいた。もちろん銃がはいっているのだろう。

シェイファーはその場に凍りついた。

「落ち着けよ」と男はシェイファーの表情を見て、笑いながら言った。「慌てることはない」

そう言って、男は紙袋から手を出した。手にしていたのは銃ではなかった。レーズン入りのスコーンだった。男はそれを一口食べた。「おれはあんたが思ってるような人間じゃない」

「じゃあ、いったい何者なんだ？」

「おれの名前を知る必要はない。おれは私立探偵だ。それで充分だろう。まあ、聞いてくれ。仕事の話だ。あんたに提案したい」私立探偵は顔を起こし、誰かに手を振ると、シェイファーのほうをまた見て言った。「まず紹介しよう」

一組の中年夫婦がコーヒーを手に店の中から出てきた。シェイファーはその男を見てショックを受けた。シェルビー、つい二、三日前に金を巻き上げた旅行者。女のほうにも見覚えがあるような気がした。が、誰とは思い出せなかった。

「やあ、刑事さん」とシェルビーは言って、冷ややかな笑みを浮かべた。

女の視線もまた冷ややかだった。が、彼女のほうは笑みすらなかった。

「どういうことだ？」とシェイファーは探偵に向かって嚙みつくように言った。

「ふたりに説明してもらおう」そう言って、探偵は大きな口を開けてスコーンにかぶりついた。

シェルビーは毅然《きぜん》として、シェイファーの顔を見すえていた。安ホテルでダーラの横に坐っていたまぬけな中年男のあのおどおどとして消沈しきったさまとは、まるでちがっていた。「刑事さん、取引きをしよう。数カ月前のことだ。そのときは私の息子がこっちに来ていた。大学の友人数人と一緒に休暇を愉しんでたんだが、ブロードウェイの近くのクラブで踊っていたら、あんたの仲間のT・G・ライリーとリッキー・ケルハーに、ドフッグをこっそりポケットに入れられてしまった。そのあとあんたがやってきて、麻薬不法所持で息子を逮捕した。ちょうど私にしたのと同じように、息子を罠にかけたわけだ。金を払えば見逃してやる。あんたは息子にそう言った。しかし、息子のマイケルは、こんなことが赦《ゆる》されていいわけがないと思った。で、あんたに殴りかかり、警察に通報しようとした。が、あんたとT・G・ライリーは息子を路地に引っぱり込んで、とことん痛めつけた。それで息子は脳に損傷を負った。今後何年も治療を続けなければならないようなひどい損傷だ」

その大学生のことはシェイファーも覚えていた。ああ、確かにあれはやりすぎだった。それでも、彼はとぼけて言った。「いったい何を言ってるのか、おれには――」

「しぃっ」と探偵が横から言った。「息子さんにいったい何があったのか、シェルビー夫婦はそれを調べるのに私を雇った。で、私はヘルズ・キッチンに潜入してふた月かけて、あんたとあんたがつるんでたふたりの悪党に関して、知らなきゃならないことはすべて調べた」探偵はシェルビーにうなずいてみせた。「あとはまたあんたに任せる」そう言って、スコーンを何口か食べた。

シェルビーは続けた。「あんたには自分のしたことに対する償いをしてもらわなければならない。私たちはそう思った。しかし、警察に行くわけにはいかなかった――あんたとつるんでる輩《やから》がどれぐらいいるのかわからなかったからだ。そこで、家内と私ともうひとりの息子、マイケルの兄の三人で一計を案じた。あんたのような人間のクズにでも仕事をしてもらおうと思ってね。で、まずあんたたちが互いに騙し合うように仕向けた」

「ばかばかしい。あんたはいったい――」

シェルビーの妻がぴしゃりと言った。「黙って聞きなさい」そのあとは彼女が説明した――彼らはまずハニーの店で罠を仕掛けた。私立探偵が盗んだ船を売りさばくフロリダから来た詐欺師になりすまし、上の息子が金を騙し取られるニュージャージーの若い男を演じた。案の定、これがリッキーの注意を惹き、リッキーはことば巧みに偽の詐欺に参入してきた。

彼女はシェイファーをじっと見すえて言った。「あなたの趣味が船だということはわかっていた。だから当然、リッキーはあなたをはめようとすることもね」

夫があとを引き取った。「ただ、私たちとしてはかなりの現金を用意しなければならなかった。札束を。あんたたちのような負け犬に裏切り合いをさせるための刺激剤だ」

そうしてシェルビーはT・Gのたまり場の店に行き、売春婦の斡旋《あっせん》を頼んだ。三人が恐喝詐欺を仕掛けてくるのはまずまちがいのないところだった。

シェルビーは可笑しそうに笑って言った。「あんたに強請られてるときには、言い値をもっと吊り上げてくれと内心祈ってた。裏切り合う刺激剤としては、少なくとも六桁はいってほしかったからね」

　T・Gが彼らの最初のターゲットだった。あの日の午後、探偵は、今度はシェイファーを殺して金をひとり占めしようとするT・Gに雇われた殺し屋になりすました。

「あんたか！」シェイファーはシェルビーの妻をまじまじと見つめ、押し殺したような声をあげた。「あんたが悲鳴をあげた女だ」

　シェルビーがそれに応えて言った。「あんたには逃げるチャンスを与える必要があったからね――あんたはT・Gのところへ直行し、彼を始末しようとするに決まってる。そう踏んだのさ」

　シェイファーは思った――なんてこった。殺しも内部調査課の偽警官も……全部仕組まれていたのだ！

「そのあとリッキーはあんたをハンラハンの店に連れていき、あんたをフロリダの船の男に引き合わせようとした」

　私立探偵が口のまわりを拭いて、まえに身を乗り出し「もしもし」と低い声で言った。

「殺人課のマローンだ」

「くそっ」とシェイファーは吐き捨てるように言った。「リッキーがおれをはめようとしてることをあんたに教えられたんで、それで……」彼の声はそのあと徐々に小さくなった。

　探偵は声を落として言った。「それであんたは彼も始末した」

冷ややかな笑みをまた顔に浮かべて、シェルビーが言った。「これで犯罪者はふたり片づいて、残るは最後のひとりになった。あんただ」

「どうするつもりだ？」とシェイファーは言った。

その質問には妻のほうが答えた。「あの子は何年も治療を受けつづけなくちゃならない。でも、治療をしても完治はしないそうよ」

シェイファーは首を振って言った。「当然、証拠もあるわけだ、だろ？」

「ええ、もちろん。あなたがT・Gを始末しにいったときには、上の子がマックの店の外であなたを待っていた。だから、あなたが彼を撃ったところがはっきりと映ってるビデオがある。頭に二発。むごたらしい死ね」

「その続篇もある」と探偵が言った。「場所はハンラハンの店の裏の路地。あんたがリッキーを絞め殺した現場だ」そう言ってつけ加えた。「そうそう、リッキーの死体を入れたゴミ収集の缶を取りにきたトラックのナンバーもわかってる。ニュージャージーまであとを尾《つ》けた。だからこの件には、ニュージャージーの不愉快きわまりない連中を巻き込むこともできなくはない。あんたのせいで眼をつけられたとなると、連中はそのことをまず喜ばないだろう」

「それと、あんたがそこまで頭をめぐらしてないといけないんで、言っておくと」とシェルビーが言った。「テープはコピーを三本つくって、三人の弁護士のそれぞれのオフィスに保管してもらってる。われわれの身に妙なことが起きたら、それはただちに警察に届けられることになっている」

「あんたらは人殺しも同然だ」とシェイファーはぼそっと言った。「おれを利用してふたりも人を殺させたんだから」

シェルビーは笑った。「常に忠実な《センパー・ファイ》（海兵隊のモットー）……私は元海兵隊員でね。戦争にも二度行った。だから、あんたたちみたいな人間のクズを殺すことなど痛くも痒《かゆ》くもないんだよ」

「わかった」とシェイファーはげんなりしてうめくように言った。「何が望みだ？」

「あんたはファイアー・アイランドに別荘を持っていて、オイスター・ベイに船を二隻係留していて――」

「財産目録は要らない。数字を言ってくれ」

「基本的にはあんたの全資産だ。八十六万ドル。それに私の十五万ドル……来週中にもらいたい。そうそう、彼の報酬も払ってくれ」シェルビーは私立探偵を顎で示した。

「私はなかなか優秀な探偵でね」と探偵は言った。「だからけっこう高くつく」探偵はスコーンを食べおえると、パンくずを歩道に払い落とした。

シェルビーが手を伸ばして言った。「もうひとつ。私の時計だ」

シェイファーはロレックスをはずすと、シェルビーのほうに放った。

妻とともに立ち上がり、シェルビーは言った。「じゃあ、刑事さん」

「まだおしゃべりをしたいところだけれど」とミセス・シェルビーが続けて言った。「これからいくつか名所を見てまわろうと思って。夕食のまえにセントラル・パークで馬車にも乗らなくちゃならないし」彼女はそこでことばを切り、刑事を見下ろした。「ここはいいところよ。みんなの言うとおりね。ニューヨークってほんとに見物するにはいいところね」

善きサマリヤ人

チャールズ・アルダイ
田口俊樹＝訳

The Good Samaritan

by Charles Ardai

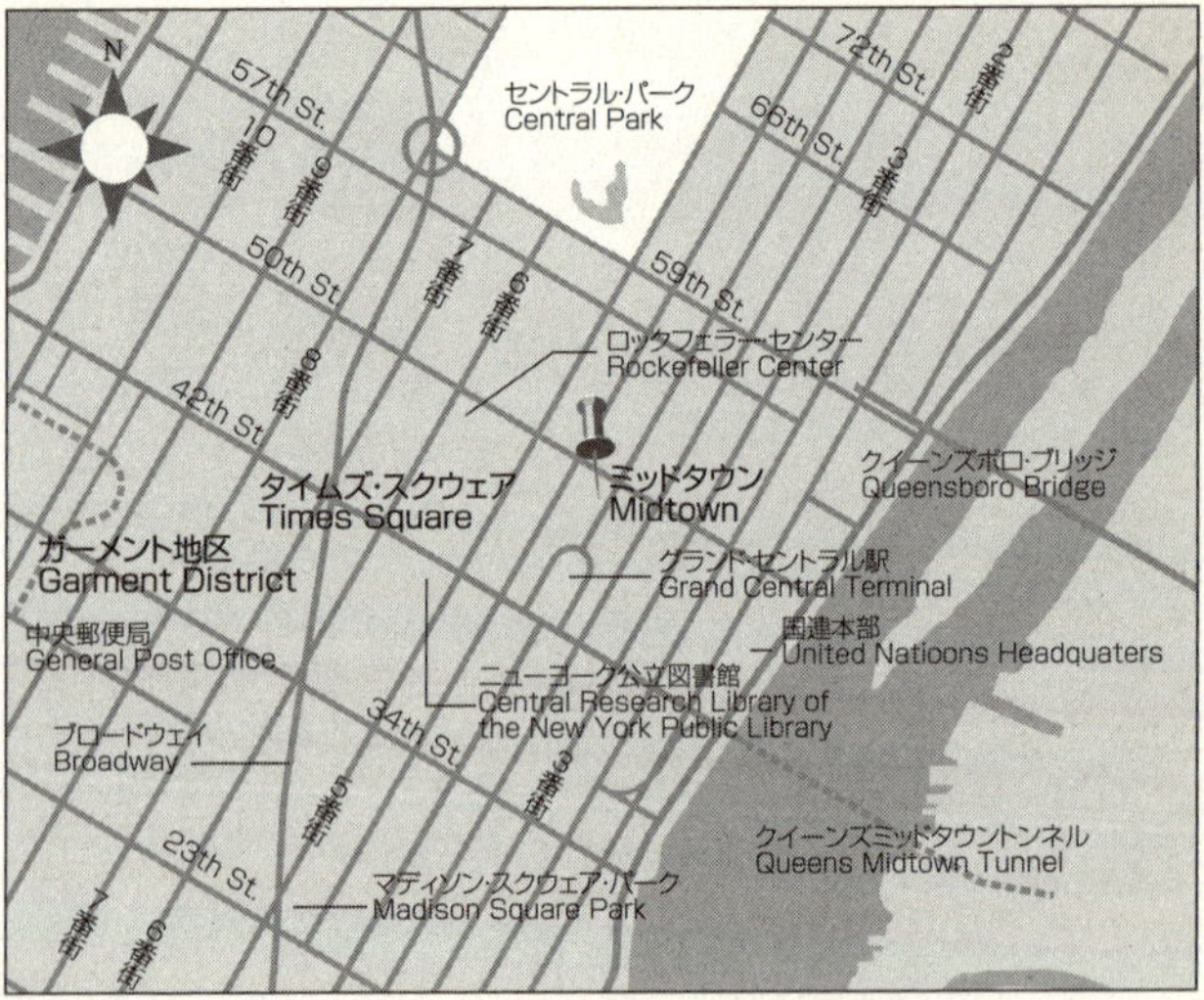

ミッドタウン

Midtown

雨が歩道と店舗の店先を叩いていた。人々がさした傘に風がゲームをしかけ、内側から骨組みをなぶり、いきなり裏返してはまた元に戻していた。持ち主に捨てられ、柄と軸だけとなった傘が、排水溝からあふれた雨水の中を歩道のへりに沿ってすべるように流れていた。

通りに人の姿はほとんどなかった。数少ない歩行者は頭を垂れ、背をまるめ、反り返る傘を盾のように突き出しながら、足早に歩いていた。ひさしの下や戸口のまえに避難する者もいた。ある者は勇敢にも通りに立ち、片手を高々と掲げ、必死にタクシーを呼び止めようとしていた。

ハロルド・スラデクは夜のこの時間にいつもいる場所――〈ボディ・ビューティフル〉の通用口の陰に坐っていた。歩道から一フィートと離れていないその戸口はほとんど雨よけの用をなしていなかったが、それでも歩道にじかに坐り込むよりはましだった。少なくともそこにいれば、風雨をまともに受けずにすむ。そこなら背中と尻の下にコンクリートを感じていられた。確かさ。それは意味のないことではない。

習慣のせいでもあった。そこも通りに面したほかのどんな通用口とも変わらないのだが、それでも彼はいつも〈ボディ・ビューティフル〉の戸口で寝ており、それは吹き降りを何年も経験してつくられた彼の日課の一部になっていた。いわば別な種類の確かさで、意味のあることにちがいはなかった。

ハロルドは〈コスモポリタン〉のページの中ほどを開いて頭にかぶっていた。ページの両端を持った指の隙間から雨水が流れ落ち、数分もすると、光沢のある紙はぐっしょり濡れて、最後には破れてばらばらになってしまった。そこまでいくと、雑誌を通りに投げ捨て、脇に置いたビニールのゴミ袋から別な一冊を取り出した。彼はレキシントン・アヴェニュー七十九丁目の角で、雑誌の束がひもで縛られ、ゴミ箱の脇に置かれているのを見つけたのだが、まず考えたのは、ブロードウェイに面してアップタウンにある古書店街に持っていき、店主に一部二十五セントで売ることだった。が、雨よけになるなら——たとえそれがほんの少しの雨よけでも——小銭をあきらめる価値は充分にあると思い直したのだった。

インク交じりの水滴が額を濡らしはじめた。二冊目も放り捨て、そぼ濡れたズボンで手を拭ってから、三冊目に手を伸ばした。

誰かが戸口に近づいてきて、ビニール袋の脇で足を止めた。ハロルドはすぐには男に気づかなかった。雑誌に視界のほとんどをさえぎられており、わずかにのぞいている部分も、たえず雨まじりの突風が顔に吹きつけてくるのでよく見えなかった。それでもほんの一瞬、突風と突風の合間に、横をちらっと見て確かめた。薄いグレーのズボン。その脇にすぼめられてしずくを垂らしている傘。

ハロルドは雑誌をうしろに置いた。まだすっかり濡れきっていたわけではなく、捨てるのはもったいなかった。が、傘を使わずただ持っているだけの男の横で、雑誌を頭の上に掲げる気はしなかった。

顔を上げ、雨を透かして見ると、男はまえに上体を倒していた。張り出し屋根の下に頭だけ突っ込み、頭から下は雨にさらされていて、吹き降りの雨が男のスーツを叩いていた。それでも、男は気にする様子もなく、片手をズボンのポケットに入れ、もう一方の手を地面についた傘の柄に置いて。

「旦那」とハロルドは声をかけた。「雨に濡れても気にならないのかい?」

男は首を振って言った。「ただの水だ。少しぐらい濡れたって人は死にはしないよ」

ハロルドは呼ばわっていた。一方、男はいかにも普通の声で答えていた。むしろ普通より小さな声に思われた。ハロルドは耳を傾けていたが、それでもなんと言ったのか聞き取れなかった。「なんだって?」

男は膝《ひざ》を曲げ、自分たちのまえに傘を出してボタンを押した。傘が大きく開き、吹き降りからふたりを切り離した。「少しぐらい濡れたって人は死にはしない。そう言ったんだ」

男の声はなおも低かったが、吹き降りが傘の向こうにやられていたので、今度はハロルドにも聞こえた。「おれにはよくわからないけど」とハロルドは言った。「でも、傘を持ってる人と言い争うつもりはないよ」

男は微笑むと、ポケットから手を出した。その手にはいくらかつぶれた煙草のパッケージが握られていた。「吸うかね?」そう言って、親指で箱を開け、ハロルドのまえに差し出した。

思いがけず雨よけと静けさに恵まれたと思ったら——まずまずの雨よけとまずまずの静け

さにしろ——これまで会ったこともない男が煙草を勧めてきた。どうしてだ？　ハロルドは男の眼から答を読み取ろうとした。が、多くはわからなかった。ありふれた顔にありふれた眼。眼尻に刻まれた皺。白いものが混じる垂れ下がったもじゃもじゃの眉。男の眼に曇りはなく、冷たさも酷薄さもなかった。警戒しなければならないようなものは何も。ただの眼にただの顔だ——同胞に善行を施《ほどこ》そうとしている男の。

ハロルドはパックから煙草を抜き取り、口にくわえた。そして、男の眼を読もうともう一度顔を上げた。彼自身何を読み取ろうとしたのかはわからない。が、どのみち何も読み取れなかった。

路上では用心してもしすぎることはない、とハロルドは常々自分に言い聞かせていた。用心こそおまえを生かすものだ。しかし、それにも限度というものがある。近づいてきた男に煙草を勧められたら、素直にもらって礼を言う。そういうことは毎日あることではないのだから。

ハロルドはあとのために取っておこうとまた手を伸ばした。もう一本、男が寛大なところを見せてくれたら二本でも三本でも、と。しかし、煙草のパッケージはすぐに引っ込められ、かわりに真鍮《しんちゅう》のライターが差し出された。少なくともハロルドには真鍮に見えた——戸口は暗かったので、断定はできないが。

ハロルドは火に顔を近づけた。三回目でようやく煙草に火がついた。煙を深々と吸い込み、咽喉《のど》から肺にぬくもりを染み渡らせた。最後に吸ってから……どれぐらい経つ？　路上生活をしていると、時間の流れがわからなくなる。それでも、少なくともひと月は経っているにちがいない。

「どうも」とハロルドは言った。

「礼には及ばない」と言って男は傘を持ったまま上体を起こし、くるりと向きを変えてハロルドのまえに立った。「こんな夜は少しでも楽にやり過ごすことだ」

「あんたは立派な人《メンシュ》だね」とハロルドは言った。「メンシュってどういう意味かわかるよね？」

　男はうなずいて言った。「名前は？」

　ハロルドは咳き込んだ。肺の底から搾《しぼ》り出されたような、湿った、耳ざわりな咳だった。

「ハリー」

「大事にな、ハリー」と男は言った。

「おれなら心配は要らない。吹き降りはいやというほど経験してるからね。こんなのは空き缶の中に小便をしてるようなもんだ。あんたこそ大事にな――いいスーツを着てるんだから」ハロルドはことさら笑顔をつくって男を見上げ、内心思った。もしかしたらこの男は傘を置いていってくれるかもしれない。が、すぐ気づいた。おいおい、それで自分は濡れて帰るってか。さらに彼は思った。あるいはおれが取り上げてもいい。しかし、最後にはこう思い直した。この男はおれを傘に入れて、しばらくつきあってくれて、煙草までくれたんだ。なのに傘をかっぱらう？　この下衆《げす》野郎。

こうしたことを考えるあいだにハロルドは二服吸っていた。

「こんなこと頼みたくないんだけど」傘を手に入れるという思いを完全には捨てきれないまま、ハロルドは言った。「これを吸いきるあいだ、もうしばらくここにいてもらえないかな？　雨が顔にかからないと吸いやすいんで……」最後まで言いおえることはできなかった。男は首を振っていた。

「悪いが、行くところがあってね」

「ああ、もちろん。わかった」とハロルドは煙草を掲げて言った。「煙草をありがとう」

「どういたしまして」と男は言った。

「スラデク、ハロルド・R。Rはロバートの R」刑事はハロルドのポケットから引き抜いたくたびれた財布を開いて調べた。はるか昔に有効期限の切れた、ニュージャージー州発行の自動車免許証がはいっていた。それに、まだ髪が茶色だった頃のハロルドの写真。ハロルドが女性とピンクの花で飾られた白いウェディングケーキの横に立っている写真がもう一枚。角がちぎれ、染みがついている一ドル札。古びた一枚の名刺。汚れて曲がったその名刺には、ハロルド・ロバート・スラデクの名前が、〈J・C・ペニー〉ニューラケム店アシスタント・マネージャーという肩書きとともに書かれていた。

刑事は相棒を肘でつついた。「ビニール袋を見てくれ」

若い相棒は腰を屈めて、水たまりに置かれたままのビニール袋の中身を調べた。

道路脇では、スラデクの死体を発見した制服警官が覆いをかけられた死体を救急車に乗せる交渉をしていた。その警官はスラデクがまだ生きていると思い、死体保管所の車ではなく、救急車を無線で呼んでいたのだ。

「……雑誌が、四、五、六冊、セーターが一枚、櫛《くし》が一本、ええっと、これはなんだ……バゲットかな……が半分」と若い相棒は言った。「なんであれ、フランスパンです」刑事はメモを取った。

「ナプキンが二枚。ドリトスの袋。WKXW・FM局のロゴ入りの野球帽」

「そいつはタートルベイのストリート・フェアで手に入れたんだろう」と刑事は言った。

「土曜日に無料で配ってたんだ。おれもひとつ持ってる」

相棒は顔を上げた。

「なんでもない」と刑事は言った。「続けてくれ」

「スニーカーが片方、ひもはなし。スティーヴン・キングの『ダーク・ハーフ』のペーパーバック。表紙はなし。プラスティックのカップがひとつ。トイレット・ペーパーがひとつ。使い捨ての剃刀《かみそり》がひとつ。ソーダの缶が三、四、五個。どれも空《から》。ポケットサイズの聖書が一冊」そこでことばを切ると、まわりを見まわした。「これだけです」相棒はそこで〈コスモポリタン〉が一冊、隅に落ちているのに気づき、それを取り上げると、煙草の吸い殻を払い落として刑事に渡した。「雑誌がもう一冊」

刑事はそれもリストに加えて、手帳を閉じると、落ちていたところにその濡れた雑誌を放り、写真と名刺を財布に戻した。「哀れなやつだ。昔はいい仕事に就いてたのに。住むところもあったのに。家族もいたのに」

「昔々は。今持ってるのは野球帽と〈コスモポリタン〉が六冊。あ、七冊か、失礼」

「この市《まち》はいったいどうしちまったんだ？　こんな年寄りが戸口で死んでても誰も通報しようとしない」

「ここはニューヨークなんですよ。何を期待してるんです？」

「人がそこに倒れて死んでるというのに、老人が通りで死んでるというのに、人はただ通り過ぎていくだけだ」

「こんなことは初めてだとでも？」

刑事は道路脇に停めたパトカーのところに戻った。「なあ、おれの親爺もハロルドって名だったんだ」

「ハロルドなんて名の人は大勢いるじゃないですか。もういいでしょ？　この男はあなたのお父さんじゃないんだし。長い時間雨に打たれてたホームレス。そりゃ悲しい話ですよ。不幸な結末ですよ。でも、こうして人生は続いていく」

「ハロルドにとってはもうそれも終わった」と刑事は言った。

アンジェラは三本きれいに並べられた煙草の上で指をためらわせた。それでも最後にはさっと手を伸ばし、親指と人差し指のあいだに一本しっかりはさんで取った。

男はパッケージの蓋を閉めてポケットに戻すと、ライターを取り出した。アンジェラは手のひらをまるくして炎のまわりを囲み、慎重に煙草に火をつけて言った。「ありがとう。まったく、なんて夜なの」

雨がまた降りだしていた。が、大きな傘のおかげでふたりとも濡れてはいなかった。

「ねえ、ちょっとしたお愉《たの》しみはどう……？」アンジェラはドレスの裾をつまむと、膝上まで持ち上げた。片方の腿の内側に紫色の痣《あざ》があった。男の顔から初めて笑みが消えた。アンジェラは言った。「ただの痣だよ」

「ありがとう、でも、結構だ」と男は言った。

アンジェラは肩をすくめ、煙草を吸い、ドレスをもとに戻した。

「会えてよかったよ、アンジェラ」と男は言って立ち上がった。「気をつけて」

「うん」と彼女は男がうしろに下がるのを見ながら言った。「煙草をありがとう。気が変わったら戻ってきて」

男はうなずいた。

「あたしは病気じゃないよ。あんたがそんなことを心配してるんだったら言っとくけど」

「いや。きみが病気持ちだなんて、そんな心配はしてないよ」

アンジェラは男の声の調子に何か引っかかるものを覚えて言った。「それ、どういう意味？」

「言ったとおりの意味だ、アンジェラ。きみは若くて健康な女性だ。病気になんかかかってるとはまったく思わない」

アンジェラは笑みを浮かべた。凍って顔に貼りついたような笑みだった。どこか傲慢でどこか怯えてもいて、幸福とはまったく縁のない笑みだった。「そのとおりよ。あたしってそりゃもうクリーンよ。食べちゃえるくらい」

「そうだろうとも」と男は言った。「おやすみ、アンジェラ」

〈デイリー・ニューズ〉に書かれた記事の見出し〝家出少女、ペンシルヴェニア駅の裏で毒殺される〟はほんの少し不正確だった。アンジェラ・ニコラスは家出したわけではなかった。家から放り出されたのだ。彼女の母親はその点を強調し、夫の肩を人差し指でついた。夫のほうは膝に置いた自分の両手を見下ろし、弁解のことばをぶつぶつとつぶやいていた。彼女に対して、自分に対して、そして神に対して。

刑事はメモを取った。アンジェラの家庭では諍《いさか》いがあった。何度もあった。諍いのひとつはある少年が原因で、ほかのいくつもの諍いはほかの少年たちが原因だった。もしかしたら、同じ少年だったかもしれない。そこははっきりしなかった。はっきりしているのは、父親が最後通告を突きつけたことだ。そいつに二度とこの家の敷居をまたがせるな、それが守れないなら、おまえがこの家の敷居をまたぐな。

アンジェラはその少年をまた家に入れた。翌日、彼女の服は歩道にあった。アンジェラは泣きながらドアを叩き、母親は彼女を家に入れてやろうとした。が、父親が母親にそうさせなかった。最後にふたりがドアを開けたときには、アンジェラは消えていた。ふたりは手あたり次第に娘の友人に電話をした——最後にはあの少年にまでかけて、あっさり切られた——が、娘は見つからなかった。

三年後、ふたりは娘を見つけた。いや、それまた正確ではない。彼女を見つけたのは警察だ。いずれにしろ、彼女は見つかった。が、もう死んでいた。

警察に犯人の目星は？　刑事は首を振った。彼としては母親にお嬢さんの客のひとりかもしれないと答えることもできなくはなかった。が、分署内で信じられている評判とちがい、実際には彼は思いやりのある男だった。「今のところなんの情報もありません、ミセス・ニコラス」これまた百パーセント事実ではなかった。あの男、スラデクの死因も毒殺とわかっており、それも同じ毒が使用されていたのだから。あれが——たぶん——そもそもの始まりだったのだろう。それでも、なんの情報もないというのはほとんど事実といってもよかった。いずれにしろ、彼はそう言った。

「でも、どうしてこんなことに？　いったいどうしたらこんなことに？」

「まだ確かなことは言えません。鑑識で調べてるんですが」

父親がようやく気を取り直して顔を上げた。その眼は怒りに燃えていた。「こんなことをしたやつをあんたらが見つけたら、おれはそいつを殺してやる」

「あんたはもう充分やってしまってるのよ、ちがうの？」とニコラス夫人が言った。

「刑事さん、あんたには娘はいるかい？」

「息子がひとり」と刑事は答えた。

「もし誰かがおれの娘にやったことをおまえさんの息子さんにやったら、どうする？」とミスター・ニコラスは言った。

そのくそったれを殺してやる、と刑事は言った。心の中で。「処置はしかるべき機関に任せます」

ミスター・ニコラスは首を振って言った。「娘の場合とはちがうってことか」

その夜、一週間ぶりに雨があがった。刑事はウェストサイドの三十二丁目から四十五丁目までの通りを描いた自作の地図を眺めた。死体が発見された場所には赤い丸が描かれていた。場所はあちこちに散らばっていた――パターンがあるようには思えなかった。それでも、ホームレスが七週間に五人も死んだ？　全員毒を盛られて？　だからといって、単独の同一犯の犯行と断定はできないが、一連の殺人に関連性があることは明らかだ。

最もアップタウン寄りの劇場街から始めた。ディズニーものの宣伝に支配された通りを過ぎると、昔ながらのタイムズ・スクウェアの名残をとどめるものが眼に飛び込んできた。土産物屋、輸入雑貨店、のぞき部屋、貸し店舗の看板。声をかけなければならない大勢のホームレス。

刑事は、時間をかけ、まわりに注意を配り、ゆっくり歩いた――何を探しているのか、それは自分でも判然としなかったが。歩道に坐ったり、街灯の支柱に寄りかかったり、段ボール箱の中で汚れたキルトをかぶって寝ている者を見るたび足を止めた。刑事であることを明かし、最近変わったことはなかったか尋ねた。

　ほとんどの者から、ないという答が返ってきた。

　ある男はこんなことを言った。「誰も旦那には何も言わないだろうよ。みんな怯えてっから」

「あんたもか？」と刑事は尋ねた。

「もちろん」

「どうして？」

「死んで終わりたくないからね」

「人はみんな死んで終わるんじゃないのか」と刑事は言った。

「おれはごめんだね、旦那。まだ死ぬ準備はできてないんでね」

「話してくれ。みんな誰のことを怖がってるんだ？」

　男ははっきりと首を振った。

「どうして？　どうして話してくれない？」

「だって旦那が犯人かもしれないじゃないか」

「何を言ってる、おれは警官じゃないか。おれがあんたに危害を加えるわけがないだろうが」

「旦那がお巡りだってことはなんの意味もない。わかるだろ、そんなこと？　おれにはわかる。みんなにだってわかってる」

刑事はさらに南にくだった。犯人が警官ということはあるだろうか。その線で考えてみた。不満を抱えたパトロール警官が担当地区を浄化するために、非番のときにやっているのだろうか。あるいは退職まぎわの老警官。歩道にたむろする浮浪者を見るのに飽き飽きしてやっているのだろうか。考えられないことではなかった。彼としてはあまり考えたいことではなかったが。

バス・ターミナルの〈ポート・オーソリティ〉を過ぎると、ホームレスの数はブロックにわずかひとりかふたりに減る。さらに八番街から、ブロードウェイに戻り、また六番街を南下した。

六番街四十二丁目、ブライアント・パークの入口に盲目の男がいた。つっかえ棒を立てて"お恵みくださる方には神のご加護がありますように!"と書いた厚紙を掲げ、それに寄りかかって地面に坐っていた。フィルター付きの長い煙草を吸っており、灰色の煙が花輪のように男の顔を囲んでいた。

「やあ」と刑事は声をかけた。

「神のご加護を!」と男は言い、手探りでカップを見つけて差し出すと、中のコインを揺らしてみせた。

「警察の者だ」刑事は男の脇にしゃがんで、札入れを取り出し、男の手を自分のバッジの上にのせた。男は眉をもたげ、口元に皺を寄せて微笑み、差し出したカップをおろした。

「調子はどうだね、お巡りさん？」

「まあまあだ。あんたは？」

「いい夜だよ」と男は寒さに抗して自分の体を抱くようにして言った。「誰からも声すらかけてもらえないのがいつもの夜だが、今夜は旦那でふたり目だ」

「そうなのかい？　もうひとりは？」

男は少し考えてから言った。「年恰好はあんたと同じくらいかな。もう少し年上かもしれない。気持ちのいい人だったね。向こうから話しかけてきてくれてさ。たった今のことだ」

男は煙草を掲げてみせた。「これをくれた」

「親切な人だね」と刑事は言った。「ちょっと教えてくれ。最近このあたりで何か変わったことはなかったかな？」

「気づかなかったけど、どうしてだね？」

「事件の捜査をしててね」

「まあ、おれは何も見てないけど」と盲目の男は言って自分で笑った。

刑事は小銭をひとつかみ男のカップの中に入れて立ち去った。

「今日はなんていい日だ」と男はさらに強く自分を抱くようにして言った。「神のご加護がありますように！」

「男の名前はマイケル・ケイシー。月々の国からの身体障害者手当てで暮らしてたようですね。それと物乞いをして」

「くそ！」

「落ち着いてください」

「ゆうべおれは本人と話をしてるんだぞ」と刑事は言った。「あの男はゆうべおれの隣に坐ってた。ろくでもない煙草を吸いながら、いい夜だなんて言ってたんだ」

「その時点じゃわかるわけがなかったんだから」と相棒は言った。

「わかってもよかった。今じゃなく、そのときわかってもよかったのに。おれには彼の命を救うことができたのに」

「それはどうですかね」相棒は〈ボディ・ビューティフル〉のそばに車を停めた。

刑事は車から降りると、通用口に向かった。〈コスモポリタン〉は彼が放ったところに——戸口の薄暗い隅に——まだ落ちていた。干からび、ごわごわになって地面に貼りついていた。刑事はヘラを使って剝がした。下から煙草の吸い殻が出てきた。

「あった！」刑事はピンセットで吸い殻を取り上げ、証拠を入れるビニール袋に入れると、車に戻って言った。「言っただろ、吸い殻が落ちてたって」

「吸い殻なんて市《まち》のそこらじゅうの歩道に落ちてますけど」

「それはそうだが。この吸い殻も事件とはなんの関係もないかもしれない。だけど、おれはそうは思わない。これはハロルド・スラデクが吸った煙草の吸い殻だ。どうしておれはそう思うのか。それはおれたちが最初に見たとき、これは雑誌の上に落ちてたからだ。雑誌は死体の背後にあった。誰かが煙草を吸いながらたまたまやってきて、吸いおえたらそのあと雑誌の上に落ちるように、スラデクの死体越しに吸い殻を放った。そんなことがあると思うか？　おれはそうは思わない」

「なるほど」

「そう、これはスラデクが吸った煙草の吸い殻にまちがいない。だからといって、これが事件となんらかの関係があると決まったものでもないが。だけど、彼が持ってたビニール袋の中には煙草なんて一本もなかった。空《から》のパッケージさえなかった。ということは、誰かにもらったのさ。マイケル・ケイシーも死ぬ直前、誰かに煙草をもらってる。しかもこれと同じブランドだった」刑事は相棒の眼のまえで証拠を入れたビニール袋を振った。

「クローム・ゴールドを吸う人間は別に珍しくもないけど」

「ああ。そういうことを言えば、路上で死ぬホームレスもな。だけど、クローム・ゴールドを吸った直後に死ぬやつはどれぐらいいる？　この吸い殻を分析すれば、スラデクの死体から検出されたのと同じ毒物が見つかるはずだ」

「あなたの言うとおりだとしましょう。でも、だからなんなんです？　スラデクの死因が毒物だったことはもうわかってるんですよ」

「これでどんなふうに殺されたかわかる」

「それがわかったら……？」

「それがわかったら、殺したくそ野郎を捕まえることができる」

「どうするんです、クローム・ゴールドを買う人間全員を逮捕するんですか?」

刑事としてもその質問には答えられなかった。

「どうするんです? われわれにできるのは、犯人がやったことの後始末をしてまわることだけです。で、犯人が相手をまちがえて、その相手に撃ち殺されることを祈ることぐらいですよ」

「煙草を恵んでくれる親切な年寄りを撃ったりするやつなどいないよ」

「それはどうですかね」と相棒は言った。「なんといってもここはニューヨークなんだから」

彼はブルーのニット帽を額まで引き下ろし、腋の下に両手をはさんで、震えながら坐っていた。シャツを二枚着込んでいても寒かった。薄手の毛布を持ってきており、それを体に一巻き、さらにもう一巻きして、できるだけ熱を逃さないようにしていた。毛布の下にはコーヒーを入れた魔法瓶を抱えており、数分ごとに飲んでいた。

次々と人々が足早に通り過ぎた。店から店へ、自宅から劇場へ、歩道からタクシーへと。彼に見えているのはだいたいが人々の脚、体の脇で振られる手、荷物だったが、時折、子供たちが眼の高さに現われた。が、そうした物珍しそうな子供たちの顔はすぐに大人の手によって遠ざけられた。車のタイヤや自転車の車輪も見えた。遅くなるにつれ、見えるものは少なくなり、午前零時を過ぎると、通りの反対側のネオンサインと街灯の光にぼんやりと照らされた歩道の一部しか見えなくなった。

彼が坐っている戸口――改装のため閉店中の〈バーガー・キング〉の出入口――はけっこう広々としており、脚をほぼ目一杯伸ばすことができた。それまでの十日間、彼は毎晩異なる通りの異なる戸口に坐っていた。ハロルド・スラデクとちがって、長年の習慣というものはなかったので。ただ、この戸口は今までのどの戸口より快適で、そのことには少なからず意味があった。少なくともこのあと数夜はここにしよう。彼はそう思った。

ハイヒールの靴音が通り過ぎた。彼のまえを通るときには早足になった。それからしばらくして、タクシーが数フィート離れたところに停まり、運転手が降りてきた。運転手はズボンのファスナーをおろすと、木に向かって立小便をして、また車に戻り、走り去った。そのあと数時間は何事もなく過ぎた。

深夜というより明け方近くになって、また足音が聞こえてきた。とくに変わったところのない足音で、彼はそのまま通り過ぎるのを待った。が、その足音は通り過ぎてけいかなかった。

「やあ」と声がした。

刑事は何も言わなかった。ただ毛布の下で魔法瓶を置いて銃を取った。

「冷える晩だ」

「まったく」と刑事は言った。

足が一方に数歩寄り、膝が屈められた。彼のそばに腰をおろして男は言った。「あんた、名前は？」

「そういうあんたは？」と刑事は尋ねた。

「アーサーだ」と男は言った。「アートと呼んでくれ」

刑事は男を見た。人のよさそうな顔をしていた。ぼさぼさの太い眉に小さな口、きれいな歯並び。上等の入れ歯のように思われた。誰かのお祖父さん。いかにもそんな風情だった。これがあの殺人鬼？ いかにも害のなさそうなこの男が？ 刑事は男をじっと見つめて、そこに連続殺人犯の何かを──残忍なホームレス殺しの何かを見て取ろうとした。何も発見できなかった。

アーサーはコートのポケットに手を入れ、煙草のパッケージを取り出した。「煙草は吸うかい？」

パッケージには幅広の金文字で〝クローム・ゴールド〟と書かれていた。

刑事は毛布の下で指がこわばるのを覚えた。手にした銃の重みが感じられた。〝ノー〟と答えたら、この男はどうするだろう？ 何か別のやり方を探すだろうか？ それとも、あっさり立ち去り、誰かほかの人間を殺しの標的にするだろうか？

「ああ」と刑事は言った。「吸うよ」

アーサーはパッケージの蓋を指で弾《はじ》いて開けた。中には二十本の煙草がきれいに並んでいた。みなここで何かおかしいと気づいてもよかったのに、と刑事は思った。パックはもう開封されているのに煙草は一本もなくなっていないのだから。封を切っておきながらただの一本も吸っていないというのはどういうことか。

彼は毛布の下から空いているほうの手を伸ばし、アーサーの手からパッケージごとつかみ取った。

「おいおい、待ってくれ」とアーサーは笑みを絶やすことなく言った。「私のぶんも残しておいてくれ。一本どうかと勧めただけだ」そう言ってパッケージに手を伸ばした。

「ああ、全部吸ったりはしないよ」と刑事は言った。「心配は要らない」そう言って、パッケージを逆さにして煙草を振り落とした。アーサーは慌てて手を出し、何本かを受け止めたが、残りは歩道に落ちた。アーサーはそれを拾い集めた。

「ほっとけ、アート。それよりあんたにはもっと大きな心配事があるはずだ」

アーサーは散らばった煙草をせっせと拾いつづけた。が、それも銃の撃鉄を起こす音を聞くまでのことだった。彼は顔を上げた。そこでようやく笑みが消えた。

刑事は相手の顔に銃を近づけて言った。「撃ちはしないよ、アーサー。あんたのほうがおれに撃たせたりしないかぎり」

アーサーは顔を震わせていた。両手も震えていた。煙草が二、三本歩道に落ちた。彼は左右を見た。通りに人影はなかった。

「怖いか？」と刑事は言って、歩道から煙草を二本取り上げると、毛布でいい加減に汚れを払った。そして、身を乗り出すと、そのうちの一本をアーサーの唇のあいだに押し込んだ。

アーサーは何か言おうとして口を開けた。煙草が口から落ちた。「私は吸わな——」

「いや、吸うのさ」と刑事は言い、前屈みになってもう一本の煙草をアーサーの口に挿し込んだ。さらに銃をアーサーの額に突きつけた。アーサーの頭が壁に押しつけられた。「もう落とすんじゃないぞ」

アーサーはおどおどと煙草を口の端に動かした。が、落としはしなかった。

「よし」刑事はアーサーのコートのポケットをまさぐってライターを見つけ、蓋を開けた。勢いよく炎が上がった。刑事はそれをアーサーがくわえている煙草の先に近づけた。

「やめてくれ――」

「どうして?」

アーサーは首を振った。

「どうしていやがる?」アーサーは見るからにみじめな顔で刑事を見返した。が、何も言わなかった。「どうして駄目なのか言ってくれ、アーサー。言いたくなきゃ、煙草を吸うんだな」

「吸いたくない――」

刑事は火を煙草の先に持っていった。紙と煙草の葉が焦げた。汗がひとすじアーサーの鼻の下を垂れて煙草を濡らした。

「どうしてあんたは煙草を吸いたくないのか、そのわけを言ってやろうか?」と刑事は言った。「ああ、言ってやろう。こういうのはどうだ? そいつには毒が含ませてあるからだ、ちがうか?」

アーサーはぎこちなくうなずいた。

「ちゃんと答えろ、アーサー」

「そうだ」とアーサーは蚊の鳴くような声で言った。「そのとおりだ」

「だけど、どうしてホームレスに毒入り煙草を吸わせてまわったりしたんだ、アーサー？　ホームレスが嫌いだからか？　連中が目ざわりだからか？　それともただ単に人を殺すのが愉しいからか？」

「ちがう」とアーサーはいかにも弱々しい声で言った。「そんなんじゃない」

「だったら、どういうことなのか言ってもらおうじゃないか」

「彼らがひどくみじめだからだ」とアーサーは言った。眼に涙が浮かんでいた。「こんな路上で、寒空の下で、クスリ漬けになって、体を売って……そんなふうにしか生きられないなんてあんまりじゃないか」

「だから殺すのか？」

「煙草を一本やるだけだ。彼らは痛みも何も感じない。何が起こったのか気づくこともない。それでみじめさから解放されるんだ」

「要は人殺しだろうが」

「眠ったらもう目覚めない。それだけのことだ」

「ふざけるんじゃない、おまえはただ人殺しをしてるだけだ」と刑事は言って、銃口をさらに強くアーサーの頭に押しつけた。「はっきり言えよ」

「私は彼らを殺してる」とアーサーは言った。「でも、それはそうしたほうが彼らのためになるからだ」

アーサーと刑事は坐ったまま無言で互いの顔を見合った。アーサーの顔には理解も自己認識もなかった。見て取れるのは恐怖で、悔恨ではなかった。

刑事はポケットに入れたデジタル・レコーダーのことを思った。そのレコーダーはふたりのことばを逐一記録しているはずだった。さらに刑事は、この好々爺然《こうこうやぜん》とした男が陪審員のまえで一心に無罪を主張しているさまを思い描いた。アーサーの仕立てのいいスーツとよく磨かれたローファー、手首の時計を改めて見た。アーサーに雇われた弁護士の辣腕《らつわん》ぶりを想像した。さらに想像を広げた——犯行の目撃者はおらず、被害者はみな社会のはみだし者で、見るからに社会を担ってきたといった人物が被告という裁判はどんなふうに展開するものか。この善良な老人の頭に銃を突きつけるような警官の言うことなど信用できますか、と弁護士が陪審員に問いかけている場面が眼に浮かんだ。確かに被告人は罪を認めはしました、みなさん——でも、誰でも同じことをするでしょう、頭に銃を突きつけられたりしたら。

刑事は、雨に濡れて震えるハロルド・スラデクがこの立派な身なりの〝慈善家〟から煙草の施しを受けるところを思い描いた。自分を殺しにきた男とひとときを過ごし、その好意に感謝して、〝神のお恵みを〟と唱えるマイケル・ケイシーのことも思い起こした。

彼がそれだけのことを考えるあいだに、アーサーは不安そうに二度ごくりと咽喉を鳴らした。

また煙草に火を持っていった。今度はそのまま離さなかった。「吸え」

「やめてくれ――」

「吸うんだ！」

アーサーは吸った。ほんの一瞬だったが。煙草の先端が赤く光った。刑事はライターの蓋を閉じてポケットにしまった。

「もう一度」

「やめてくれ――」

「もう一度だ」

「頼む――」

「こうするべきなんだろ？」と刑事は言った。「煙草に混ぜたのは痛みを感じさせないものだと言ったじゃないか。あんたの言うとおりであることを祈るよ。これだけは確かだからだ。弾丸《たま》ではそうはいかないことだけは」刑事は銃をアーサーの頭から離すと腹に向けた。「おれのやり方じゃそうはいかないことだけは。あんたが決めろ」

「狂ってる」とアーサーは唇に煙草をきつくはさんだまま言った。

「なんとでも言ってくれ」と刑事は言った。「さあ、決めろ」

アーサーは銃を見て、刑事の眼をのぞき込み、それから煙草を吸った。

「もう一度」と刑事は言った。

アーサーが死ぬと、刑事は散らばった煙草をすべて用意した袋のひとつに詰め、死体から服を脱がせてシャツとブリーフだけにした。ボタンを押してデジタル・レコーダーのメモリーを消去し、家に帰ったら、念のためにその上に重ねて何かを録音しようと思った。

小脇に一切合財抱え込み、帽子をさらに深く眉のあたりまで引き下ろし、三十八丁目通りを東に歩いた。まだ暗かった。誰にも見られなかった。

死体は午前九時を少しまわった頃、発見された。新聞は一様に身元不明のホームレスの男性が夜中に死亡した、死因は低体温症と思われる、と報じた。〈デイリー・ニューズ〉は遺体が薄手の毛布をまとっていたと書いていた。おそらくは善きサマリヤ人が提供したものだろう、と。

しかし――と〈ニューズ〉は続けていた――それだけでは男性の命を救うには充分ではなかった。

最後の晩餐

キャロル・リー・ベンジャミン

田口俊樹＝訳

THE LAST SUPPER

BY CAROL LEA BENJAMIN

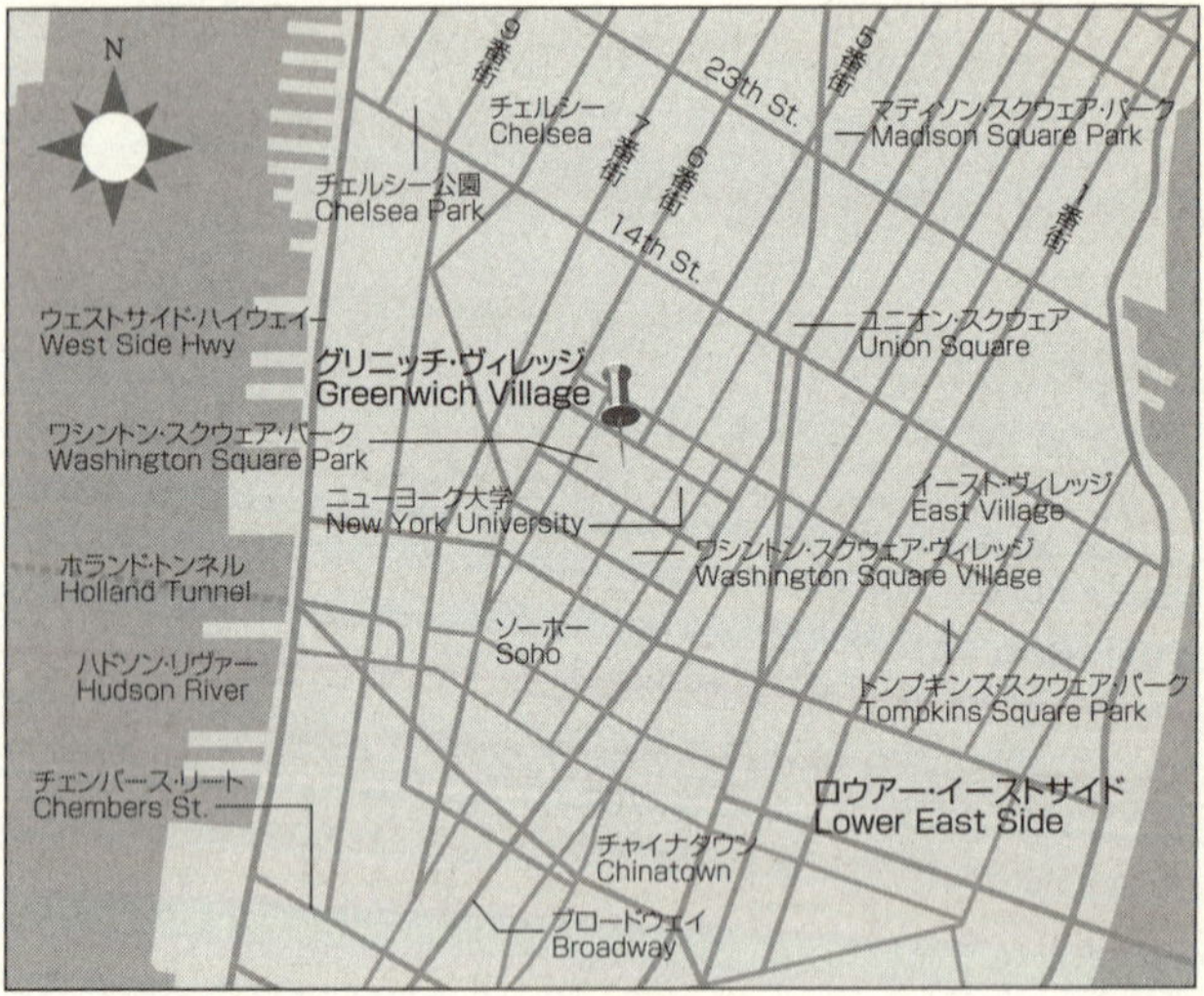

グリニッチ・ヴィレッジ

GREENWICH VILLAGE

ハリーは約束の時間に遅れていた。が、別に問題はなかった。待っているあいだに何をすればいいか、エスターにはわかっていたから。手を上げてやっとウェイターの眼をとらえることができた。そのウェイターは新米のようだった。まだほんの子供で、熱心さが顔にあふれていた。エスターが何を欲しがっているのか、それが自分にとってもほんとうに大切なことであるかのような、ほんとうにそのことを気にかけているかのような顔をしていた。それはウェイターだからだろうか。見せかけの関心というのは。それともただ男だからか。耳を傾けてもいなければ関心を持ってもいないくせに、そういうふりをしようとするのは。ハリーもそうだった。昔は彼にもいろいろな面があった。でも、もうそれもおしまい。今夜彼に会って、彼が望んでいるものを渡したら、彼に会うことはもう二度とない。

エスターは、ハウディ・ドゥーディ（同名の昔の子供向けテレビ番組の主人公）の親戚かもしれないような、若いウェイターのほうに空《から》のグラスを押しやって、テーブルを指で叩いた。客がバーテンダーに同じもののおかわりを次々に頼むときにカウンターを叩くように。

「マンハッタン（ベルモットとスコッチのカクテル）ですね？」と若いバーテンダーは空のグラスを取り上げて言った。どう見ても〈メンサ（会員をIQのきわめて高い者だけに限定した国際的な社交クラブ）〉にはいれそうな若者ではなかった。エスターは黙ってうなずいた。すぐにお持ちします、とウェイターは言った。

ええ、とエスターは思った。最初の一杯が来るまで十七分かかっていた。ウェイターはあらゆるテーブルの世話をしていた。彼女のテーブルだけ除いて。彼女はそのことをウェイターに思い出させなければならなかった。すると、ウェイターは忘れていたわけではないふりをして、バーが混んでいるという言いわけをした。彼女はそれを礼儀正しく聞いた。店には客が半分もはいっていなかった。今夜の勘定はわたしが払うと言おうかと彼女は思った。ただチップを払わずに店を出るだけのために。どうせもうここへは二度と来ないのだから。ウェイターにチップをやろうとやるまいと。

ハリーが来てはいないかと、ドアのほうを見やった。すでに来ていて彼女を探しながらも、奥の隅にいる彼女がまだ見つけられないでいるのではないか。しかし、戸口にハリーの姿はなかった。どっちみち給仕頭が彼女を案内してくるはずだ。この店でハリーが戸口にひとり立たされるなどありえない。お気に入りのレストランで彼がそんな処遇を受けることなど。

エスターは腕時計を見て、スカーフを直した。十年前イギリスに行ったときにハリーが買ってくれたスカーフで、イギリスの女王がつけているのと同じものだった。あの頃はまだ彼女が彼のオフィスの切り盛りをして、経理もやっていた。シェリル以前のことだ。

外の暗闇——ニューヨークにしては目一杯深い闇だが、大した闇ではない——に眼を凝らし、窓ガラスに自分の顔が映っているのに気づいた。垂れ下がった瞼《まぶた》、ぼやけた顎の線、薄くなりかけている髪、色褪せた薄い唇に刻まれた縦皺。すべては年をとるにつれ、誰もが母なる自然からこうむるささやかな仕打ちで、夫がそれに気づくと、今度は夫からも同じささやかな仕打ちを受けることになる。

エスターはハンドバッグから小さなリップグロスの容器を取り出すと、指につけてぼんやりと唇の色を直した。すると、急に空腹を覚えた。彼女はまたドアのほうを見て思った。まったく。ハリーは何をしてるの？

なくさないようにリップグロスをファスナー付きの内ポケットにしまうと、今度はペンを取り出してバッグの口を閉じた。取り出したペンはナプキンの上に置いた。まちがいなくハリーの眼のとまるところに。言い争いはもう終わったことをハリーにわからせたかった。彼にはもう気を揉ませたくもなかった。もうたくさんだ。窓ガラスに映る自分の顔に視線を戻した。ハリーは彼女に書類にサインをさせたがっており、彼女はそのサインをするつもりだった。どのみち今さら何が変わる？　サインしようとしまいと、ハリーはもう彼女を必要としておらず、そのことはもう何をもってしても変えられないのだから。いずれにしろ、彼女はもう心を決めており、いったん覚悟を決めたらあと戻りしないのがエスターだった。

さらに十五分が過ぎたが、ハリーも二杯目のマンハッタンも現われなかった。エスターは空想の世界をさまよいはじめた。ハリーが去ってからというもの、彼女はハリーを始末する方法をあれこれ練り上げていた。最初はそういうことをしないと夜眠れなかったのだが、そのうちそれが自分の気分を高揚させてくれることに気づいた。一日のうちいつであっても。彼女は大きな窓ガラス越しに夜をのぞき込んだ。にきび面《づら》のウェイターと別居中の夫――禿《は》げで、でぶで、女たらしの夫――が現われるのを待つあいだ、その空想が恰好の時間つぶしになりそうだった。

ハリーからシェリル――エスターが最近までやっていたように今、ハリーのところで仕事をしているあの身持ちの悪いあばずれで、ハリーの婚約者で、ハリーが今夜持ってくる書類にエスターがサインをすれば、ハリーの新しい妻になるシェリル――のことを切り出された頃には、夜ごと新しいシナリオを書いたものだ。かつてはハリーと暮らし、今はひとりで暮らしているアパートメントのベッドに横になり、天井を見上げてはハリーを殺しはじめたものだった。見られないようにこっそりハリーの背後に立って、九番街を走るバスのすぐまえに突き飛ばすとか。平身低頭で彼女に赦しを乞う彼を彼らのペントハウスのバルコニーから突き落とすとか。市がいつか公共の場にすると言いつづけている、老朽化した市街電車の高架の上からも突き落とした。じわじわと死に至る、苦痛に満ちた恐ろしい不治の病に侵されて、ゆっくりと死んでいく彼を病院で看取りもした。彼があの売女《ばいた》――いったいシェリルなんて名前をつける親がどこにいる?――と住んでいるペントハウスに侵入し、シェリルのヘヤドライヤーをバスタブに放り込んで殺したこともある。彼の顔に枕を押しつけて殺したことも。シェリルはストレス解消に買いものでもしているか、ハリーに言われてもエスターは拒否した脂肪吸引にでも行っていて、珍しくひとりで帰宅したハリーがドアを開けるなり、撃ち殺したこともあった。ワシントン・スクウェア・パークでも殺していた。バスに満載された日本人観光客が見に押し寄せるあの有名なアーチのすぐそばで。かつてはゲイの日光浴かナンパのメッカで、今は年老いた母親や子供を連れて歩ける公園になったクリストファー・ストリートの桟橋でも。人気《ひとけ》が絶え、ハリーとふたりだけになって、彼の命に終止符が打てる頃合いを見つけて。そこがつくり話のいいところだ。現実の人生とちがって、自分の思いどおりに変えることができる。フィクションは事実より好ましい。エスターはいつしかそう思うようになった。少なくとも自分が知っている人生の現実よりはるかに好ましいと。

眠りをもたらしてくれる心の安らぎをなんとしても得ようと、彼女は世界最大の書店〈ストランド〉でも殺した。詩人のディラン・トマスが飲み歩いた酒場の一軒、最期に泥酔死したと言われている〈ホワイト・ハウス・タヴァーン〉でも。ミート・マーケット・エリアにあり、若い人たちが面と向かい合うかわりに携帯電話で話をしている人気レストラン〈パスティス〉でも。ミート・マーケット・エリアでは、まだわずかに残っている肉の卸売り市場の中でも殺した。見るからにおぞましいフックに、哀れな牛と並べてハリーを吊るして息絶えさせたのだ。ハリー殺しの場所にエスターが選んだところは、もうヴィレッジには残っていないだろう――いかがわしい酒場でも、終夜営業のクラブでも、ひっそりとした場所に建つコテージでも、小公園でも、ストリートでもアヴェニューでもレーンでも路地でも広場でも中庭でも殺したのだから。

眠りたいという欲求から、エスターはただ偃月刀《えんげつとう》を振るう以上の殺し方を編み出し、最初の三カ月は毎晩新たな方法を考えたものだった。が、そのあと、好みのシナリオを繰り返し味わうほうがより愉しめることに気づいた。そうした好みのシナリオだけでもいくつもあり、そのどれもが細部に至るまで申し分なく、満足のいくものだった。そうしたシナリオのひとつひとつに名前をつけるようになったのもその頃のことで、一度つけた名前をさらにいくらか改めては名前を変えることも愉しんだ。彼女としても日々の暮らしに幾許《いくばく》かの笑いが必要だったということだ。それからまもなく――結局のところ、彼女は簿記が専門だったので――それぞれのシナリオに番号をつけるようになった。そうして、〝わたしはブルー？（最初の命名は〝異物混入〟）〟――ハリーが復讐に燃えた異常者から毒入りバイアグラを買ってしまい、ベッドの上であの好き者のシェリルと交わろうとしたときにこと切れるというシナリオ――は〝1番〟になった。それからというものは、ヨガをやってから熱い湯に浸かり、フリーザーに入れて冷やした上等のシトロン・ウォッカでアンビエン（睡眠薬）を一、二錠飲みさえすればよくなった。夜によっては、ただ布団の中にもぐり込み、眼を閉じて〝1番〟のことを思えば、それだけですぐに夢の世界に旅立てることもあった。彼女はそういうことに長けていたようで、やっと自ら得意なことを見つけた思いがしたものだ。実際、彼女のシナリオはハリーをただ殺すだけのものではなかった。彼女の殺し方には優雅さと流儀と機知があった。ただひとつ、魅力的な通りの多いグリニッチ・ヴィレッジでもひときわ魅力的な、ジェイン・ストリートの歩道のゆるんだ敷石を剝がして、ハリーの愚かな頭を叩き割るという例外はあったが。しかし、それはハリーが彼女に、シェリルと結婚したいと打ち明けた夜に考えたものだ。思えば、そのときがすでに終わりの始まりだったのだろう。

いずれにしろ、以前は役に立っていたものが今はもう役に立たなくなっていた。お気に入りのシナリオを思い描いても今はもう少しも眠れなくなってしまったのだ。そのため、このひと月かそこらは眠れぬ長い夜を過ごしては、さらに長くくたびれた翌日を迎えるということを繰り返していた。疲労から重力が二倍にも感じられ——自分の脚がまるで木の幹のように重たく感じられ、乾いた肌は色をなくし、眼は生気をなくし、このところは活力も希望もない毎日が続いていた。彼女の友達はそんな彼女に、いずれよくなる、ときがすべての傷《ウーンズ》を癒《ヒールズ》してくれる、あるいはときがすべての卑劣漢《ヒールズ》を懲《ウーンズ》らしめてくれる、と言ったが、どちらにしろ、事態はますます悪くなる一方だった。で、最後にはエスターも、この苦しみから抜け出すにはただひとつの脱出口しかないと思うようになったのだった。

その日の午後には、腐りやすいものをすべて処分して、最後のゴミを出していた。さらに、最後の一仕事をすませるためにハリーとの待ち合わせ場所に向かう途中、キャリーバッグに入れたルイをアパートメントから一ブロック先にある、人のいいミセス・クワンの店に連れていった。彼女の店は、マンハッタンなら誰の家からも一、二ブロックの近さにあるような、韓国人がやっている食料品店のひとつだ。ミセス・クワンには、地下室でルイを飼えば、もう二度と保健局と揉めることもないはずだと持ちかけた。ミセス・クワンはキャリーバッグの中を見て、最初は驚いたようだが、うなずき、片手で口を押さえて笑いながら言った。ありがとう、猫ね、いい考えだわ、と。ミセス・クワンの店を出ると、エスターは鍵の束を下水溝に捨てた。それまたハリーとの最後の晩餐のあとでは不要になるものだった。

ナプキンの上に置いたペンの位置を直す——エスターは何事もきちんとしているのが好きだった。これ以上ないほど準備を整えて顔を起こすと、ハリーが彼女のほうにやってくるのが見えた。同時にウェイターが飲みものを持ってきた。

「マンハッタンを頼んでおいたわ」と彼女はハリーに言い、すでに用意がなされている彼の席を指差し、そのマンハッタンが彼女のおかわりではなく、ハリーのためのものであることをウェイターにわからせ、ウェイターがナッツを盛った木の皿をテーブルに置こうとすると、手を振って要らない旨を伝え、下げるように身振りで示した。ハリーは椅子を引くと、スカーフを取った。エスターが二年前に贈ったものではなく、シェリルからのプレゼントだった。

「わたしももう一杯もらうわ」と彼女は若いウェイターに言った。「男の人にひとりでお酒を飲ませるわけにはいかない。でしょ？」

「それは私のことをまだ気をかけてくれてるということかい、エスター？」とハリーは言った。

「古い習慣というのはなかなかなくならないものよ」

ハリーは彼女のほうを見ることもなくただうなずき、指を鳴らしてウェイターを呼び戻すと、スカーフとコートをウェイターに手渡した。ほかの客のように自分でラックに掛けるのではなく。

「元気そうだね、エスター」ハリーはまだ彼女を見ようとはしなかった。「髪型を変えたんだ？」

エスターは笑みを浮かべて言った。「気がついた？」そう言って髪を梳《す》いた。髪型はここ七年変えていなかった。

「書類を持っていくようにって彼女に言われて、正直、驚いたよ。気が変わったのかい？

これはつまり決断がついたという……？」

若いウェイターがエスターのマンハッタンを持ってきて、ふたりにそれぞれメニューを手渡した。エスターはグラスを手に取ると、ハリーもグラスを手に取るのを待って言った。

「あなたの未来に、ハリー」グラスの触れ合う音に、結婚記念日にはいつも彼と飲んだシャンパンが思い出された。白いサテンのリボンが巻かれたティファニー・ブルーの小さな箱のことも。ハリーはそれをすべらかにポケットから取り出したものだった。少なくとも四年前の記念日までは。三年前の記念日、彼は出張でニューヨークにはいなかった。二年前はただ忘れてしまった。そして、去年の記念日はシェリルと一緒だった。

ハリーが注文を決めてメニューを置くなり、あのろくでもない若いウェイターが馬鹿面に笑みを浮かべてやってきた。

「前菜はリゾットで」とハリーはエスターよりこれから食べるディナーの料理に関心を示して言った。「メインはステーキ。ミディアム・レアで」

彼はエスターに何を食べるか訊きもしなかった。それでも、若いウェイターは彼女のほうを見て、何も言わずただ待っていた。これがこのあたりで受けられる最高のサーヴィスなのだろう、とエスターは思い、手を振って言った。「わたしは何も要らないわ」

「エスター」とハリーは言った。「何を言ってるんだ。何か食べなさい」

「あなたがよく言ってたダイエット中なのよ、ハリー」

「流動食ダイエット？」

彼女はグラスを取り上げて言った。「ええ、ハリー、そうよ」

ダイエットをしなければならないのはどうしてわたしのほうだったの？――とエスターは思った――この人は鏡を見たことがないのだろうか？　でも、シェリルはそれでかまわないのだろう。彼女はありのままのハリーを愛してるのだから。自分の父親ほども歳が離れ、詰めものをしなくてもサンタクロースの恰好ができ、一年にだいたい二百万ドル近く稼ぐハリーを。ハリーは与え、シェリルは受け取る。それもできるだけ多く。

エスターはさらに思った――わたしのまえでは食べづらいのではないか。ハリーのことを少しでもそんなふうに思っていたら、わたしは大変な思いちがいをしていたことになる。でも、まちがいはこれまでに何度も犯してきた。今さらそのことにどれだけの意味がある？

三杯目――ハリーが知るかぎり二杯目――のマンハッタンのあと、エスターは、勘定はハリーに払わせようと思った。若いウェイターももうそれほどひどくは見えなくなっていて、ハリーに気前のいいチップを払わせてもいい気分になったのだ。そんなことはもうどうでもよかった。ハリーがデザートのメニューを見ているあいだにトイレに立った。戻ると、ハリーはポケットから離婚合意書を取り出して、テーブル越しに渡してよこした。

「シェリルも私も……」と彼は言いかけ、そこで言い直した。「今回のこと、私はとても感謝してる。いずれにしろ、私が気前のいい男だということについてはきみも認めてくれてることと思う。償いについては充分以上の――」

彼女に手を上げられ、彼はそこでまたことばを切った。「過ぎたことは過ぎたことよ、ハリー」彼女はペンを取り上げ、指示されている箇所すべてにサインをしてイニシャルを書くと、書類をたたみ、夫に返した。

「じゃ、もういいかな？」と彼は言った。一刻も早く店を出たそうにしていた。一刻も早くシェリルの待つ家に帰り、署名された書類を彼女に見せ、シャンパンを開け、ふたりの未来に乾杯したがっていた。エスターは黙ってうなずいた。彼が欲しがっていたものを与えること。それがこのディナーの目的だった。その目的を果たし、彼女はリップグロスを塗り直して立ち上がると、ハリーに手伝ってもらうこともなく、椅子の背に掛けてあったコートを羽織った。ハリーのほうはさきほどの若いウェイターの手を借りてコートを着ていた。新しいコートを。そのコートもシェリルがハリーの金で買って彼にプレゼントしたものだろう。

それでも、店を出るとき、彼女はかつていつもそうしていたように彼の腕を取った。悪い感じはしなかった。しっくりきた。それに道路はすべりやすく、エスターとしてもすべって転びたくはなかった。長靴はアパートメントに置いてきていた。今夜ばかりは――ハリーと過ごす最後の夜ばかりは――所帯じみた恰好はしたくなかった。ふたりはジェイン・ストリートまで北に一ブロック歩いた。エスターは人や車の往来で雪が溶け、歩道の敷石が顔をのぞかせているところを見た。通りを渡りながら、22番、と思った。ゆるんだ敷石でハリーを殺すやつだ。しかし、と彼女は思った。どうして自分はここまで愚かだったのか。新たな人生に向けて一歩踏み出すのではなく、ただ復讐の妄想に生きていたとは。

「ここからはひとりで帰るわ」と彼女は交差点を渡りきると言った。

ハリーは署名入りの書類を収めた内ポケットをコートの上から軽く叩いて言った。「ありがとう、エスター。きみは昔から聞き分けのいいやつだった」

「さよならのキスをして、ハリー。これが最後というキスをして」

ハリーは身を屈めた。エスターは爪先立ちになった。唇を強く押しつけられ、彼女のキスの熱烈さにハリーは驚いた。さらに、最後に身を引いた彼女の眼に涙が浮かんでいたことにも。

彼は東に――グリニッチ・ストリートのバス停のほうに向かった。エスターは首を振った。彼女にはハリーという男がよくわかっていた。ハリーのことで彼女が知らないことなどおそらくひとつとしてないはずだった。彼がどういうことに関して気前がよく、どういうことに関してことさら吝嗇《りんしょく》かということも含めて。あの世にまで持っていくつもりなのかしら、と彼女は思い、タクシーを拾おうと手を上げた。

実のところ、あの世まで持っていこうとしているのは彼女のほうだったのだが。彼女は経理担当として彼の金を長年にわたってくすねていた。ここで千ドル、あそこで千ドルといったふうに。夫のオフィスの切り盛りをし、経理を見てきた二十八年のあいだに、それは積もり積もってかなりの額になっていた。

腕時計を見た。軽い眩暈《めまい》を覚え、何も食べなかったことを後悔した。機内食がおいしいわけがない。が、そこで今回はファーストクラスであることを思い出した。ファーストクラスなら、機内食もそれほど悪くはないかもしれない。離陸前にはシャンパンが出されることだし。数ブロック先にタクシーを認め、彼女はハンドバッグに手を入れ、リップグロスの小さな容器を取り出して下水溝に捨てた。ハリーに抱きついたときに、彼のポケットからこっそり抜き取った強心剤《エピネフリン》の注射器と一緒に。そのふたつもまた彼女がもう必要としないものだった。

タクシーがやってきて停まると、エスターは後部座席に乗り込み、運転手にケネディ空港と告げた。すべてが計画どおりだった。飛行機の出発時刻にはまだ充分余裕があった。バスがグリニッチ・ストリートとホレーショ・ストリートの角のバス停にやってくるまでには、あと五分か六分かかるだろう。が、やってきたときにはもうハリーは死んでいることだろう。

9番、と彼女は眼を閉じ、笑みを浮かべながらつぶやいた。最初は〝ナッツ・アレルギー〟、そのあと〝ナッツをあなたに《ナッツ・トゥ・ユー》（〝ふざけるな〟の意にもなる）〟に変えたやつだ。リップグロスにピーナツ・オイルを混ぜ、キスでハリーを殺すやつ。それがかねてから彼女の大のお気に入りだった。

雨

トマス・H・クック
田口俊樹＝訳

Rain

by Thomas H. Cook

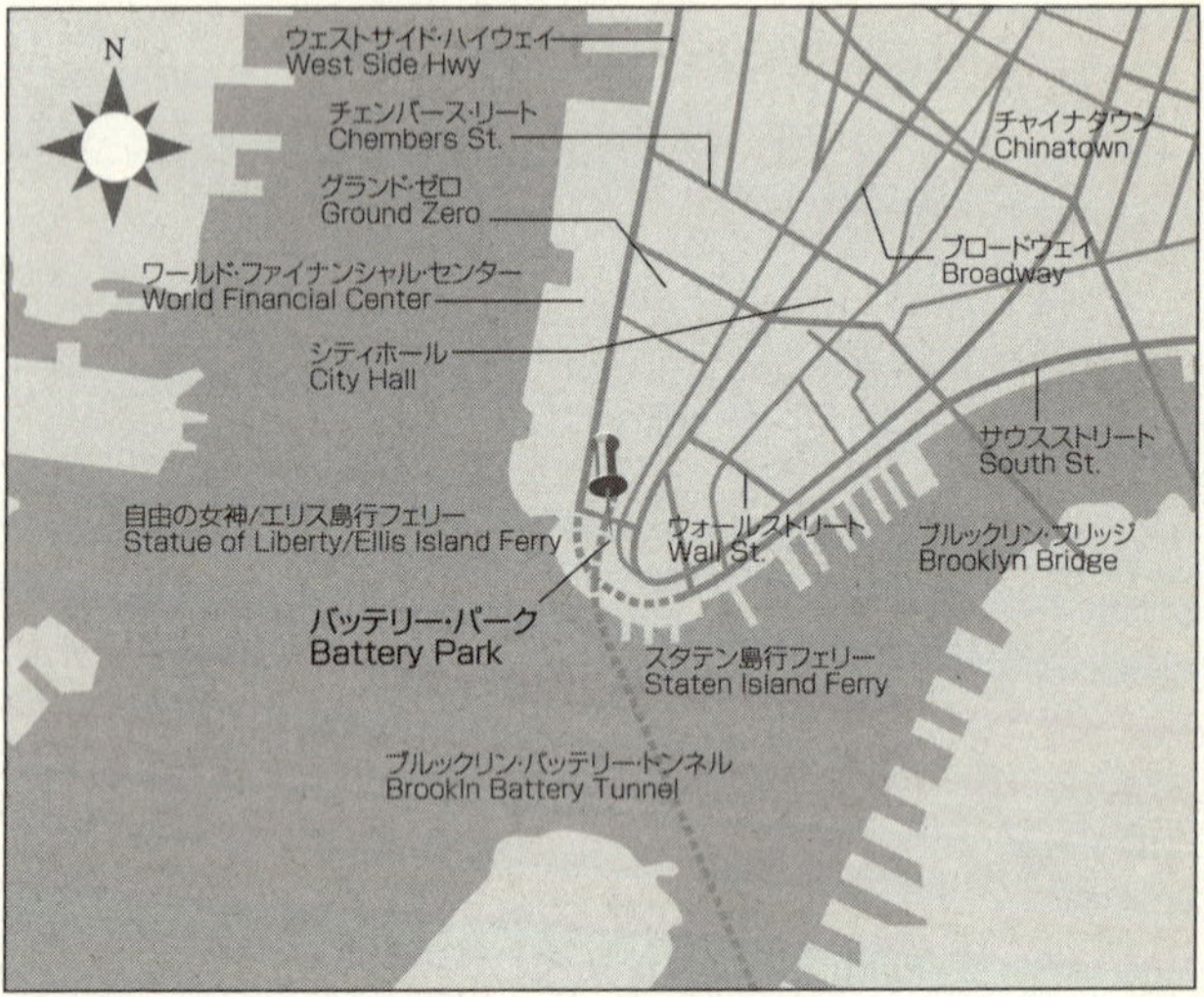

バッテリー・パーク
Battery Park

閃光が百万の雨の眼を解き放つ。暗い霧の中、その眼はゴシック風の尖塔群を一瞥《いちべつ》し、束の間、光を反射し、輝けるすじとなって落ちてくる。陸のほうに移動しながら。島のまるい突端に向かって。深夜の出航をまえに荷積みしているフェリーに向かって。

〈まえにも言ったけど、もう母は長くない。だろ？〉

〈そう、どうにかがんばってるって感じだね〉

雨がフェリーの窓を伝う。黄色くかすむ明かりの中、夜の乗客が窓辺に坐っている――トビー・マクブライドはその中のひとりにすぎない。独身。四十二歳。ボウリング場は面倒なことになっている。スタッテン島にいる病身の母のことを考える。こぼれ落ちていく金のことを考える。母のジャマイカ人の看護師を見つめながら。こんなに大きな黒い手ならたやすいことだろう。

〈二万ドルも払えば文句はないだろ、だろ？〉

〈二万？　ふん〉

雨は悪巧みと犯行計画の上にも降る。跳ね上げ戸の上にも、逃走用の地下通路にも、すばやく逃げるための粗雑な手段の上にも。税関の建物の外壁に日々こびりついた汚れを集め、渦を巻きながら、その汚れを広大な地下の暗渠《あんきょ》に注ぎ込み、海へと押し流す。バッテリー・

パークを移動しながら、つぶされた煙草のパッケージを叩き、ちぎれたの靴ひもを濡らし、使いかけの口紅の容器の中に注ぎ込み、戸口のぼろぼろの雨よけの下に若い女を駆け込ませる。肩にかかるブロンド。その背後に男がいる。影の中にひそんでいる。なかなか開かない傘を開くのに難儀をしている。外気の中、男の声が震えて聞こえる。

〈このビルに住んでるのかい?〉

長く黒い指はまだ傘にある。マホガニーの柄を握っている。

〈あんた、レベッカっていうんだろ?〉

雨は見る。偶然の出会いが織りなす気まぐれなクモの巣を、悪しきタイミングで交差する碁盤の目を、死を招く偶然の数々を。そこから逃れるすべはない。百万の小さなスクリーンが瞬き、短剣を、ボックスカッターを、飛び出しナイフを、アイスピックを、長く黒い指の中にうずくまり、そこから外を凝視する銃身の短い三八口径を映し出す。

〈声を立てるな〉


雨はウェスト・ストリートを離れ、影のように聳《そび》え立つ高層ビル群のあいだの閑散とした谷間にも降り、さらに移動して、建築中のビルの骸骨のような梁《はり》から滝となってほとばしり、さらに北、デュエイン・ストリートに出て、年季の入った緑のヴァンの屋根をうるさく叩く。

〈それでいつこっちに来られるんだ、サミー?〉

〈心配するなって。ちゃんと行くから〉

エディは携帯電話を握りしめ、ヴァンの後部を振り返る。スピーカーがいくつか、DVDプレーヤーが四台、カーラジオが二台、カシミアのコートが一着、CDを入れた靴箱がひとつ、本物かもしれない宝石類が少し――盗みのわびしい戦利品。

〈今すぐ来てくれよ〉

〈何あせってる？〉

〈なあ、今来てくれって〉

雨は側溝の流れの水かさを増し、煙草の吸い殻やキャンディの包み紙を押し流す。インクで書かれた484という数字が滲《にじ》むメモの切れ端を、帽子屋のレシートを、鎮痛剤《デメロール》の処方ラベルを。雨はフロントガラスの埃を洗い流すと、車の中をのぞき込む。まんまるく見開かれた眼、眠そうな眼、ぼんやりした眼、油断のない眼を見る。エディは痩せこけた腕を掻いている。そこから一ブロック離れたところでは、ボイル刑事が覆面パトカーの中でテープを再生している。フェリーで交わされた会話を聞きながら、相棒ににやりと笑ってみせる。

〈マクブライドのしっぽをつかんだぜ、フランク〉

彼は笑い声をあげる。

〈あのジャマイカ野郎。あれで盗聴器の扱い方はよく心得てるようだ〉

ニューヨーク市警本部《ポリス・プラザ》。風は東へと向きを変え、市警本部の建物の四角い小さな窓を叩く。

その音と振動に、マックス・フェルドマンはいっとき机の上の写真から注意をそらす。リン・アバークロンビーがトライベカの自宅のアパートメントの床に手足を投げ出して倒れている写真。銃身の短い三八口径で一発。手がかりと言えるものは何もない。彼女が仰向けに倒れ、ブロンドの髪がひとすじ、右眼にかかっているという事実を除くと、何も。もしかしたら、ヴェロニカ・レイク（一九四〇年代のフィルム・ノワールで活躍した女優。片眼にかかる長いブロンドの髪で一世を風靡した）のファンの仕業かもしれない。フィルム・ノワールの病的なマニアの。

雨は絡み合った鋼鉄とコンクリートの上にも降る。捕食者と獲物の上にも。ハティ・ジョーンズを待っているジェリー・ブライスの野球帽を叩く。ジェリーは、今日が終夜営業のクリーニング屋の給料日で、ハティの財布には金が詰まっていることを知っている。雨は、ドリー・バロンの寝室の窓を見つめるサミー・カミンスキーの視野をさえぎり、千人ののぞき屋の深夜の娯楽に水を差す。

ハウストン・ストリート。夜ふけの嵐に吹き寄せられ、それぞれの避難場所で身を寄せ合う人々の上にも雨は降る。ハーマン・ディヴェインは避難所にバス停を選び、混み合う中に体を押し込む。酔っぱらった女子大生たちの中に。あの赤いベレー帽をかぶった小柄なブルネット。服の下にある彼女の裸。あまりにもあからさまで、あまりにも近い。ほんの一瞬の接触。いともたやすい。さするように彼女に触れ、すぐに身を引く。すべてを雨のせいにして。

稲妻に次いで雷鳴も北へと向かう。ブリーカー・ストリートを越え、クラブや安酒場の上を通り過ぎる。ネオンに染まった顔の上を。ピアノ、ベース、ドラム。ジャズトリオが演奏する夜ふけのリフのビートに合わせて動く頭の上を。

アーニー・ゴーシュはテーブルの下で軽く脚を動かして拍子を取っている。

〈悪くないピアノだ〉

ジャック・プレイトウは落ち着かない様子で、グラスの下に敷いたナプキンを弄《もてあそ》んでいる。いろいろなことが頭の中をめぐっている。時間が揺れている。頭上を行きつ戻りつする剣の振り子のように。

〈ピアノなんか知るかよ。なあ、アーニー？　デュエイン・ストリート四八四番地、小さな宝石店だ。ちょろいもんさ。今日の午後、下見をしたんだ〉

アーニー・ゴーシュはピアノを聞いている。

つややかな黒髪のジャック・プレイトウはウィスキーに口をつける。計画、段取り、防犯カメラの位置。彼はすべてを信じきっている。

〈ポーリー・セレロも手を貸してくれる。あとは金庫破りがひとりいさえすればいいんだ。まちがいないって、アーニー〉

アーニー・ゴーシュ。灰色のフェルト帽の下から灰色の髪をのぞかせているこの男は刑務所から出てきたばかりで、逆戻りする気はさらさらない。

〈まちがいないことなんてありゃしないんだよ、ジャック〉

〈あるさ。そいつがタマさえ持ち合わせてたら〉

〈そりゃあるかもな。そいつにアタマってものがなきゃ〉

プレイトウはむっとして身をくねらせる。いいなりゆきとは言えない。ポーリーはきっと怒り狂うだろう。こうなったら強気に出るしかない。

〈やるのか、やらないのか、はっきりしろよ、爺さん〉

アーニーは家の庭のことを考える。春蒔《ま》きの種はもう買ってあり、その種の袋は上着のポケットの中にある。彼は刑務所のことも考える。近頃はなんともおぞましい場所になった場所のことを。ギャング、アーリア人至上主義者、回教徒、シャワー室で若いやつらをレイプするホモの受刑者。あんなところにはもう二度と戻りたくない。彼は固く心に決める。

〈悪いな、ジャック〉腰を上げる。〈帰りのバスがあるんでね〉

雨の眼は人生経験の成果——曲がりくねった道が最後に行き着いたところも見れば、倦怠《けんたい》と不安の上にも降る。日々の暮らしを囲う鉄格子にも。抜け出るのはいともたやすそうに見える出口にも。小さく折りたたまれた紙幣にも、マリファナを入れたグラシン紙の袋にも、白い粉の詰まったアルミホイルの筒にも、監視カメラのある場所が×印で記された小さな宝石店の見取り図にも。

六番街八丁目。〈ジェファーソン・マーケット〉の石段に、トレーシー・オルスンが段ボール箱を置く。アンジェロとルイスが走り去るトレーシーを見ている。アヴェニューAで盗んできた赤いＢＭＷの中から。雨が車の屋根を打ち鳴らす。

〈見たか？〉

〈何を？〉

〈あのくそ女〉

〈あの女がなんだって？〉

〈あそこの階段に箱を置いてった〉

〈それがなんだって？〉

〈それしか言えないのか？　なんだってなんだってなんだって〉

ルイスは雨の中を歩きだす。箱に向かって。箱の中からか細い泣き声が聞こえる。

〈なんて……なんてこった〉

二十三丁目通り。雨はピザ・パーラーの、メキシカン・レストランの、終夜営業の中華料理店の窓を叩く。

サルとフランキー。酢豚と鶏肉の野菜炒め《ムー・グー・ガイ・パン》。

〈そいつ、どんなことをした？〉

〈連中がいつもすることさ〉

〈歳を訊かれた？〉

〈十八だって言った〉

サルとフランキーはスーツ姿の郊外族を揶揄して可笑しそうにくすくす笑う。ストレートのふりをしている男たちは少ないこづかいの中から渋々金を出し、サルやフランキーの甘いお尻を買うと、あとは通勤列車《PATH》に乗って可愛い妻が待つわが家に帰る。

〈そいつはどこから来てた？〉

〈どうでもいいだろ？　もう死んじゃってるんだから〉

〈そのプラムソース、要らない？〉

ブロードウェイ三十四丁目。雨の百万の眼が縫製工場の埃まみれのウィンドウを叩く。レニー・マックは自分の机の上に帳簿を広げ、繰り返し計算している。まくったシャツの袖《そで》で、汗ばむ額を拭いながら。どうして義理の父、シーゲルマンに疑われたのか——外部の会計士を呼び寄せる、などという脅しをかけられるほど疑われたのか。そうなるまえにすべきことを考える……レイチェルのために、大学にかようふたりの子供のために何ができるか。最初はほんの小額だった。それが、なんと、今では二十五万ドルにもなっている。隠しとおすには多すぎる。彼は帳簿を閉じて、軋む椅子の背にもたれる。もう一度最初から考え直す……どうするべきか。

タイムズ・スクウェアでは北に向かって突風が吹いている。斜めになった雨粒が銃弾のように降り注ぎ、濡れて黒くなった舗道やミッドタウンで渋滞している車やバスの上で炸裂している。ジェイミー・ロークは、アップタウンに向かう一〇四番のバスに乗っている。灰色のフェルト帽をかぶって花の種の袋を弄んでいる年配の男の隣に坐っている。トレーシー・オルスンのことが気になっている。トレーシーは赤ん坊をどうしただろう？

〈庭があるんですね〉

〈狭いけどね〉年配の男は笑みを見せる。〈何か植えたほうがいいって娘が言うもんでね〉

アーニー・ゴーシュは座席にゆったりと坐り、自分の決断に満足している。娘に感謝もしている。〝まちがいない〟ことと縁が切れたのは娘のおかげだ。

〈娘っていうのはそういうもんだよ。娘というのはわれわれにちょっとした分別を与えてくれる〉

五番街五十九丁目の角にほど近いバー〈サン・ドミンゴ〉の戸口の雨よけを突風がはためかせる。薄暗い店内。バーテンダーは黒いボレロを着ている。

アマンダ・グレアム。マティーニ。とてもドライなマティーニ。オリーヴは四つ。ノースリーヴの黒いドレスにミキモトの真珠。小さな大理石のテーブルをはさんでディードラがいる。グラスにはマンハッタン。氷はなし。

〈ポーリーはきっと気づくわ、マンディ〉

アマンダはマティーニを飲む。〈どうやって？〉

〈彼なら絶対気づくって〉

アマンダは手を振って否定する。〈ノストラダムスじゃあるまいし〉

〈似たようなものよ。でも、だからなんなの？　あんなろくでなし〉

〈彼はろくでなしじゃない。ピアノ弾きよ。すばらしい演奏をしてる、ブリーカー・ストリートの店で〉

〈それこそわたしの言いたいことよ〉

アマンダは最初のオリーヴをかじる。〈ほんとうのところ、どう思う？　ポーリーはどうするかな？〉

ディードラはマンハッタンを飲む。

〈あなたを殺すでしょうね〉

オリーヴがクリスタル・グラスの中に落ち、ウォッカとベルモットが波打つ。ブリーカー・ストリートの心地よい演奏が耳ざわりで恐ろしいものになる。

〈ほんとうにそう思う？〉


雨は夜に閉ざされた市《まち》のいたるところに降る。不安と恐怖の上にも。来たるべき結果を待つ居心地の悪い時間にも。進行中の出来事にも、完了していない行為の上にも。雨はブロードウェイ七十二丁目のネオンサインやエールの壜、緑のクローヴァーで飾られた窓も洗う。ビールズ警部。シングルモルトのスコッチ・ウィスキー。グレンフィディック。バーク刑事。ジョニーウォーカー・ブラック。ふたりのまえのカウンターには数枚の写真。肥った男。禿げた頭。三八四九三八二〇九二。

〈こいつが最後に残ったやつか?〉

〈ええ。フェルドマンは望み薄だと思ってるみたいだけど。それでも、こいつはトライベカに住んでますからね。犯人がそこに住んでるのはまずまちがいないんだから〉

警部はかすかにうなずく。

〈名前はハーマン・ディヴェイン。住んでるのは〈ウィンザー・アパートメンツ〉。リン・アバークロンビーのアパートメントからほんの数軒先です。ティアナ・マシューズのところからは四ブロック。出所して四年になります〉

〈こいつの前科《まえ》は?〉

〈最初は女の子に性器を見せびらかしたり、こすりつけたりしてただけみたいだけど。地下鉄やエレヴェーターの中で。痴漢ですよ〉

〈で?〉

〈そのあと……暴力を振るうようになった〉

〈どういう暴力だ?〉

〈これまでのところは婦女暴行。でも、かなりひどいやつです。このまえのときは女の子が死にかけた。で、七年の刑を食らった〉

〈銃を使ったことは?〉

〈ありません〉

警部はグレンフィディックを一口飲む。

〈じゃあ、おれたちの犯人《ホシ》じゃないよ〉


アムステルダム・アヴェニュー九十三丁目では、雨が酒場の窓の上を滝のように流れている。ポーリー・セレロは、ジャック・プレイトウがタクシーから降りるのを見ている。プレイトウが酒場のドアを抜けて、革のジャケットについた水滴を払うあいだ、ポーリーはグラスから一口飲みものを飲む。

〈ひどい雨だぜ、まったく〉

〈で？　ゴーシュは？〉

〈やつには全部話した。計画のすべてを〉

〈で？〉

〈やつは乗ってこなかった、ポーリー。あいつは刑務所《ムショ》が怖いんだよ〉

ポーリーは酒を呷る。ことのなりゆきが気に入らない。くそじじいに刑務所《ムショ》行きを怖がられてしまっては計画がすべて台無しになる。

〈どうする、ポーリー？　ほかの誰かを探すか？〉

ポーリーは首を横に振る。

〈いや。ほかにも問題がある〉

彼はうなずいてバーテンダーにおかわりの合図をする。

〈おまえ、おれの女房を知ってるよな？〉

雨は出口のない袋小路、どこにもない正解、容赦なく締めつける運命の万力を見て、誤った判断、かぎられた選択肢、浅はかな考えによってがんじがらめになった物事の上にも降り注ぐ。パーク・アヴェニュー百四丁目。そんな雨が閉められた窓を叩く。雨粒が窓敷居を伝い、剝き出しの床に滴《したた》り落ちる。

〈くそ〉

チャーリー・ランドルーは、仕事にも食事にも使っている小さな木のテーブルにそぼ濡れた帽子を放る。失敗。帽子はテーブルの下のすり切れた敷物の上に落ちる。

〈くそ〉

そのままにしておく。

電話が鳴る。

〈はい？〉

〈チャーリー、私だ。レニーだ〉

〈このくそ嵐のせいでくそアパートメントに水があふれてる。そこらじゅう水びたしだ〉

〈チャーリー、聞いてくれ。金を少し借りなきゃならない。きみの……その……例の男から〉

チャーリーはけたたましい笑い声をあげる。

〈このまえはもう少しで見つかりそうになったじゃないか、レニー〉

〈だけど、うまくやっただろ？　それが一番大切なことだろうが。ちがうか？〉

〈いくらだ？〉

〈二十五万〉

チャーリーは考える。古い客について。古い客はいすぎるくらいいる。過ぎた支払い期限。多額の先送り。先送りがうまくいかなくなって、誰かが逃げたら？　もうすでにのっぴきならない状態になっている。

〈どうなんだ、チャーリー？〉

むずかしい決断ではない。

〈駄目だね〉


雨は、最後に残された選択、やむをえないはったり、変えることのできない結末、音のならないベル、吹き消されたろうそく、突然閉じられた本を見ている。ブロードウェイ百十丁目の交差点では、フロントガラスのワイパーが甲高い悲鳴をあげている。

〈聞こえたか？〉

〈ああ、ひどいもんだ〉

〈くそＢＭＷのくそワイパー〉

〈くそサターンと変わらない〉

ルイスの膝の上の箱がわずかに動く。

〈こいつ、クソしたみたいだ、アンジェロ〉

〈だから？〉

〈だから？　クソが箱から洩れたらどうする？〉

〈クソは箱から洩れないよ〉

〈わかった、クソは洩れない。これからどうする？〉

〈考えてる〉

〈ヴィレッジを出たときからずっと考えてるじゃないか〉

〈だったらおまえはどうすればいいと思うんだ？　警察はなしだ。盗んだ車じゃ警察には行けない。誰の子供かもわからない赤ん坊なんか連れて〉

彼は左に眼をやる。雨の向こうにぬうっと聳え立つ尖塔を見上げる。

〈教会だ。教会がいい〉


雨はすばやい解決策、利用できる手だて、重荷をおろす手段の上にも降る。ホームレスの避難所や木賃宿にも降り注ぎ、壊れかけて不安定にぶらさがる、大聖堂の排水管にも流れ込む。

ブロードウェイ百十二丁目。バスの油圧式ドアが開き、突風が吹き込む。

アーニー・ゴーシュが立ち上がる。

〈種蒔き、うまくいくといいですね〉

ゴーシュは年若い同乗者に笑みを返す。

〈ありがとう〉

〈ぼくにも娘がいるんです〉

〈それなら大事にするんだね。大事に育てればあとで大事にしてもらえる〉

ゴーシュは激しい雨の降る歩道に降りると、うつむき加減に家に向かう。エドナが待っている家に。戻れば安心するだろう。残された時間はまだ何年もある。まっとうに生きることに決めたのだ。これでレベッカも喜んでくれる。今、大事なことはそれだけだ。


雨は移動する。北に向かって――ブロンクスのほうに。新たな始まり、学ばれたこと、得られた教訓をあとに残して。ブロードウェイ百十六丁目。ジェイミー・ロークは何億もの雨粒の中に足を踏み出す。トレーシー・オルスンと娘のことを思いながら。決して口にしてはいけないことを言ってしまい、トレーシーを怒らせてしまったことを思い出しながら。今すぐ彼女に電話をすることに心はもう決まっている。電話をして、すべてはうまくいくと言うのだ。三人で生きていこうと。家族になろうと。

雨は、失われた望み、無駄な決意、遅すぎた償い、実現しない解決策の上にも降る。ブロードウェイ百十六丁目でタクシーを降りたバーニー・シーゲルマンの上にも降る。義理の息子がペテン師であることはまちがいない。明らかになった嘆かわしい策略のすべてを妻と娘に打ち明けなければならない。家のまえまで急ぐ。思いもよらない水の流れに、自分の足が水しぶきをあげていることに気づく。自分のアパートメント・ハウスの雨よけの下で立ち止まり、歩道の上を教会のほうに勢いよく流れていく水を眼で追う。破裂した排水管の下に段ボールの箱が置かれている。裂け目からほとばしった奔流が箱の中を水でいっぱいにし、ふやけたへりからあふれている。その水はコンクリートの階段を流れ落ちる。そして、シーゲルマンの磨いたばかりの靴のまわりでしぶきをあげている歩道の流れと合流する。彼は首を振る。明日また靴を磨かなければならない。彼は教会、階段、壊れた排水管、その下に置かれ、雨水があふれ出している段ボール箱を見つめ、腹立たしく思う。こんなところにごみを捨てる人間がいるとは。

次善の策

ジム・ワジッリ
田口俊樹＝訳

THE NEXT BEST THING

BY JIM FUSILLI

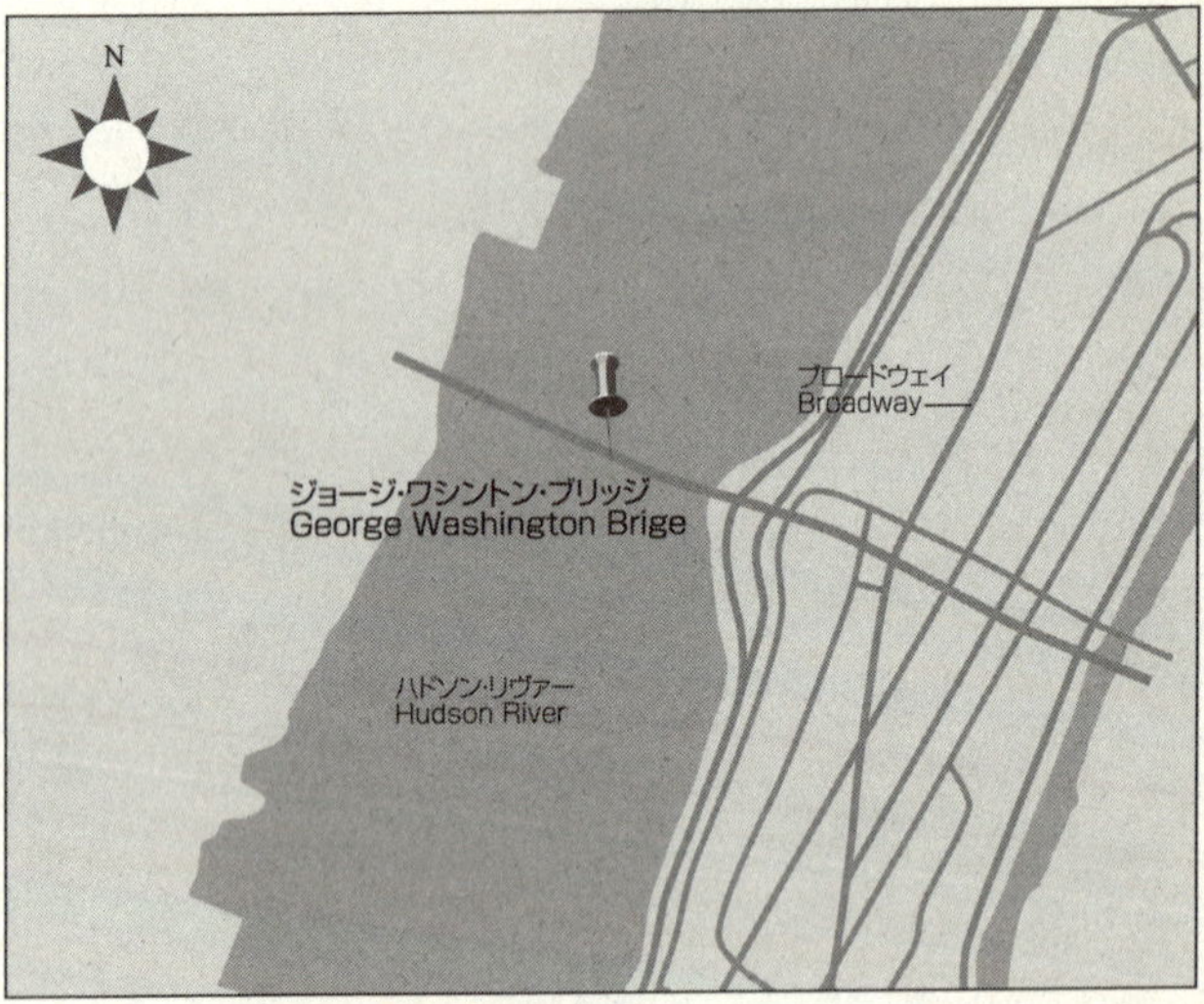

ジョージ・ワシントン・ブリッジ

GEORGE WASHINGTON BRIDGE

マクシーは掛け値なしのろくでなしだった。それは誰もが知っていた。それでも彼女は彼に恋をした。彼のとびきり青い眼に。慌てないすべを心得たその立ち居振る舞いに。彼のピアノが好きだったのはもちろんだ。彼のピアノは誰からも愛されている。彼女はそう思っていた。

彼がカンザス・シティでお払い箱にされたことは知らなかった。ニュージャージーまで働きにいっているのは、五十二丁目通りにある何軒ものジャズクラブやハーレムの〈ミントンズ・プレイハウス〉、ヴィレッジの〈カフェ・ボヘミア〉では相手にされなかったからだということも。あるとき、彼女はバド・パウエルが〈バードランド〉で演奏することを知り、マクシーのあとをブロードウェイまで尾《つ》けたことがある。〈バードランド〉のカウンターにつくと、演奏の合間に彼にすり寄ってその広い肩をそっと撫でた。そのとたん、彼は身を硬くして無表情になった。それでも、その激しい怒りはありありと見て取れた。彼女に知られたくないことをしているところを——あるいは聞いているところを——見つけられ、面白くなかったのだろう。単純にそう考えて、彼女はストゥールからすべり降りると、おしゃべりに興じる人たちを掻き分け、歩いてダウンタウンに戻った。彼に理由は訊かなかった。訊かないほうがいいことがわかっていたから。

ふたりはヘルズ・キッチンに住んでいて、スリップ姿の彼女からはいつも彼の香りが霧のように漂っていた。ある晩、彼女は言った。「マクシー、今までに――」「ない」と彼は靴にブラシをかけながら言った。マクシーはズボンよりさきに靴を履く。彼女は彼のそんなところも好きだった。

剃刀を革製のケースに収め、〈ピノー・クラブマン〉のタルカムパウダーを顔と首にはたくと、彼はフォートリー行きの八時五分発のバスに乗るため、ポート・オーソリティに向かった。フォートリーの〈コンティネンタル・ラウンジ〉では、ひと晩三回の演奏で六ドルもらえる。それに、いくらになるにしろ、ブランデー・グラスに入れられるチップ。彼が掛値なしのろくでなしでなかったなら、チップはもっと増えただろう。そのとびきり青い眼がものを言ったことだろう。

マクシーにもチャンスはあった。が、それをうまく生かせず、自分から引き下がってしまったのだった。

ニューヨーク市内で演奏することはない。それは列車に乗るまえから彼にもわかっていた。彼の父親はマクシーのそうした将来を息子が生まれた日から予測していた。すじ張った痩軀《そうく》で、骨の髄までオクラホマ農民の彼の父親は、隙間風の吹くあばら家のフランクリン・ストーヴのそばに坐り、その悲しげな顔に火影を宿してよく言ったものだ。「いいか、坊主。男というのは失敗するように生まれついてるのさ。これればかりは避けて通れない」

彼はまずヒッチハイクでミズーリ州に向かった。万事うまくいくと思っていた。が、バード（ジャズ・アルトサックス奏者チャーリー・パーカーの愛称）からは丁重にバンドへの参加を断られ、あちこち駆けずりまわって、ベニー・ウォルターズのバンドでピアノを弾く仕事にありついた。カンザス・シティを通りかかったとき、ベニーのバンドのピアノ奏者が帯状疱疹にかかってしまったのだ。が、バンドのメンバー全員に加え、出演契約をする大物エージェントまで、マクシーが二二口径の銃でビッピー・ブラウンの左耳を吹き飛ばした話を聞くのに、時間は大してかからなかった。それはビッピーが大口を叩いたからだったけれども、バンドをお払い箱になったのはマクシーのほうだった。ベニーはチカシェイ（オクラホマ州中部にある市）のはずれの安食堂でマクシーに馘《くび》を言い渡した。そこから彼の家までは歩いて帰れる距離だった。

どうせ敗者になるなら頂点で敗者になろうと思って、彼がニューヨークのペンシルヴェニア駅に着いたとき、ポケットには三十八セントしか残っていなかった。

なんて大きな市《まち》だ。ＩＤＮ線の地下鉄の車両が吹き上げる風を受けながら、陽射しの中に足を踏み出し、都会の騒音の中、彼はそう思った。エンパイア・ステート・ビルディングを見上げ、遠くのウェスタン・ユニオン・テレグラフ・ビルディングを眺めた。ああ、これこそほんとうの都会だ。そう思い、八番街の歩道に唾を吐いた。通りの角という角に銀行があった。

容赦のない冬。彼は風邪をひいた。彼女は彼にホットレモネードをつくり、二部屋しかない彼のアパートメントに温熱ランプを持ち込んだ。

その頃には、マクシーも〈コンティネンタル・ラウンジ〉で演奏するようになっていた。

彼は最高に輝いている。彼女はそう思っていた。

彼はたいてい朝の十一時に起き、夕食まで市《まち》を歩きまわった。たまに彼女と一緒に夕食をとることもあった。スチームテーブルが置かれているような安食堂が彼の好みだった。だから、彼女は自分もそういうところが好きだと言った。

そんな彼女にとって、赤毛のことと左胸の下にある痣のことをあれこれ言わない男はマクシーが初めてだった。彼女に手を上げない男も。少なくとも今のところは。それに、彼は身ぎれいにすることを知っていた。そういうところも新鮮だった。彼にはもっともっといいところがある。彼女はそう思っていた。求めもしないのに彼女に同情して、階下《した》に住んでいる痩せたメキシコ女が訪ねてくるようになったあとでさえ。

夜になると、彼女は〈ゲイアティ・カフェ〉に行き、ライ・ウィスキーのジンジャーエール割りを飲みながら、彼がニュージャージーから戻るまで時間をつぶして過ごした。飲むと、すぐに彼の武勇伝を話しはじめた。尾ひれをつけて――マクシーは〈オニキス〉の用心棒から金めっきのライターをくすねた。マクシーは〈スタイヴェサント・カジノ〉のドアマンを叩きのめした。マクシーは十セントの豚足とポテト料理に腹を立ててバワリー通りの酒場で大暴れした。

黒い眼の美しいメキシコ女、マリアは言った――マクシーは自分から死にたがってるのよ。

「ハニー」とマリアは続けた。「彼は自分を憎んでる。自分を憎んでる人なんか、あなた、愛せない」

マリアは指でミッツィの赤毛を梳いて、ミッツィのことをマルガリータと呼んだ。ソファベッドに寝そべってミッツィは彼女の話を聞いた。聞きながら、頭をマリアの腰にあずけて思った。

彼女の言うとおりだ。でも、わたしっていつもそうじゃない？

マリアは彼女の頭のてっぺんにキスをすると、彼女の耳を親指で撫でた。

ミッツィは床板を通して聞こえてくるマリアの歌声に耳を傾けるようになった。その歌声はいつも自信に満ちて美しく、それでいて愁いを帯びていた。いつもスペイン語の歌だった。すぐにふたりはマクシーのベッドで午後を過ごすようになった。マリアはミッツィの赤ん坊のような腹の下の繁みを弄び、さらに奥をまさぐった。ふたりともシーツの下で汗だくになった。ミッツィは魂を愛撫されているような快感に背中をのけぞらせた。温かな涙を拭い、マリアのやさしくてしょっぱいキスを受けると、笑みがこぼれた。

マリアが裸足のまま部屋を出ていくと、ミッツィは急いで顔と腋の下を洗い、マクシーの使っている〈イパナ〉の歯磨き粉で歯を磨いた。そして、〈ピノー・クラブマン〉のタルカムパウダーを枕に振りかけ、窓を目一杯開けた。

ジョージ・ワシントン・ブリッジの向こうの田舎者には音楽のことなど何もわからない。ほとんどすべての音楽がわからない。だから、彼はジミー・ヴァン・ヒューゼンとフランク・シナトラのコンビの曲をいくつか演奏した。残りの時間には『アイ・ガット・リズム』

のフレーズを繰り返し弾いたり、ジェイ・マクシャンをお手本にしたI―IV―Vのスリーコードのブルースを弾いたりした。フォートリーのモダン・ジャズの程度はその程度だろうと思って。

拍手が起こった客席に眼をやると、みんながチンパンジーに見えた。ローラースケートを教えられているチンパンジーに。トルコ帽をかぶり、葉巻を吸わされているチンパンジーに。演奏中、彼は心の赴《おもむ》くままあれこれ思い描いた。大金を手にカンザス・シティに戻って、〈スリー・デュース〉や〈スモールズ・パラダイス〉で成功を収めたことや、あのアート・テータム・スタイルなどには有無を言わせず、アル・ヘイグを凌駕したことを語る自分の姿を。

どんな銀行を狙うかはすでに決めていた。床がすべて大理石で、天井が高く、窓には金文字が書かれ、ボールペンにはチェーンがついているような銀行だ。

給料日、それも小切手が換金されるまえの朝の早い時間を狙う。その時間、金庫室は現金であふれているはずだ。人々はまだ通りにいるので、くたびれた元警官は大理石の上で居眠りをしている。現金もまだ光り輝いてはいない。

彼は毎日夕食まで市《まち》を歩きまわり、市《まち》の偵察をした。

その結果、見つかったのがノース・リヴァー貯蓄銀行だった。〈メイシーズ〉と〈ギンベルズ〉から一ブロック西にあり、ふたつのデパートで働いている従業員はたぶん千人はいるだろう。その銀行のロビーにはピアノが置かれ、眼鏡をかけたユダヤ人が下手なピアノでリチャード・ロジャースを台無しにしていた。

その冴えない男を家まで尾《つ》けた。

そして、子牛にロープをかけるようにひもを男にかけ、踏みつけてショック状態に陥れ、両の手首を砕いた。肘はほとんど粉々になるほど。

それで銀行の一隅で働く仕事に空きができ、そのオファーを受けて、彼は〈コンティネンタル・ラウンジ〉を辞めた。


マリアはアイロンを借りようと思っていた。マクシーが出かけたのはわかっていた。階段を降りる陰気な足音が聞こえたから。

部屋にはいると、ミッツィは腰を屈め、ベッドにおおいかぶさるようにして、怒りに任せて服を紙製のスーツケースに詰め込んでいた。自らの愚かさを嘆いて泣いていた。

「マルガリータ?」とマリアは声をかけ、ドアを閉めた。「わたしの愛しい人《ミ・アモール》、どうしたの?」

「なんでもない……」

マリアは彼女を自分のほうに向かせ、両腕で抱きしめ、彼女が顔を上げるのを待った。

「何があったの?　彼は何をしたの?」

「彼は——ああ、マリア、彼は——」

銀行の男——昔から赤毛に目のない副頭取は大の女好きで、いい女と寝られるなら、いくらでも金を出す男だった。で、銀行で働きたいと言うマクシーに目配せをし、マクシーは申し出を受け入れた印に目配せを返したのだった。

「副頭取に……」マリアは思いをめぐらして言った。「あのろくでなし」

ミッツィは泣いた。

マリアはそもそも彼を嫌悪していた。レコードも持たず、ラジオもかけず、腕を磨こうとさえしないミュージシャンを。音楽を愛さず、自分の才能に誇りを持たないミュージシャンを。

ただ金を欲しがるミュージシャンを。自分の才能のなさを感じたとたん、ミュージシャンが求めるのはそれだ。

マリアは彼女の涙をキスで拭いながら言った。「あなた、誰の娼婦でもない」

充分長いあいだ娼婦ではなかった、とミッツィは思った。マクシーに会ってから今までは。

マリアはミッツィをソファベッドのほうへそっと押しやった。

一歩、二歩、三歩。赤いレーヨンの下ですべてが動いた。

「あなた、どこも行くことない」とマリアは膝をついて言った。「ここ、あなたの家なんだから」

マリアは、英語は下手だった。が、頭はとてもよかった。彼女にはテクニカラーで物事を見ることができた。ジャズマンが銀行で演奏し、副頭取に取り入る。金庫室の鍵を持っているか、ダイヤル錠の番号を知っている誰かに。ミスター・マネーバッグに。

「その副頭取、結婚してるの？」

ミッツィは手の甲で鼻を拭いた。「たぶん。鉛筆みたいな口ひげを生やしてるってマクシーは言ってた」

マリアは彼女の薄い茶色の眼をのぞき込み、ふざけて彼女の乳首をつねった。「女の業《ごう》ね。馬鹿な男に恋してしまうのは」

「ああ、マリア」と彼女はうめき声をあげた。「わたしはいつになったら学べるの？」

「いいから、お嬢《チ》さ《カ》ん。すべてわたしに任せて」

ミッツィは仰向けになると、ブリキ張りの天井を見つめた。そして、こんなとき男ならきっと見返りを求めてくるだろうと思い、マリアの手が太腿に伸びてくるのを待った。が、マリアはそうするかわりに立ち上がると、キチネットに行き、ライ・ウイスキーの壜と窓敷居に置かれた〈ホフマン〉のジンジャーエールを取りにいった。

ミッツィは眼を開けた。「マリア……？」

「マルガリータ」と彼女は言った。「いいから。すべてわたしに任せて」

彼は銀行が開く三十分前に出勤するようになった。窓口係はみな彼のとびきり青い眼と同じくらい彼の弾くセレナードが好きになった。元警官のパケットは彼のほんとうの姿がろくでなしだということを見抜いていたが。それを承知でマクシーはパケットにブラックコーヒーを持っていった。

パケットはふた口と飲むまえにトイレに行きたくなった。

「まだ待たせる気かね、マクシー?」副頭取がスタインウェイ・ピアノの横を足取りも軽くやってきた。「あの赤毛をいつまでひとり占めするつもりなんだ?」

「赤毛の双子を探してるところです、ミスター・ミンソーン」と彼は答えた。映画『回転木馬』の主題曲のワルツ(ちなみに作曲はリチャード・ロジャース)を遊び半分に四分の四拍子で弾きながら。

二時になると、昼食をとりに外に出た。

マリアはその八分後に銀行にやってきた。

そして、ミンソーンの机の脇の椅子に坐り、脚を組み、褐色の太腿にミンソーンの眼を釘付けにさせ、自分を売り込んだ。

「あなたのような方ならおわかりいただけるはずだと思います」と彼女はたたみかけた。

「あなたのような地位におられる方なら」

そう言って持ち上げた。〝地位《ポジション》〟ということばも口をすぼめ、歯のあいだから舌をのぞかせ、小さな擦過《さっか》音をたてて言った。

彼女は正しいことを言っていた。それはミンソーンにもすぐにわかった。〈メイシーズ〉と〈ギンベルズ〉から小切手を換金しにやってくる清掃員や皿洗いといった人々の多くは島の出身者だ。彼らにも金を預けられる銀行が必要だ。スペイン語で彼らに挨拶をし、やさしく手を差し伸べて彼らの助けになれる人間がいれば……

「投資がどれほどになってもすぐに取り戻せます」と彼女は言った。

「おまけに、きみみたいな美人がいたら、この支店も華やぐし……」

マリアは細い指を咽喉元にやって恥じらうふりをした。

ミンソーンはすぐに彼女を雇った。彼女がそのうち遠慮をかなぐり捨ててくれることを期待して。

彼女は銀行を出ると、昼食に出ていた大勢の人たちがはちきれそうな買いもの袋を手に足早に行き交う中、八番街に立って震えながら待った。

やがてマクシーが〈チャイルズ〉から戻り、八番街に現われた。トップコートの襟を立てていた。回転ドアを押して暖房の効いた中にはいったところで、彼はまっすぐに彼女を見た。が、彼女に気づいた様子はなかった。万事うまくいくことが彼女にはわかった。

マクシーがどこに銃をしまっているか見つけること、毎朝彼が銀行に出かけたらそこを調べること、銃がなくなっていたらマリアに知らせること。マクシーが銃をしまっている場所を見つけること、毎朝そこを調べること、なくなっていたらマリアに……

胃は落ち着かず、首と胸はちくちくし、マリアが出ていってから時間が止まっていた。なんであれ、そういうことのどれもこれもがマリアに言われたとおりにするようミッツィに告げていた。

今まで好きになった相手がみなそうであったように、マリアにも痛い目にあわされるのではないかとは少しも思わなかった。

マクシーの銃はきれいに並べたソックスの下にあった。一足ずつきっちりと小さくまるめられた、踝《くるぶし》のところにダイア柄のあるソックスの下に。

やがて銃がなくなった。

ミッツィはバスローブをまとい、階下《した》に降り、マリアの陽気な声のするほうに向かった。

「なくなってる」

マリアは黒いスリップ姿で、くるくるとまるめたストッキングを穿《は》いているところだった。

「彼はいつもの時間に出かけた？」

ミッツィはうなずいて、マリアがクロゼットに行き、藍色のワンピースを取り出すのを見て尋ねた。

「今日ってこと？」

「ううん、今日じゃないわ、ミ・アモール」マリアはワンピースを身にまといながらそう答え、ナイトテーブルの上の置き時計をちらりと見た。「お金は今日の午後、遅くに来る。だから明日よ。きっと」

「わたし、怖がらないと……怖がらないといけない？」

マリアは十時に銀行に行けばよかったのだが、早めに出勤すればミンソーンが喜ぶのは言うまでもなかった。

「ううん、あなたは言われたことだけしてればいい」

マリアはミッツィの頬に軽くキスをし、頬についた口紅を指で拭いて言った。「マルガリー夕、考えちゃ駄目。心配もしちゃ駄目」

「わかったわ、マリア」

そのあとミッツィはひとりになった。

マリアの香水を空中に撒布し、花と夏の歌とかすかな心の揺れを思わせる芳香が舞い降りる中に佇《たたず》んだ。そのあとその日は一日じゅう、マリアの香りがミッツィの指先にも赤毛の髪にもしみついていた。


ミッツィは、マクシーの小型スーツケースを盗んでいるこそ泥にでもなったような気がした。マリアからは、彼にとってはもう無用の長物なのだからとは言われていたが。そもそもあの男が自分から置いていったものでしょうが、あなたを捨てたみたいにそのスーツケースも捨てたんでしょうが、と。

それでも、剃刀は持ち出されていた。ネクタイを何本かとシャツを一枚、ボクサーショーツ二枚と例のダイア柄のソックス二足も。一昨日の夜、マクシーが荷造りをするのをミッツィは片眼を開けて上掛けの下から見ていた。買ってきたダッフルバッグに慎重に荷物を詰め込むのを。マクシーは長いことクロゼットの中のココア色のスーツを見つめ、いつまでも袖をいじっていた。そのスーツに未練があるのはミッツィにも容易にわかった。

どうでもいい。ミッツィはズボンを手に取ってそう思った。

顎の下でネッカチーフを結び、温熱ランプと古い厚紙のスーツケース以外の全財産を入れたマクシーのスーツケースを持って階段を降りた。タルカムパウダーをひとはたきしておけばよかったと後悔した。そうすれば、腋の下を濡らして脇腹を伝う汗を抑えられたかもしれないのに。

マリアの部屋のドアを見た。

マリアからは、ペンシルヴェニア駅九時十八分発と言われていた。一〇一番線ホームからボルティモア行きの列車に乗って、出発したときに隣の座席が空いていてもそのまま坐っているように、と。

乗車券はすでにマリアから受け取っていた。通りに出ると、冷気が顔を刺した。ポケットを叩いた。封筒の感触を確かめた。縁起をかついでもう二度叩いた。

ボルティモアからワシントンDC。ロアノークとチャタヌーガとバーミングハムを経由して、ルイジアナ州シュリーヴポートまで列車で行く予定だった。

まえからテキサスをドライヴしたいと思ってたの、とマリアは言っていた。イーグル・パスで国境を越えられるから。それに、カリフォルニアのサリナスに兄さんがいるのよ、とも言っていた。

ミッツィにしてみればボルティモアで充分だった。雲を突くビル群の下、向かい風を受け、前屈みになって歩くちっぽけなミッツィにしてみれば。彼女はバッテリー・パークより南に行ったことが一度もないのだ。

マクシーの血管には冷たい水が流れている。だから、ビッピー・ブラウンの耳を吹き飛ばしたことを後悔したためしなど一度もなかった。今ではもうどんなことも少しも気にならない。彼は思った。あと一時間もしないうちに、おれは本名——ミスター・H・J・ブルバー——で投宿した〈ニューヨーカー・ホテル〉に戻り、両面を焼かない目玉焼きとハッシュブラウンズを部屋に届けさせていることだろう。

パケットにコーヒーを持っていくと、礼を言われた。ピアノの椅子に腰をおろし、オーヴァーシューズを脱ぎ、帽子とオーヴァーコートをピアノの上に置きながら、マクシーは思った。ことをやり通すには誰かを殺さなければならなくなるのだろうか。

窓口係のウィックはすでに持ち場についていた。口紅を塗った唇をすぼめ、業務に没頭していた。そこへメキシコ人の女が頭を高くもたげてはいってきた。

元警官はメキシコ人の女のうしろからロビーを横切り、トイレに向かった。

マクシーは銃を椅子からそっと手に取り、ブルーのスーツの上着の脇ポケットに入れ、ロッカールームに向かった。ミンソーンがうめき声を洩らしながら金庫室のドアを開けているのが見えた。

メキシコ人の女は階段の下の机についていた。コートはまだ着たままだった。

パケットは男子トイレのドアの向こうで小便をしていた。

マクシーは自分のロッカーを開け、ダッフルバッグがなくなっていることに気づいた。服もなくなっていた。

レコードが棚に一枚置かれていた。ベニー・ウォルターズ楽団の『ムーンライト・アンド・ユー』。コルネット・ソロは耳がまだふたつあった頃のビッピー・ブラウン。マクシーは驚いた。が、動揺はすぐに治まった。「くそ」そう言って、ロッカールームを飛び出した。

パケットは誰かに名前を呼ばれたと思った。

マクシーはドアの開いた金庫室のところにいるミンソーンのまえを通り過ぎ、そのままカウンターの中にはいり込んだ。窓口係たちは彼を見て、訝《いぶか》しげな顔をした。〝マクシー……？〟

ぽかんとしているウィックの肉づきのいい腕をつかんでストゥールから立ち上がらせると、マクシーは三八口径の銃をウィックの背骨に突きつけて言った。おまえを今殺すことになろうが、あとで殺すことになろうがおれは屁とも思わない、だから口は閉じておけ。

ウィックは言った。「ちょっ、ちょっと、マクシー――」

ウィックに平手打ちを食らわせようにも両手がふさがっていたので、掛け値なしのろくでなしは彼女のうなじにがぶりと嚙みついた。首すじから血が垂れた。

「これで口を閉じる気になったか？」とマクシーは言って脇に唾を吐いた。

そして、ウィックを引き立て、ミンソーンのほうに向かった。ミンソーンは分厚い札束と硬貨でふくらんだ袋をカートに積み込んでいた。

パケットはトイレから出てきて、マリアを見やった。マリアは眼を見開いてうなずき、横目を使い、何が起きているのか元警官に無言で教えた。

パケットは腰につけた銃を抜き、肩の高さに構え、階段の下で待った。マクシーとウィックが一番端の出納係《すいとう》の横を通り過ぎた。

「ミンソーン」とマクシーが声をかけた。

副頭取は振り返った。が、慌てることもなく、両手を上げて言った。「マクシー、彼女を放してやれ。彼女には三人の子供がいる」

マクシーはウィックの腕を放すと、まるく結った髪をつかんだ。

ウィックは歯の隙間から声を洩らした。が、悲鳴はあげなかった。首から血が滴った。

「マクシー、金なら持っていっていい。頼むから彼女を放して――」

パケットが引き金を引いた。

マクシーはとびきり青い眼の端でそれを見た。そして、すべてが終わろうとしていることを悟った。

弾丸《たま》が飛んでくる刹那、自分に渾名をつけたのはバードだったことを思い出した。バードは、口の重かった彼にまず〝だんまり屋《マム》〟と名づけたのだが、その後、誰よりも楽譜が読めて、人の二倍は早く曲を覚えたマムを〝マクシマム〟に格上げし、マクシーと呼ぶようになったのだった。

そんなバードをマクシーはこよなく愛し、カンザス・シティまで彼を追いかけたのだ。期待に胸をふくらませ、自分にはピアノが弾けると思い、エホバの証人の地下の集会所で学んだことを思い出しながら――

パケットの撃った弾丸《たま》はマクシーの側頭部を吹き飛ばした。

ウィックは膝をついた。そんな彼女に血しぶきが飛んだ。ミンソーンはウィックを助けようと金庫のところから飛び出した。が、カートにぶつかり、それは叶わなかった。

マクシーは糸を切られたかのように大理石の床にくずおれた。

ミンソーンはウィックを腕に抱きかかえた。「ミュリエル？」

大丈夫です、とウィックはミンソーンに言った。顔に血の気が戻っていた。

パケットは銃をホルスターにしまうと、スウィングドアを押し戻した。

マクシーの血が見る見る広がっていた。

ミンソーンが言った。「ミュリエル、女の子たちを私のオフィスに集めてくれ」そう言って元警官を見やった。「フランク、警報装置は鳴らさなくていい。正面のドアは施錠したままにして、外で警察を待っていてくれ。通報は私がする」

「わかりました、ミスター・ミンソーン」とパケットは言うと、ミンソーンに背を向け、ピアノの椅子のほうに――八番街に面した回転ドアのほうに向かった。コーヒーの容器からはまだ湯気が立ち昇っていた。

ミンソーンは、ウィックとまだ震えている出納係たちを自分のオフィスに誘導した。全員がオフィスにはいり、マクシーの死体――頭の半分が吹き飛び、とびきり青い眼も眼窩《がんか》に引っ込んでしまった掛け値なしのろくでなしの死体――を見なくてもよくなると、誰もがほっとした。

ミンソーンはオフィスのブラインドをすべておろし、外からの光をさえぎると、机の上の電気スタンドに手を伸ばした。

マリアは頃合いを見計らい、引き出しを開け、中身を空《から》にしたマクシーのダッフルバッグを取り出し、ドアが開いたままの金庫室に向かった。それはミンソーンも承知していることだった。

ゆうべマルティニク・ホテルにいたときから。行為のあと、彼は脇腹を下にして寝そべっていた。マリアはミンソーンのシャツを羽織っただけの恰好で、長椅子に坐り、キューバの話を彼に聞かせていた。マイアミに寄り道をして、と彼女は言っていた。黄金のビーチに寝転んでのんびりするの、ラムのカクテルを片手に。カジノで二十万二千ドル勝ったという話を疑うような銀行員は島じゅう探してもどこにもいないわよ。

そう言って、マリアは長い脚を広げ、シャツの裾からのぞく黒い茂みをミンソーンにちらりと見せた。ミンソーンは、日がな一日日光浴をしたあと、白いシーツに横たわるマリアの姿を思い浮かべて、体をぞくりと震わせた。

マリアはマクシーの話もした。「あなたのような男を相手にしなくちゃならなくなったら、どうしたらいいのかなんてあの人にわかるわけがないわ、モリス」

ミンソーンのようなまぬけに効くこういう台詞はいったい何通りあるものなのか、それはとても数えられるものではない。

ボルティモア行き九時十八分発の列車が動きだした。発車まぎわに乗り込んだ乗客たちは体を揺らした。ミッツィは最後にもう一度うしろを振り返った。マクシーの小型スーツケースを置いた通路側の隣の席は空席のままだった。

彼女は来ない。ミッツィはそう思い、ネッカチーフを指に巻きつけては解いた。そのうちほとんど結んでしまっていた。またしてもお払い箱にされてしまった。今度はボルティモアに追い払われた。財布には二ドルと小銭しかないというありさまで。

わたしっていつもこうじゃない？

いっそ次のニューアークで降りて、何ドルか切符を払い戻してもらおうか、とミッツィは思案しはじめた。地下鉄かフェリーみたいな船があるから、それに乗ればヘルズ・キッチンに戻ってこられる。家賃は年内までマクシーが払っている。そのことは彼女にもわかっていた。

がたごとという列車が速度を上げるにつれ、もしかしたらボルティモアで出会いがあるかもしれない、という気がしていた。そうでなくちゃ。相手は正真正銘のいい人で、こっちは市《まち》に来たばかりで、困っているのがその人にはわかる。その人は仕事をしていて、ちゃんとした定職を持っていて、それに親切な人だ。飲みものを一杯おごってくれて、定食スペシャルもごちそうしてくれて、コーヒーのおかわりももらってくれる。食堂にいる人はみんな口をそろえて言う、彼はやさしくて、紳士で——

「すみませんが、お嬢さん。この席、空いてます？」

マリアが見下ろしていた。笑みを浮かべて。

状況を考えれば、恐ろしいほど落ち着き払っていた。

「あなたのスーツケースもわたしのと一緒にしてもいいけれど」とマリアは言った。

真新しい茶色の革のスーツケースで、疵ひとつなかった。

そのスーツケースの中にお金がはいっているのだろう、とミッツィは思った。

「お願い」とミッツィは言い、マリアが客室係に言いつけ、ふたつのスーツケースと自分のコートを頭上の荷物入れに上げさせるのを見守った。

「お客さまのコートも上にあげましょうか？」黒い蝶ネクタイとヴェスト姿の黒人の客室係はきびきびとミッツィに尋ねた。

「けっこうよ」とミッツィは答えた。マリアは隣に坐った。「手元に置いておくから。それでもかまわなければ」

ニュージャージーにはいると、陽が射してきた。身を乗り出して、ミッツィは囁いた。

「あなた、彼に怪我させた？」

マリアはまえの座席の赤い縁取りを見つめながら言った。「ううん、お嬢さん《チカ》、そんなことはしなかった」

「お金は……」

窓の外を見ると、何マイルにもわたって道があちこちに延びていた。二十本ぐらいありそうだった。行く道も来る道も。

マリアはミッツィの手を軽く叩いた。バーミングハムまでの夜行は寝台車を予約してあった。マルガリータがどうしてもと言うなら、ベッドでお金を数えればいい。

二十万ドル、とマリアは踏んでいた。硬貨は置いてきたから。ミンソーンは彼女がマルティニク・ホテルで待っていると思っている。午頃《ひる》には行けると思う、と彼は彼女に言っていた。パスポートをポケットに入れて。カマグエイ（キューバ中東部の都市）に兄さんがいる、と彼女はミンソーンには話していた。

今度はマリアが声をひそめて言った。「次のトンネルであなたにキスするわね、マルガリータ。息ができなくなるまでキスしてあげる」

ミッツィは顔を赤らめた。

「わたしとあなたのあいだにはもう誰もいない、そうでしょ、ベイビー」とマリアはつけ加えた。「これであなたはわたしだけのものよ」

ふたりはしばらく黙ったまま列車に揺られていた。列車はニューアークに着いた。そして、そのままニューアークを出た。「次はトレントン」ずんぐりした男の声がした。線路の両側にはほとんど切れ目なく工場が建ち並んでいた。ボルティモアに海はあるのかしら、とミッツィは思った。海で泳げたらいいのに。

胸に感じている思いをどう呼べばいいのか、ミッツィにはわからなかった。そう、でも、別のときも初めはみな同じだった気がする。とうとうそれが変わろうとしているのだろうか。

「マリア？　ねえ、あなたはひどい人になったりする？」

「何《ケ》？」

「今までひどい人間になったことはある？」

マリアはとびきり黒い眼でミッツィを見た。

「まえに言ったでしょ、マルガリータ。考えちゃ駄目、心配もしちゃ駄目って」とマリアはなだめるように言った。「すべてわたしに任せてって」

ミッツィは値踏みするようにマリアを見た。そして考えた。どうすれば過ぎ去る景色を無視できるか。高い煙突から立ち昇るひとすじの煙も、徐々に大きくなる銀色の飛行機も、クリスマスの明かりも。木炭の眼とニンジンの鼻とコーンパイプの雪だるまのいる小さな裏庭も。どうすれば無視できるだろう？　ミッツィはそのことをいつまでも考えつづけた。

男と同じ給料をもらっているからには

ロバート・ナイトリー
田口俊樹＝訳

Take the Man's Pay

by Robert Knightly

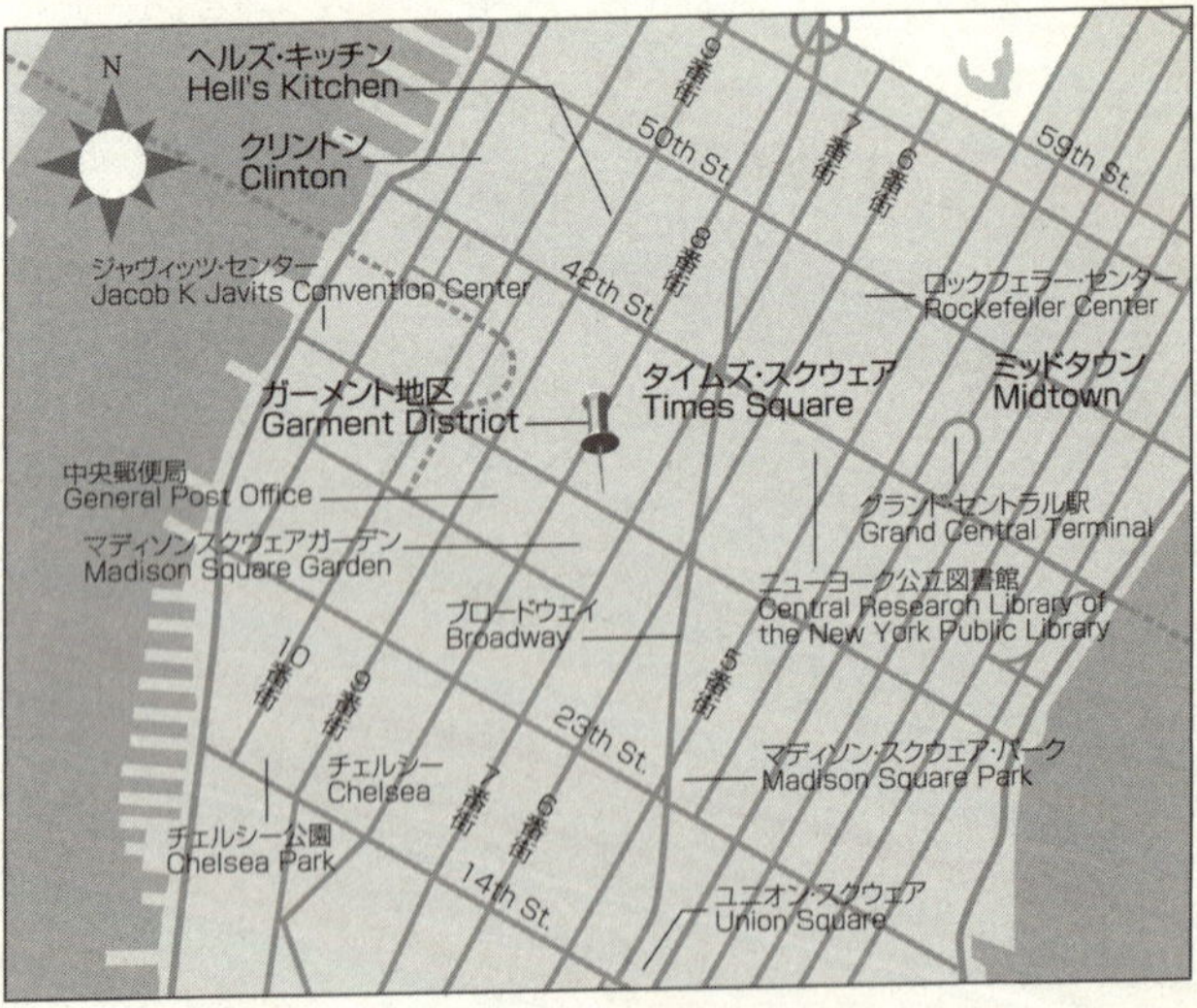

ガーメント地区

Garment District

ミッドタウン・サウス署の受付デスク係、トマス・チッポロ巡査部長は半月形のレンズのへり越しに見やる。モリス・ゴールドスタイン刑事と手錠をかけられた容疑者が分署にはいってくる。

「チャーリー・チャングが何をした？」とチッポロは尋ねる。

「チャング？」

「ああ」チッポロはさかんに首を振る。その拍子にたるんだ顎の肉がさかんに揺れる。「チャーリー・チャング。長男の〝ナンバー・ワン・サン〟といっぱい映画に出てたやつだ」

「トロいね、あんたも。それはチャーリー・チャンだろうが」とゴールドスタインは容疑者の腕をつかんだ手をゆるめることなく言う。「チャーリー・チャン」ゴールドスタインはどっしりとした男だ。背は優に六フィートを超え、幅のある肩は盛り上がり、〈メイシーズ〉のキングサイズ売り場で買った吊るしの上着の縫い目がはち切れそうになっている。「それにこいつは中国人じゃないよ。ニップだ。ホシ・タイキ」

「ニップ？」

「ああ、ニポニーズ。ジャパンだ」チッポロはぽかんとただゴールドスタインを見ている。それを見て、ゴールドスタインはうんざりしたようにため息をつく。「日本人は自分たちの国をジャパンとは言わない。ニッポンって言うんだ。だろ、ホシ？」

ホシは口を利かない。アメリカに来てまだ三日、アメリカの刑事司法制度については、ただぼんやりとしかわかっていない。それでも、アブナー・ルイマ事件（一九九七年、ハイチ人のアブナー・ルイマがニューヨーク市警の警官ヴォルペに不当逮捕され、レイプされた事件）のことは聞いたことがあり、この巨人の警官に足の指を縛られ、逆さ吊りにされても驚かなかったかもしれない。

ゴールドスタインは、ホシをチッポロの受付デスクの脇に引っぱって、階段をのぼり、背中合わせの机がひしめき合って並んでいる刑事部屋に連れていく。机に向かっていた何人かの刑事が書類仕事から顔を上げ、ゴールドスタインが容疑者を小さな取調室に連行するのを見守る。口を利く者は誰もいない。窓のない取調室にはテーブルと金属製の椅子が二脚置いてある。椅子の一脚は床にボルトで固定されている。テーブルと椅子は灰色、床のタイルは茶色、壁はお決まりのくすんだ黄色。そのすべてに数十年間にしみついた汚れの釉《うわぐすり》がかかっている。坐り心地の悪いほうの椅子と向かい合った壁に張られた小さなマジックミラーにも。

「このほうがいいだろ?」とゴールドスタインはホシの手錠をはずして、テーブルの上に手錠を放る。テーブルと手錠がぶつかる金属音が部屋に響く。「よし、そっちがあんたの椅子だ」ゴールドスタインはボルトで固定された椅子を示して言う。「坐ってくれ」

ホシはたるんだ腹に呼応するような丸顔の中年男で、背が低い。坐った彼の位置から見上げると、ゴールドスタインはなんとも巨大で、いかにも威嚇《いかく》的だ。奇妙なことに、この印象はゴールドスタインが椅子を引き寄せ、嬉しそうな吐息をつきながら腰をおろしても消えずに残る。

「おれの腰ってさ」とゴールドスタインは説明する。「ずっと立ってると、筋肉が痙攣《けいれん》するんだ。よくわからんけど、何か補助具とかつけたほうがいいんだろうな、たぶん。だって、ずっと突っ立ってるのがおれの仕事なんだから」そう言って、安物のボールペンと手帳と小型のテープレコーダーを上着のポケットから取り出し、テーブルの上に置く。

「おれが最初にやらなきゃならないのはあんたにあんたの権利を説明することだ。わかるかい？」

ホシは何も答えない。答えるかわりに、視線を部屋の反対側の壁に向ける。そのささやかな抵抗に、ゴールドスタインの顔に勝利の笑みが浮かぶ。彼はアレックス・モウリー巡査部長と二十五ドルの賭けをしている。ホシは午後一時までに落ちるほうに。今は午前十時半。

彼はホシの肩に手を置く。どうにか感じられる程度の震えがホシの背骨に走るのがわかる。

「ホシ、聞いてくれ。あんたはホテルのフロント係とも〈タイガー・ラウンジ〉のバーテンダーとも、女バーテンダーのクララとも雑談してた。英語が話せることはわかってるんだよ。だから、よけいなたわごとから始めさせないでくれ。それってあんまり賢いことじゃないよ」

ややあって、ホシは黙ってお辞儀をする。ゴールドスタインはそれに応じて軽くうなずく。

「よし。さっき言ったとおり、あんたにはおれがこれからひとつひとつ列挙するいくつかの権利がある。おれに話したくなければ、何も話さなくてもいい、それから呼びたけりゃいつでも弁護士を呼ぶことができる。実際のところ、金がなければ――まあ、あんたが金を持ってないとは思わないが――裁判所があんたの代理人の弁護士を指名する。だけど、一番肝心なのは――あんたがしっかり覚えておかなきゃならないのは、ここでしゃべったことはすべて記録されるということだ。これまで逮捕されたことはなくても。今も逮捕されたわけじゃないかもしれないけど。今話したこと、ついてこれてるかな？」

ホシの二度目のお辞儀に、ゴールドスタインはホシの骨ばった肩をぎゅっとつかむ。そうやって意思の伝わったことを示すと手を放し、椅子の背にもたれて頭を掻く。首から下に比べると、ゴールドスタインの楕円形の頭はとても小さく、後頭部がとがっている。そして、その悲しい事実は、耳の上一インチほどのところまでしか生えない髪のためによけいに強調されている。

「つまりすべてはあんた次第ということだ、ホシ」とゴールドスタインは結論づけて言う。「このあとどうするかってことは。ここで片をつけたくないなら、そう言えばいい。おれとしちゃあんたを逮捕するだけのことだ。それならそれでかまわない」

「弁護士は必要ない《ノー・ロイヤー》」精一杯、力を込めて言ったものの、〝ノー・ロイ・ア〟としか聞こえない。

「わかった。じゃあ、これにサインしてくれ」ゴールドスタインは上着の内ポケットから標準の権利放棄書を取り出すと、高価な巻物を開くようにテーブルの上に広げる。「ここだ、ホシ。この点線の上だ」

そのいっときのち——ホシがサインしたあと——ドアがノックされ、ヴェテ・カタクラ刑事がはいってくる。

「警部補が呼んでる。オフィスに来るようにって」

「今?」ゴールドスタインは彼女のことばを疑うような眼を向ける。

「いいえ、今じゃないわ、モリス。十分前から」


数分後、ゴールドスタインが戻っても、ホシ・タイキはほかには誰もいなかったのに、ゴールドスタインが部屋を出たときのままの姿勢で坐っている。実際、身じろぎひとつしていない。

「ほかに用ができた」とゴールドスタインは言う。「あんたを階下《した》に連れていかなきゃならなくなった。立ってくれ」

また手錠をかけられ、ホシは刑事部屋を横切り、建物の裏の階段に出て、その階段を二階分階下《した》に降りる。地下の留置場に連れていかれる。

「どんなやつを連れてきた、モリス?」ゴールドスタインがデスクに近づくと、ブライアン・オーボイル巡査が尋ねる。十年前、容疑者を追跡して膝を負傷し、以来留置場勤務になったオーボイルは、両足を机の上にのせて、読み古された〈ペントハウス〉を熟読している。

「しばらくこの男を入れておいてくれ」ゴールドスタインはそう言うと、オーボイルの机の上に官給品のオートマティックを置いて、鍵の束をつかむ。「立たなくていいよ」

そう言って、ホシを連れ、鍵のかかったドアを開けて通り、ふたつある監房まで廊下を歩く。鉄格子の監房で、房がふたつ隣り合っている。

「よお、ゴールドスタイン刑事、調子はどお？　おれにキャンディでも持ってきてくれたんか？」

「おまえか、スピード・ブラウン。またか？」

「ああ。このところすごく人気があってな」

ゴールドスタインにつかまれたホシの腕がこわばり、歩幅が狭くなる。スピード・ブラウンはあらゆる市民の悪夢だ。軽口は叩いていても刑務所《ムショ》仕込みの眼つきがそれを裏切っている。筋肉隆々たる黒い巨人だ。

「そうきょろきょろ見るんじゃないよ、スピード。ホシはおまえの手の届かないところに入れるから」

「そっちは女子房だろうが」ゴールドスタインが隣の監房の鍵を開けると、スピードは抗議する。「そっちに男は入れられない。そっちは女じゃなきゃな。おい、おまえ、女か？　チャイナタウンの雌犬か？　ミス・サイゴンか？」

ゴールドスタインはホシを監房に入れて、扉に鍵をかけ、振り向いて鍵を返す。「こっちに来いよ、ベイビー」留置場を出るゴールドスタインの耳にスピードの甘いことばが聞こえる。「こっちに来いって。スピードおじさんのでち棒をおまえさんのチェリーにぶち込ませてくれよ」

ホシは監房の奥にボルトでとめられた狭い棚の端に坐っている。格子の外をじっと見ている。スピード・ブラウンの嘲《あざけ》りを一生懸命無視しようとして、努めて冷静な顔をこさえている。しかし、顔はとりつくろえても頭の中はとりつくろえない。彼は家族を辱《はずかし》め、祖国を裏切った。これが祖国で起きたことなら、当然のこととして失うべきものはもうすべて失っているだろう。しかし、この野蛮人の国ではちがう。いや、この野蛮人の国ではむしろはるかにもっと失うことになる。スピード・ブラウンのことばがそのことを明らかにしている。

「ライカーズ島の拘置所送りになったら、おれがおまえの哀れなケツをもらってやるよ。おれにはライカーズ島に仲間がいるからな。そいつらがおまえをおれとおんなじ監房に入れるのさ。陽が昇るまえにはもうおまえは脚の毛を剃ってるだろうな」

ホシは日本のことを考える。京都のことを。妻と子供たちのことを――逮捕されたら、妻も子供も隣人から白い眼で見られるだろう。自分の不名誉は妻にも子供たちにも確実に降りかかるだろう。まるで彼ら自身も同じことをしたかのように。しかし、まだ逮捕されたわけではない。実際、まだ尋問さえ受けていない。今自分はどんな状況に置かれているのか。それは彼にもわからない。これが日本だったら、京都だったら、犯罪を犯して逮捕されたら誰もがすることをもうすでにしていただろう。自白し、日本の社会の調和を乱したことを公に謝罪していただろう。それが拘置されたら誰もがすることだ。自分の恥ずべき行為を認め、責任を取る。その結果がその後くびきのように肩に負わされようと。

しかし、自分は祖国にいるわけではない。彼はそのことを改めて思い出す。決断しなくてはならないことがある。それもすぐに。あの刑事に話したほうがいいのだろうか。話すとしたら、なんと言えばいいのか。広島と長崎に原爆を落とした野蛮人――日本を占領した連中――天皇を辱めた輩――に嘘をつくのは恥ずべきことだろうか。ゴールドスタインに危害を加えられるとは思わない。肉体的には。ほんとうの脅威とは何か。それはゴールドスタイン自身が明らかにした。話すか、さもなければ即刻逮捕され、スピード・ブラウンや彼のような男を相手にしなければならなくなる。しかし、話すことと真実を語ることは別のことだ……

オーボイル巡査が現われ、ホシの考えはそこでとぎれる。オーボイル巡査はうしろに女の容疑者を連れて廊下を歩いてくる。

「ケツを上げてくれ、ホシ」とオーボイルはホシに命じる。「移るんだ」

「こりゃありがたい」とスピード・ブラウンが叫ぶ。

オーボイルはホシの監房の格子に女の容疑者の手錠をかけると、扉の鍵を開けて、出てくるようにホシに身振りで示す。ホシはすでに立ち上がっている。が、足が言うことを利かないことに気づく。心が足任せになっていることに。異様な尿意をもよおしていることにも。彼は今までこれほどの恐怖を覚えたことがない。この瞬間まで人間にはこれほどの恐怖を覚えることができることも知らなかった。

「早くしてくれよ、東條。こっちもそう暇じゃないんでな」

ホシはもう一度足を動かそうとする。が、やはり動かない。

「だったらこう言えばいいかな、ホシ。応援を呼んでまであんたを房から引きずり出さなきゃならないなんてことになると、おれはあんたの小さなジャップのケツを切り刻んでスシにするぜ。わかったかい《コンプレンデ》？」

ホシの口がすぼまり、小さな輪になる。ようやく彼は言う。「あの男、恐ろしい《スレトゥン》」

〝スレトゥン〟ということばの発音が〝フレッタ〟になってしまい、それがホシの屈辱感を増幅させる。彼は自分より劣る者に――異邦人に――嘆願してしまったのだ。自分の身を守ってくれと。

「なんだって？」

「あの男、恐ろしい」

「誰が〝フレッタ〟だって？　スピードが？」オーボイルはスピード・ブラウンをちらりと見やって、自分の問いに答えるまえに笑う。「あのリトル・スピードが？　彼は虫さえ殺さない。だろ、スピード？」

「生まれてこの方一度も殺したことがないよ。ただ、マメコガネ《ジャパニーズ・ビートル》は別だ。マメコガネの天敵、それがおれだ」

「私は日本国民だ。きみには私を……守る義務がある」ホシは自らの要求に咽喉をつまらせる。戦慄が全身をつらぬく。手段さえあれば、こんなことばを口にするまえに彼は自殺していたかもしれない。

「おまえはどう思う、スピード？　おれには彼を守る義務があるのかね？」

「おれに任せてくれればいいよ、お巡りさん。そしたら誰にも傷つけさせない。少なくともおれ以外には誰にも」

オーボイルはさも可笑しそうに笑って首を振る。「わかったよ、東條。おれの机のところでゴールドスタインを待つといい。あんたは日本国民で、犯罪を犯して起訴されたわけでもないんだからな。悪い大きなオオカミからあんたを守るのは、そりゃやっぱりおれの義務なんだろうよ。ありがたいことにな」


「すまなかった。ほんとうに」とゴールドスタインはホシに二度も謝る。「おれが半年も追ってたレイプ犯をふたりの制服警官が捕まえたんだ。で、おれとしちゃ、そいつには高額の保釈金が課されるよう、あれこれ訴状を集めなきゃならなかった。あのクソ野郎。通りをうろつかせたら、また誰かをレイプするに決まってるからな」

ふたりは一時間前までいた取調室にいる。灰色のテーブルをはさんで坐っている。テーブルの上には、ゴールドスタインのペンと手帳とテープレコーダーがきれいに一列に並べられている。「それじゃ録音するからな」ゴールドスタインはテープレコーダーを立て、テープをまわす。が、そこで突然止めると、脇に押しやる。

「ちょっと聞いてくれ、ホシ。杓子定規《しゃくしじょうぎ》にやることもない。とりあえず今はおれたちふたりだけの話にしよう。どうだい？」

ホシは黙ってうなずく。ゴールドスタインも同じようにうなずいてそれに応え、仕事にかかる。「よし、それじゃ最初から始めよう。話してくれ、あんたのことばで。今朝ホテルで起きたことを正確に」

ホシは深く息を吸う。そして、一番いいときでもつつましいとしか言えない語学力が今はまったく使えないことに気づく。話せば、刑事の眼に自分は道化のように映るかもしれない。刑事のその眼は片時も彼から離れない。それでも話さなければならない。それはホシにもよくわかっている。

「女、跳ぶ」ようやく彼は口を開く。「彼女、インバイ」

「インバイ？」

「彼女、インバイ」とホシは繰り返す。

「売春婦のことか？　そう言ってるのか？」

「そう」

「あんたもいけないおやじなんだね。どうやって会った？」ゴールドスタインは首を振り振り、ふざけてホシの腕にパンチを入れる。「そうそう、その女の名はジェイン・デニング。歳は二十八。ブルックリンの聖教主小学校四年生の男の子の母親だった」

見るかぎり、ゴールドスタインは急《せ》いてはいない。少しずつホシの話が明らかになる。そもそもの始まりは、日本を発つまえ上司から〈モンロー・エスコート・サーヴィス〉のビジネスカードを渡されたことにあった。同サーヴィスの専門は胸が大きくて全身ブロンドの女だ、と上司は勢い込んで言ったものだ。ホシはビジネスカードをもらいはしたが、それは全身ブロンドの女からサーヴィスを受けようと思ったからではなく、断ったら上司の顔をつぶすことになると思ったからだった。だから、お辞儀をしてビジネスカードを財布にしまったあとはすっかり忘れていた。また思い出したのは、ディナー・ミーティングが直前になって取り止めになり、マルティニク・ホテルの一室で長い夜を過ごすことになったからだった。ジェイン・デニング（本人はインガ・ヨハンソンと名乗っていた）がやってきたのはその一時間後だった。

「で、払っただけのものは手に入れたのか？」ゴールドスタインはホシが話しはじめたときからずっとにやにや笑っている。それをやめようとしない。（眼をホシの眼にずっと向けたまま、そらそうともしない）

「なんだって？」

「わかるだろ？」ゴールドスタインは胸のまえに両手をやり、その手をお椀の形にしてみせる。「彼女の胸はでかかったか？　体じゅうブロンドだったか？」

その質問の裏にある意図がわからず、ホシはおどおどする。文化のちがいがありすぎる。日本の警察官は容疑者を非難するいかめしい表情を片時も崩さない。一方、ゴールドスタインは今にもよだれを垂らしそうなほどだ。

「ハイ。女、オーケー」

「何回やったんだ？」ゴールドスタインは背をまるめ、鼻を鳴らす。「つまりオールナイトだったんだろ？　ひと晩買ったんだろ？」

「そう。オールナイト」

「で、何回やったんだ？」

もうたくさんだ、とホシは思う。異邦人は不躾《ぶしつけ》だ。だから、大目に見てやらなければならないことはわかっている。しかし、これはひどすぎる。次にはきっとどんなプレーをやったのかと訊いてくるだろう。「あんた、関係ない」

ゴールドスタインは考える顔つきで眼を細くする。が、その視線は揺るぎない。「よかろう」彼は片手であいまいな円を描くような仕種をする。「さきを続けてくれ、ホシ」

彼女とセックスをした、とホシは認めて言う。そのあと眠ってしまい、夜どおし眼を覚まさなかった。翌朝起きたらベッドにひとりきりで、まず思ったのは、盗みにあったのではないかということだった。が、財布はズボンのポケットにはいっていた。現金やクレジットカードも無事だった。そのとき、ひんやりとした風が吹いてきた。見ると、窓が開いていた。彼は窓を閉めた、下を見ようなどとは思いもせず。それからシャワーを浴び、服を着た。インガ・ヨハンソンが人生最後の退場口としてその窓を用いたことがわかったのは、その後、部屋のドアをノックしてやってきたゴールドスタインに繰り返し長々と説明されたからだった。

単純明快、事前に注意深く頭の中で何度もリハーサルした話だ。が、さきに進むにつれてホシの声は低く、小さくなる。彼は嘘をついている。その嘘がゴールドスタインにばれているのがわかっている。が、近いうちに祖国に帰り、家族に会いたければ、その嘘を通すしかない。そのこともわかっている。同時に、羞恥心と不面目から、何もかも話してしまいたいという強い思いもある。実際、自由の身になったとしても、祖国ではもう歓迎されることはない。家族が抱きしめてくれることもない。

「なあ」とゴールドスタインが長い沈黙を破って言う。「これは記録上訊くんだが、あんたのホテルの部屋に来たのはこの女かい？」

ゴールドスタインは上着の胸ポケットに指を入れ、よちよち歩きの幼児のうしろで膝をついている若い女性の小さな写真を取り出す。幼児は男の子で、振り向くようにして母親らしいその若い女性を見上げている。女性はカメラにまっすぐに顔を向けている。満面の笑みで、心からの自然な笑みに見える。

ホシは写真をじっと見つめる。透け透けの下着姿でバスルームから出てきた厚化粧の売春婦の顔が思い出される。何かにとりつかれたように、唇に舌を這《は》わせ、下腹に指をやっていた売春婦の顔。「どうしてほしいか言って」と彼女は言った。「さあ、言ってみて」

「ハイ。これ、彼女」

「彼女の財布の中にあったんだ。これがあってよかったよ。なにしろ顔から落ちたからな……ちょっと待ってくれ」ゴールドスタインの指がまた胸ポケットの中に消え、今度は数時間前に撮られたポラロイド写真を取り出し、テーブルの上に置く。「なんともひどいもんだ、だろ？」

最初、ホシの眼には、頭部のない胴体のまわりに広がる大きな血だまりしか映らない。が、なおも見ていると、剝がれかけた頭皮によって、いっそう判別しにくくなっている、つぶれた人間の頭蓋骨の輪郭が浮かび上がってくる。

また話しはじめたゴールドスタインの声音はいかにもことともなげだ。「あんたは素人にしちゃよくやったよ、ホシ。まず、バスルームをきれいに掃除した。それから、ごみ箱から取ってきたビニール袋に使用済みのタオルと彼女の化粧品と注射器を入れて二階下まで持っていき、誰にも見られず、サーヴィス・カートにのせた。ただひとつ問題だったのは、そんなことをしてもなんにもならなかったってことだ。これっぽっちもあんたの役には立たなかった。それに、あんたがここでしてることは――おれに嘘をついたりしてることは、事態をいっそう悪くしてるだけだ」

気づくと、ホシはテーブルの上の写真から眼を離せなくなっている。しかし、それは血だまりに心を奪われているからではなく、これ以上ゴールドスタインの凝視に耐えられそうにないからだ。もちろん馬鹿げたことだ。いずれは眼を上げなければならないのだから。それでも、ゴールドスタインが話しつづけるのを聞いて、ほっとする。少なくとも最初のうちは。「おれはこんなふうに見てる。あんたは眼を覚まして、ベッドには自分しかいないことに気づいた。で、まずは財布の中身を確かめたんだろう。それからバスルームに行った。そこでヘロインをいささかやりすぎたジェイン・デニングを見つけた。あんたに有利なように解釈すると、あんたは彼女が死んでると思った。彼女はもう息をしてなかったのかもしれないし、肌に触れると冷たかったのかもしれないし、脈がなかったのかもしれない。何にしろ、あんたは彼女の死体があんたの部屋で見つかるのはまずいと思った。まあ、これは文化的なことだな。あんたの部屋で娼婦が死んでるのが見つかったりしたら、あんたの会社にしろ、国にしろ、家族にしろ、あんた自身にしろ、大変な不名誉ということになる。そんなことはとてもできない。で、あんたは自分に言い聞かせた。彼女が部屋に来るのを見た者はいない。警察は自殺と見るだろう。娼婦がひとり死んだって、それを気に病む者はいない。警察が事情を明らかにする頃には、自分ははるか一万マイルの彼方にいる、と。

そう悪い考えじゃなかったと思うよ。ジェインがホテル探偵と親しくなかったら、実際うまくいってたかもしれない。だけど、探偵のマック・コーウェンスは彼女をよく知っていた。たぶん彼女に金をつかまされてたんだろう。だから、どの部屋に行くのか本人から聞いてたんだよ」

ゴールドスタインはそこであくびをするあいだだけ間《ま》を置く。タレ込みがあったのは、彼の通常の勤務が明ける午前七時半のことだった。今は正午を少しまわったところだ。妻とベッドが待つわが家に帰りたい。が、このぶんだと、書類仕事を終えるまでには何時間もかかるだろう。

「よし。ゲームに戻ろう」ゴールドスタインはホシのほうに身を乗り出し、自分より小柄な相手の耳の近くほんの数インチのところまで口を近づける。「あれこれ考えて、いけないおやじのあんたはこうしたのさ。窓を開けて、彼女をそこまで引きずっていって、投げ落としたんだ。そうして窓を閉めた……」ゴールドスタインはそこでことばを切り、顎を撫で、ひとりうなずく。「そうそう、どうにもわからなくて、ぜひあんたに訊いてみたいと思ってたことがある。あんたは彼女がぐしゃっとなるのを確かめてから窓を閉めたのかい？　彼女が舗道に落ちるまで待ったのかい？　それともうひとつ。ジェインが歩行者の上に落ちたらどうなるかなんてことは考えなかったのか？　いくら朝早かったといっても、どこかの子供が何か自分のことに気を取られて歩いてたかもしれないだろ？　学校のこととかパーティに行くこととか考えて歩いてたかもしれないだろ？　そんなところに……どさっときたらどうなってた？　実際の話、ホシ、何人かの人間が下にいて、彼女が落ちるのを見てたんだ。そいつらはきっと死ぬまで自分が見たものに苦しめられるだろうな。そいつは不公平というもんだよ。それに——」

そのときドアが開き、ゴールドスタインはことばの途中で口をつぐみ、まるで平手打ちでも食らったみたいに身をうしろにぐいと引く。「いったいなんだっていうんだ？　おれはここで仕事してるんだぞ」

ヴェラ・カタクラは彼の怒鳴り声にもいかめしい表情を崩さない。「また呼ばれてる」と彼女は伝える。

ゴールドスタインはしばらく眼をぎゅっと閉じてから、見るからに大儀そうにゆっくりと立ち上がって言う。「こいつから眼を離すなよ。五分で戻る」

ホシはゴールドスタインの背後でドアが閉まるのを見届けてから、ヴェラ・カタクラのほうを向く。アジア系なのはまちがいないが、十以上の国のどの国であってもおかしくない。中国系だろうか。もしかすると韓国系かもしれない。どうでもいいことだった。なぜなら……

「立ちなさい」

完璧な日本語の簡潔な命令。その命令が背骨を駆け上がり、ホシはうなじのあたりに角氷でも置かれたような気分になる。まるで夢でも見ているような思いのまま、彼の太腿の筋肉が収縮し、膝が曲がり、尻が椅子から浮き上がったのが自分でもわかる。立ち上がり、ホシはヴェラ・カタクラの冷徹な黒い眼をまっすぐに見つめる。彼女は何も言わない。何も言う必要がない。彼は彼女の瞳の真ん中に自分の恥を見る。小さな影、汚点を見る。自分の行為が日本人全員を――ひとりひとりを――辱めたことを彼は知る。お辞儀をしたいと強く思う。背中と床が平行になるまで深々と。自らの恥ずべき行為を認めたいと思う。身がどんどんちぢこまり、そのまま死んでしまえばいいと思う。火にくべられたごきぶりのように。が、そうするかわりに、膝を震えさせながらもヴェラの眼をただ見つめつづける。ヴェラは表情ひとつ変えずに平手を肩の高さまでもたげる。そして、彼の横っ面を張り飛ばす。

「ハイ」と彼は言う。

「ヴェラはあいつをぐじゅぐじゅにしちまった」とゴールドスタインは一度ならず言う。「あの哀れなアホはあっというまに溶けちまった」彼はこの三年ペアを組んでいるヴェラ・

カタクラのほうを向いて、グラスを掲げる。

彼らは九番街の穴蔵のようなバーで飲んでいる。リンカーン・センターにこれほど近い場所ではもうあまり見かけなくなった類いのバーだ。飲んでいるのは、ゴールドスタインにカタクラにブライアン・オーボイル。それにスピード・ブラウン一級刑事だ。

すこぶるいい一日だった。午後一時前に署名入りの供述書ができあがり、二時には書類仕事が終わっていて、三時半には事件を見事解決に導いたアンソニー・ボロドスキー署長が、詰めかけた大勢の報道陣をまえに記者会見を開いていた。もっとも、署長が署に現われたのは、ホシ・タイキが殺人罪で起訴されたあとのことだったので、モウリー巡査部長が署長のそばに立ち、署長の公式発表のあと、記者からなされる質問をさばいた。ゴールドスタインとカタクラは演壇の後方にいて、いくらかは興味があるような顔をとりつくろった。

「あるひとつの点であんたはまさに正しかった」とオーボイルがカタクラに言う。「あんたはこう言った。あの哀れなくそ野郎はすべてを打ち明けたがるだろうって。自分がしたことの赦しを乞うだろうってね」

ヴェラ・カタクラはスピード・ブラウンのほうをちらりと見やる。〝スピード〟というニックネームは、ボロドスキー署長宅のプールで年に一度開かれるパーティに、彼がまるでコンドームのようにぴたりと尻に張りついた緋色の小さな水着をつけて現われたときにつけられたものだ。「ホシと同じ立場に置かれたら、ブライアン、あなたもきっとそうするはずよ。日本人の男にとってスピード・ブラウンは最低最悪の悪夢だもの」

「いやなことを言うね」とスピードは言う。「つきあってみれば、おれほどいいやつはいないのに」

彼らはさらに一時間ほどそんな調子でおしゃべりをする。ただひとり、ヴェラ・カタクラだけは、責任を感じてホシ・タイキのことをふと考える。彼女は〝計画的犯意〟をもって署名し、封をし、ホシを司法の手の中に追いやった。まるでハープを弾くように彼の琴線に指をかけ、待っているのがどんな悪夢であれ、ライカーズ島に効果的に（かつ効率的に）追いやった。まあ、ヴェラに公正を期して言えば、彼女は彼が保護拘置を求めることを望んでいたが。あるいは、弁護士か日本大使館と連絡を取りたいと申し出ればいいのにとは思っていたが。しかし、記者会見が終わって十分後、憤慨《ふんがい》した大使館員が分署に電話をかけてきたのだが、そのときにはすでにホシの罪状認否手続きがおこなわれていて、保釈は許可されなかった。

何より残念なのは——ヴェラの同僚たちは別に残念とも思っていないようだが——ジェイン・デニングはホシに窓から突き落とされるまえに死んでいたのだとしたら、彼に科される罪は最も重くても死体遺棄にすぎないということだ。死体遺棄はE級の重罪で、それならおそらく保護観察処分になるだろう。すべては検死解剖の結果次第だが。運がよければ、ホシは一週間もしないうちに自由の身になるだろう。運が悪ければ、起訴され、再度罪状認否の手続きがおこなわれるまで待たされることになる。あるいは、彼の弁護士が保釈金の減額を要求するまで。もっとも、その要求はたぶん却下されるだろうが。

「どうした、ヴェラ？」とゴールドスタインが相棒を肘で小突く。「おまえさんからは何も言うことはないのかい？」

ヴェラ・カタクラは少し考えてから、三杯目のウォッカ・トニックを一口飲んで肩をすくめる。「男と同じ給料をもらっているからには」彼女はどんな反論も受けつけないといった口調で言う。「男と同じ仕事をしなくちゃね」

ランドリールーム

ジョン・ラッツ
田口俊樹＝訳

The Laundry Room

by John Lutz

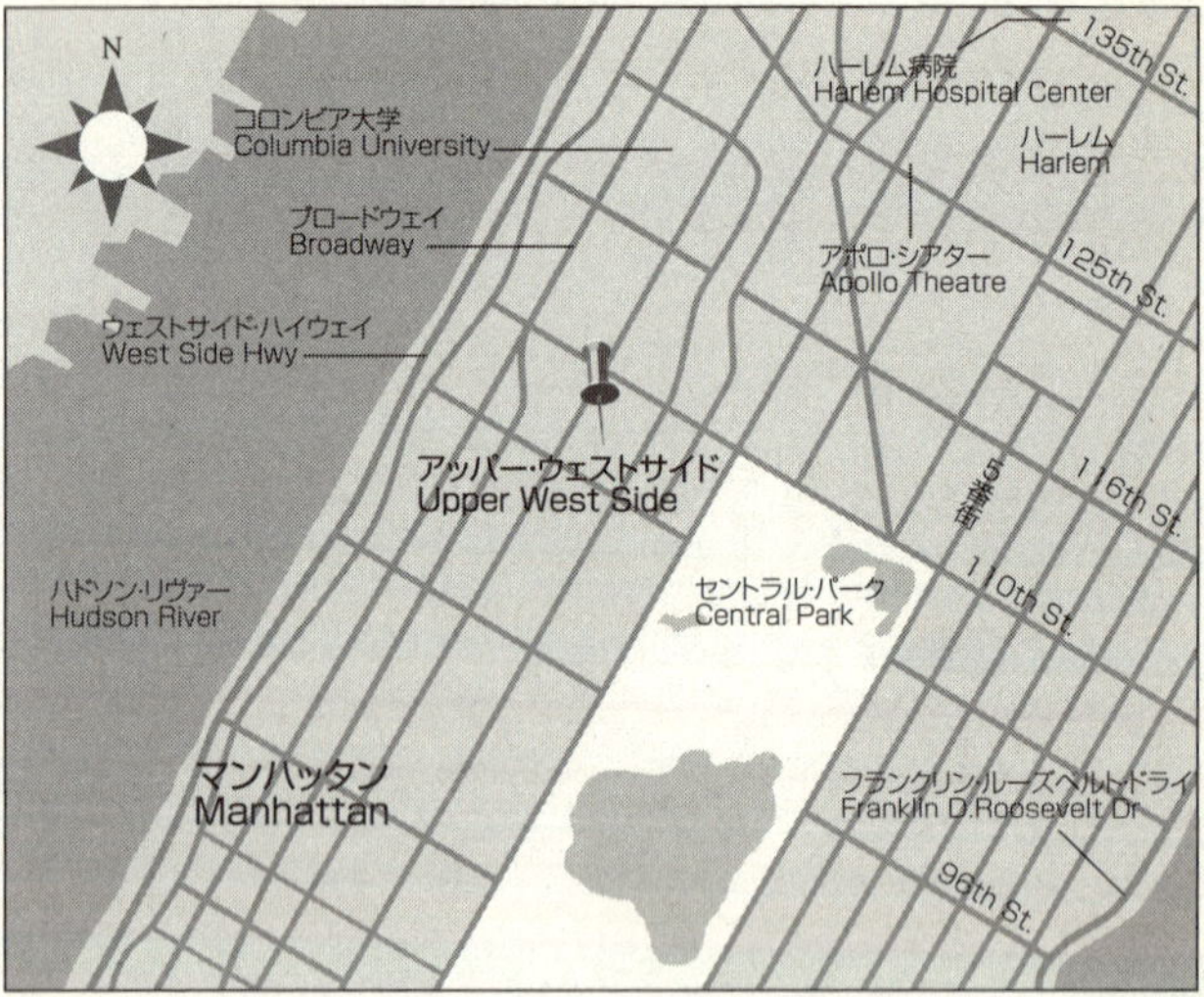

アッパー・ウェストサイド

Upper West Side

血のようには思えなかった。

もしかしたら血かもしれなかった。が、そうは思えなかった。

ローラ・フレインは、アパートメント・ハウスの地下の薄暗いランドリールームに取り付けられた六十ワットの裸電球——百ワットはあってもいいのだが——の下に立ち、シャツのしみを見つめた。デイヴィのシャツのブルーの襟についている赤錆色のしみはいかにも頑固そうだった。同じようなしみがシャツの右袖にもついていた。

彼女はランドリールームを見まわした。まるでほかにも誰か人がいることを恐れるかのように。彼女しかいなかった。同じアパートメント・ハウスの女たちの大半も、男たちも少なからず、地下室に降りてきてコイン投入式の古びた洗濯機や乾燥機を使おうとはしない。広くて明るいコインランドリー〈ウォッシュ・アップ〉がすぐそばにできてからはなおさら。カビと漂白剤のにおいのする地下のランドリールームはただでさえうっとうしい。吹き抜け《エアシャフト》に面したただの隙間のような、何年も磨かれていない窓があるだけで、薄暗く、そこここに物陰があり、薄気味悪くさえある。実際、彼女としてもそこにいたくているわけではなかった。あまり選択の余地はなさそうに思えたからだ。

そもそもそのランドリールームは、彼女とロジャーがそのアパートメントを借りることに決めた理由のひとつだった。だから、それを利用しない手はないと彼女は思っていた。それに、コインランドリーやクリーニング屋を利用するより安上がりだった。

ローラと夫のロジャー、それに息子のデイヴィがそのアッパー・ウェストサイドのアパートメントに住むようになって、すでに二年が過ぎていた。そこに引っ越してきたのは、長く住んでいた西八十九丁目通りのアパートメントが分譲になって立ち退きを余儀なくされたからだが、新しいアパートメントにもみなようやく馴染みはじめていた。

歳は彼女も夫のロジャーも三十代の後半で、ふたりはつい先月、十七回目の結婚記念日を祝ったところだった。わたしは人も羨《うらや》むような家族の一員、といつものように彼女は思い、笑みを浮かべた。小麦色の肌に豊かな赤毛、明るいブルーの眼。彼女は今でもまずまずの美貌を保っていた。ロジャーは昔ながらの美男というわけではないが、今でも引き締まった体型をしており、リンカーンに似た風貌には素朴な魅力がある。デイヴィは言うまでもない。父からは彫りの深い顔だち、母からはくっきりとした青い眼とウェーヴのかかった黒い髪を受け継いだ美しい少年だ。女泣かせの色男。もっとも、あまりデートはしていないようだが。

ローラは洗濯機のスウィッチを入れた。梁《はり》に沿って天井を這っている年季の入った給湯管が立てる音が聞こえ、洗濯槽に水が溜まった。彼女はしみがついている部分を上に向けてシャツを広げ、そばの乾燥機の上に置いて生地をぴんと引き延ばし、染み抜き剤のスプレーに手を伸ばした。そして、しみにスプレーをかけ、洗濯槽に注ぎ込んでいるぬるま湯で洗濯用のブラシを濡らしてからブラシの毛先に石鹸をつけ、染み抜きにかかった。

襟のしみが完全に取れると、今度はシャツの袖の同じようなしみに取りかかった。トマトソースか何か、もしかしたら濃い赤ワインかもしれない。そのしみも消えるまでこすった。そのあともこすった。

洗濯槽がぬるま湯でいっぱいになると、そのシャツだけ中に入れた。すっかりきれいになるように。

なんといってもデイヴィのシャツなのだから。

「デイヴィッドだ」と彼は言った。

ブロンドの可愛い女の子は彼を見て、小首を傾げ、怪訝な顔をしてみせた。ブロンドの髪をまっすぐにうしろに梳かしつけていたが、頭が動くと、ほつれ毛が耳のまえで跳ねるように揺れた。

デイヴィは笑みを浮かべて言った。「名前を訊かれたと思ったんだ」ふたりはタイムズ・スクウェアのそばのゲームセンターにいた。ゲーム機の音だけでなく、開けっ放しのドアから外の雑踏と車の音も中にはいり込んできて、なんともうるさかった。

「聞きまちがいよ」と女の子は言ったが、それでも笑みを返してきた。

デイヴィは肩をすくめ、騎兵隊ゲームに戻り、自分の馬を右に動かし、襲いくる騎兵の首を刎《は》ねた。機械が寸づまりの叫び声を発した。

「わたしはホリー」女の子の声がした。

彼は振り向き、女の子と向かい合った。「きれいな名前だね」

彼女は皮肉っぽく笑って言った。「ええ。あなたのデイヴィッドも」

「ここにはよく来るの？」と彼は新たな攻撃を知らせるトランペットの音を無視して言った。

「いいえ、まず来ることはないわね。雨宿りにはいっただけよ」

彼は外を見やった。夏の小雨が降りはじめていた。歩道の人たちは驚きながらも用心深く空を見上げ、傘を広げている人もいた。彼は女の子をとくと観察した——女の子ではなく、女の人だ。思ったより歳がいっていそうだった。二十代。うしろに梳かされた髪に逆らったほつれ毛と服装に騙されたのだ。見るからに若い恰好をしていた。タイトなジーンズ、メッツの袖なしのシャツ、汚れた白いジョギング・シューズ。細面《ほそおもて》で繊細な顔をしていた。うしろに梳いたブロンドの髪とけっこう濃い化粧がそれを引き立て、アイライナーが青い眼をさらに青く見せていた。耳には両方とも三カ所に穴があけられ、そのひとつひとつに小さな模造ダイアのピアスをしていた。

「もう充分観察した？」と彼女は言った。

彼は笑った。「いや、全然」そう言って、ゲームに背を向け、彼女に百パーセント注意を向けていることを示した。女はみんなそうだ。誰もがそうされることを喜ぶ。「ニューヨーク大学にかよってるんだね？」

「どうしてそう思うの？」

「きみのシャツ」

彼女は自分の着ているものを見てから、怪訝な顔を彼に向けた。

「ニューヨーク大学の女子大生はみんなメッツ・ファンだ」と彼は言った。

「みんな？」

「例外なく」

「わたし、ヤンキース・ファンなんだけど、実は」

「わかった。だったらひとりの例外を除いて全員」

彼女は、今度はさっきとはまた異なる笑みを彼に向けた。緩慢で気だるそうな笑みで、その笑みは彼女をさらに年かさに見せた。彼はそれが気に入った。「ここを出ない？」と彼女が言った。「クソうるさすぎる」

「ぼくもそう思ってたところだ」

彼女は笑みを広げた。「ええ。あなたが何を考えてるか、わたし、わかる気がする」


「高校から電話があった」ローラはロジャーが勤め先の〈ブロードウィング相互保険〉から電話をかけてくると言った。ロジャーはその保険会社で電話によるあらゆる保険のセールスと保険の有効契約の管理をしていた。ローラは夫が具体的にどういう仕事をしているのか正確には知らなかったが、いずれにしろ、贅沢をしなければまずまずの暮らしができるほどには充分な収入があった。「デイヴィがまた午後の授業をサボったみたい」

「もう癖になってるんだな」

「学校は心配してる」

「あいつももう最上級生だ。来年には大学に行ってるよ」

「卒業できればね」

「そりゃ卒業するさ。そのために授業料を払ってるんだから」

「それでも授業には出なくちゃ」

「だから出てるって。デイヴィはなんでも最低限でこなそうとするやつだ。そういうやつなんだよ。きみは心配しすぎだよ、ローラ」

あるいは心配したりないのか。「いずれにしろ、今夜はあの子は夕食の時間には帰ってこない。それはもうパターンみたいになってる」

「それはどこかで愉しいときを過ごしてるってことさ。あいつはまだ若いんだからね。それでも、ぼくのほうからあいつに話したほうがいい？」

「いいえ」夫のことばがただ口先だけのものだということが彼女にはよくわかっていた。話してくれと頼んでも、どうせ話したりはしないのだ。ロジャーとデイヴィはそういう関係だった。それはもう何年もまえからわかっていることだ。深夜、ロジャーは廊下をこっそり歩く。妻はもう眠ってしまったと思い込んで。そのあとデイヴィのドアがかすかに軋みながら開き――

「ローラ？」

「あの子と話をしなくちゃならないほどのこととも思えない」と彼女は言った。「どうせ話をしても無駄だし」

「デイヴィは心配ないよ。それだけは請け合うよ」

「わかった。あなたのそのことばを信じることにするわ」

「それでこそきみだ」

「夕食は家で食べられそう？」

「無理だな。今日は残業をしなきゃならない。九時ぐらいになりそうだ。悪いけど」

「わかった。じゃあ、またそのときに」

「心配はしないこと。約束してくれ、ローラ？」

「ええ」と彼女は言って受話器を置いた。

シャツのしみのことはロジャーには言わなかった。言って何になる？


ふたりは東五十一丁目通りに面したふたつの建物のあいだにはさまれた小さな公園にいた。話せば話すほど、ホリーにはお互い共通点があるように思えてきた。まあ、充分なほど。まだ若いことは若いけれど。近くの通りを行き過ぎる車のライトの弱い光だけでもそれはわかった。でも、彼には何かがある。歳にかかわらず、深い自信のようなものが感じられる。いかにも経験豊富といったような。もしかしたら、と彼女は思った。わたしより経験しているのかも。

「歳を訊いちゃ駄目？」

彼は彼女におもむろに笑みを向けた。その笑みに彼女の心はざわめいた。「もちろん駄目だ。きみはぼくが未成年かどうか心配してるんだね？」

「全然。女はそんなことは考えないものよ。それにあなたは大人びた眼をしてるし」

「ぼくはもうちゃんとした年齢に達してるって信用してくれたら、ぼくもきみを信用するよ」

「信用するって何を？」

「やさしくしてくれるって」

ホリーは笑って言った。「言っておくけど、わたしのところにはお酒しかないわよ」

「酒も要らないくらいだよ」

ホリーはにやりとした。「言ってくれるじゃないの、デイヴィッド。お酒だってほんとはないかもしれない。なかったら、探すのを手伝ってね」

「探しものを見つけるのはぼくの得意科目でね」そう言ってデイヴィッドはベンチから立ち上がった。「こうしてきみを見つけたように」

それから一時間も経たないうちに、彼は彼女のアパートメントのキッチンにあった包丁の長い刃を彼女の胸骨のすぐ下に刺し込み、そこから心臓まで一気に切り裂いていた。そのやり方はインターネットを使った基礎的な医学リサーチと本の賜物《たまもの》だった。包丁を引き抜くと、彼女の胸郭から刃がこすれるくぐもった音がした。意識して忘れないようにしているデイヴィッドの好きな音だ。

ホリーは倒れたことにさえ気づくことなく床に横たわっていた。即死だった。この二年間も、彼女の友達も、恋人たちも、大学の近くにあるこの小ぎれいながら狭いアパートメントも、彼女の苦痛の暗い奥底のどこかで瞬時に消えた。文字どおり瞬《また》くまに。

光が薄れる中、彼女が最後に見たのはデイヴィッドの裸身だった。シンクのそばに立って、彼女が包丁をしまっている引き出しから何かを取り出していた。取り出されたのはさらに数本の包丁で、その若々しい体が何かに集中してまえに傾げられた姿には、あらかじめ計画された目的性のようなものがあった。何かを終えたというより、これから何かを始めようとしているかのような。

「ヴィレッジでまた女の子が殺されたうえに体を切り刻まれたみたいだ」とロジャーは言った。キッチンテーブルについて、コーヒーを飲みながら、たたんだ〈ニューヨーク・タイムズ〉を読んでいた。「マスコミはこの犯人を〝切り裂き魔〟って呼んでるけど、あまり想像力豊かな命名とは言えないな」

「そういう話はあまり朝食の席ではしてほしくないんだけど」ローラはロジャーと向かい合って坐り、レーズン入りの粗引き小麦のシリアルに牛乳をかけながら言った。

「犯人は欲求不満の外科医だな。さもなきゃ肉屋か」

ローラは憤然として立ち上がると、窓辺まで歩き、そこにすっくと立って、非常階段越しに外を眺めた。

「落ち着けよ」とロジャーは言った。「怖がらせようと思って言ったんじゃないよ」

振り返ることもなく、彼女は言った。「二週間前、別の女の子が同じように殺された次の日の朝のことだけど、デイヴィのシャツに血のようなものがついてた」

「だから？」

「今朝もシャツに血がついていた。見せてほしい？」

ロジャーはコーヒーカップを取り上げ、そこで手を止めた。その朝はコーヒーに対する考えを変えたかのように。ソーサーの上におもむろにカップを戻して彼は言った。「いや。そんな必要はないよ」

「必要があるかどうか、それはデイヴィ本人に訊くこともできるけど」

「そんなに簡単に？」

「ええ」しかし、それほど簡単にはいかないことは彼女にもよくわかっていた。デイヴィがどんな反応を示すか、それが怖かった。それ以上に、そのあとどんなことになるか、そのほうがはるかに怖かった。マスコミ、警察、判事、陪審員、社会のシステム。社会のシステムに――ひとたびこの市《まち》に、咽喉元をつかまれたら、人はどこまでもいたぶられ、最後には廃人同然にされてしまう。そういうことがデイヴィの身にも起こるかもしれない。ロジャーとローラの身にも。そういうことは常に家庭の責任にされるではないか。何度も何度も聞かされていることだ。犯人もまた犠牲者なのです……

何を考えてるの、とローラは自分に言い聞かせた。あなたは母親じゃないの？　なんていうことを考えているの。殺人犯にして犠牲者。あの美しいデイヴィが。

ありうることだ。そのことが何より彼女を怯えさせた。

それでも、確かめなければならない。

「デイヴィに話さなくても調べられるかもしれない」と彼女は言った。

「そんなことは考えることすら馬鹿げてる」とロジャーは言った。その声音には怒気が含まれていた。ローラにはそのわけがわかった。

「何もしないわけにはいかないでしょうが。少なくとも、何をすべきかぐらい考えることはできるはずよ。何かをしなければならなくなった場合に備えて」

「きみにはついていけない」とロジャーは言うと、平静を装ってコーヒーを一口飲んだ。

「わたしについてきてくれなくてもいいから」とローラは言った。「デイヴィについていって」


二週間後、デイヴィは宿題を終え、部屋から出てくると、いつものように、ちょっと出てくるとだけ言い、行き先も告げず、家を出た。そのときにはローラもロジャーも敢えて彼に行き先を尋ねなかった。ロジャーは二十まで数えてからデイヴィのあとを追った。

「電話してね」ローラは夫がアパートメントを出るときに言った。

「電話する」

ロジャーは地下鉄の駅まで息子を尾《つ》け、デイヴィが乗った車両のひとつうしろの車両に乗り、駅に停車するたび注意深く様子をうかがった。やがてデイヴィは降車する客の波に呑まれるようにして、ある駅のプラットフォームに降り立った。ヴィレッジの駅だった。ロジャーは乗り込んでくる乗客に逆らい、ドアが閉まるまえに慌てて降り、息子のあとを追って通りに出た。

おだやかな気持ちのいい夕べで、歩道をぶらつく歩行者や、オープンカフェで食事をする人たちが大勢いて、デイヴィに気取《けど》られることなく、容易にあとを尾《つ》けることができた。デイヴィは急いではいなかった。が、何か目的を持って歩いているように見えた。あたりの雰囲気をただ愉しんでぶらぶらしているのではなく、はっきりとした行き先があるかのように。

角を曲がると、曲がりくねった迷路のような狭い通りを歩きはじめた。かなり暗い通りだった。が、人通りが少なく、ロジャーとしては間隔を置かねばならず、気づかれることなく尾《つ》けるのがむずかしくなった。

デイヴィはいきなり歩調をゆるめると、あたりを見まわしはじめた。古い煉瓦造りのアパートメント・ハウスが建ち並ぶブロックで、めあての住所を探しているように見えた。ロジャーは足を速め、通りの反対側から見た。デイヴィはある建物の明かりのともる奥まった玄関ホールに立っていた。何年もまえに白いペンキが塗られた煉瓦造りのくたびれ果てた建物だった。デイヴィがいくらか首を伸ばすような恰好をしたのが見えた。インターコムに話しかけているようだった。

ロジャーは小走りになって数歩進み、中を見た。ブザーを鳴らして開けてもらわなければならない内側のドアはなかった。デイヴィはただ来訪を告げたようだった。ロジャーは息子が木の階段を二段上がると、狭い廊下に立って、左手のアパートメントのドアを拳でそっとノックするのを見た。さらに近づくと、痩せて背の高いブロンドの若い女がドアを開け、デイヴィを招き入れるのが一瞬見えた。

ロジャーは通りの反対側に戻ると、デイヴィがはいっていった、通りに面して西側にある一階のアパートメントのものと思われる窓を見張った。防犯用の鉄格子がはめられ、ブラインドがおろされ、分厚いカーテンがしっかり引かれ、その小さな隙間から光が細く洩れているだけだった。

まるで覆面捜査官にでもなったような気分で――本物の覆面捜査官には逆に気づかれたりしないようにと思いながら――ロジャーはポケットから携帯電話を取り出してローラに電話した。

「デイヴィはヴィレッジにいる。背の高いブロンドの女の子――女のところに」そう言ってから、自分とデイヴィッドの居場所を詳しく説明した。そこまで来た経緯も。「ちらっと見ただけだけど、すごい美人だった。歳は二十代かな」

「なんだか妬いてるみたいに聞こえるけど」

ローラにはあまり似つかわしくない物言いだった。声に表われていたのだろうか、とロジャーは思いながら言った。「このあとどうする？」いつのまにかすっかりローラに主導権を握られてしまっていた。「ドアを押し破って、動くなとでも叫ぶ？」

「笑いごとじゃないと思うけど」とローラは言った。

「いや、ふたりとも笑いごとにすべきだったのさ。結局、わかったのはデイヴィがガールフレンドを訪ねてたということだけなんだから――あいつが運のいいやつで、彼女がガールフレンドだったらの話だけど」

「彼のシャツに血がついてたのを忘れないで」

「それがほんとうに血だったらの話だけど」

「わたしもそっちに行くわ」とローラは言った。「あなたに合流する」

「きみが来るまえにデイヴィが出てきたら？」

「そのときには放っておけばいい。でも、見られたりしないようにね」

「そのあとは？」

「そのアパートメント・ビルにはいって呼び鈴を鳴らす」

ロジャーはすぐにはローラに気づかなかった。通りの彼がいる側の建物のすぐそばを歩いてきたようだった。黒っぽいジャケットにジーンズ、それにジョギングシューズという恰好だった。

「まだいるの？」と彼女は尋ねた。

「いや、十分ほどまえに出ていった」

「どんな様子だった？」ローラの眼が角の街灯の鈍い明かりを受けて猫の眼のように光った。

「いつもと変わらなかった。そうだな……落ち着いてた」ローラは動くことなくじっと立っていた。奇妙な姿勢ながら、どこか身構えているようでもあった。「何かあったとも思えないけど」とロジャーは言った。どこまでそう言えるだろうと内心思いながら。

「確かめましょう」ローラは通りを渡りかけた。

ロジャーは彼女の肩をつかんで止めた。「中にいる女性にはなんて言うんだ？」

「わたしたちはデイヴィの両親だって言えばいい」

「冗談じゃないよ、ローラ！」

「何かの調査だって言ってもいい」とローラは言った。「慈善活動で食べものを寄付してもらってるって言ってもいい」そう言って、ロジャーの手を逃れ、歩きだした。ロジャーもしかたなくそのあとに続いて通りを渡り、建物にはいった。

淡いグリーンの玄関ホールは外から見た感じより明るく――そのことはふたりの心を落ち着かせた――最近ペンキを塗ったにおいがした。それでも、もうすでにメールボックスの上に真新しい落書きがあり、黒い文字が無遠慮に躍っていた――神は誰かほかのやりを見守ってる。

「あのアパートメントだと思う」とロジャーは階段の上を指差して言った。さきほどの女のアパートメントのドアには、〝1W〟という真鍮の文字と数字がはめ込まれていた。

ローラは真鍮のボタンを押した。アパートメントの中のどこか離れたところからブザーの音が聞こえた。

インターコムからはなんの応答もなかった。

ふたりは幅の広い木の階段を二段上がり、ドアのまえで様子をうかがった。何も起こらない。

ローラがノックをし、ふたりはたっぷり一分は待った。それからもう一度ノックした。

彼女はロジャーを見やった。

「女のほうはデイヴィと一緒に出てはいかなかった」と彼は言った。本人が思う以上に声が高くなっていた。

ローラはドアノブをまわし、中に押してみた。開いた。彼女は中にはいり、そのあとにロジャーも続いた。今となっては彼としても早く廊下から中にはいりたかった。人に見られたくなかった。

ドアにはデッドボルト式の錠がふたつ取り付けられており、真鍮のチェーン錠ははずされたままになっていた。デイヴィッドが出ていったあと、ブロンドの女は鍵をかけなかったのだ。

ふたりはさらに奥にはいった。中は暖かく、家具も適度にそろえられていた。どれもフリーマーケットで選んだもののようだったが、趣味は悪くなかった。壁にはアートプリントが飾られ、本棚の大半はフィクションのペーパーバックでぎっしりと埋められていた。

見るまえから血のにおいがした。ロジャーは舌の両側にあたる臼歯《きゅうし》が銅にでも変化してしまったような感覚に襲われ、唾液があふれてきた。これまで嗅いだことはなかったが、それがまだ新しい血のにおいであることはすぐにわかった。太古から蓄積された知識によって。

ブロンドの女はキッチンの床に大きく広がる血の海の中に手足を投げ出し、横たわっていた。長い髪が扇状に広がり、それに血糊《ちのり》がべったりとこびりついていた。ほとんど首がもげそうなほど深く咽喉が掻っ切られていた。胸も——

ロジャーは顔をそむけずにはいられなかった。すすり泣いている自分の声が聞こえた。

「行きましょう」というローラの声がした。その声があまりに落ち着いていたので、ロジャーはぞっとした。

「何を言ってる、警察に電話しなきゃ。これは——」

「ロジャー!」

「なんであれ、誰かに知らせなければ。これは——」

「出るときに何にも触らないで」

彼は彼女に従った。何にも触れなかった。夢を見ているような気がした。これはすべて夢の中のことだ。ふと見ると、アパートメントのドアを閉めたあと、ローラは服の袖でドアノブを拭いていた。

歩道に出て半ブロックほど歩き、ふたりは立ち止まった。ローラは暗い戸口で身を屈めると、嘔吐《おうと》した。

今はこいつよりしっかりしている、とロジャーは思った。少なくとも吐いてはいない。アパートメントのキッチンの光景を頭から追い払った。胃袋はひっくり返ったままだったが。込み上げてくる苦い液を呑み込み、彼はポケットから携帯電話を取り出した。

「やめて」とローラは言った。「携帯電話は使わないで」

「警察に電話しないと――」

「家からかけましょう。わたしたち、話し合わなくちゃ。デイヴィとも。警察に電話すればどうなるか。それはあなたにだってわかるでしょ？　わたしたち三人ともどうなるか」

「どうなるもこうなるもないだろうが。警察には電話しなきゃ！　そりゃ大変なことにはなるだろうよ。でも、これはわれわれみんなに責任のあることだ」

「われわれみんなに？」彼女は驚いてまじまじと夫を見つめた。

ロジャーはそこで初めて、今夜あったことのせいで、自分たちの見たことのせいで、ローラはおかしくなってしまったのかもしれないと思って言った。「わかった」そう言って、携帯電話をポケットにしまった。「家に帰ろう。家から電話しよう」

それでローラをなだめることはできたようだった。が、それで話し合いがすんだわけではないことは彼にもよくわかっていた。ふたりは地下鉄の駅まで歩き、プラットフォームに降りた。プラットフォームはけっこう混んでいた。まえの電車が出たあとだいぶ時間が経っているようで、次の電車はすぐにも来そうだった。

そんなことを思っているうちにも、やってきた電車がもたらす冷たい風がプラットフォームに流れ込んできた。狭くて暗いトンネルの奥に光が現われ、徐々に大きくなる音がほかの音を蹴散らした。人々は走ってきた電車がうなり音と軋み音をたてて停まる停止位置のほうへ移動した。

ロジャーにはローラがそれとなく自分のうしろにまわったのがわかった。それは電車がもたらす突風に髪が乱されないよう彼女が時々することだった。

電車が五十フィートたらずまで近づいたところで、ロジャーは腰のくぼみに彼女の拳が強く押しつけられたのを感じて驚いた。信じられなかった。体が宙に浮いていた。電車のライトに眼がくらんだときにはもう、彼は轟音に呑み込まれていた。

葬儀がすむと、日々の暮らしも落ち着きを取り戻した。ロジャーが亡くなってまだ半年も経っていなかったが、ローラもデイヴィもめったに彼のことを話すことはなかった。ローラとロジャーの結婚式の写真はロジャーの遺品を入れた箱に収められ、その箱もローラはいずれゴミと一緒に路上に出すつもりだった。

今ではデイヴィも学校でいい成績を取るようになっており、切り裂き魔による連続殺人も以前ほど頻繁ではなくなっていた。まるで犯人が成長し、抑制を覚えたかのようだった。マスコミも今ではあまり騒がなくなっていた。マンハッタンのめまぐるしい喧騒の中にあって、実際のところ、ほとんどめだたなくなっていた。

ローラは今でもドライクリーニング屋やコインランドリーの常連客ではなく、家の中の洗濯物はほとんど自分で洗っていた。地下の洗濯室で何時間も過ごしていた。しみが落ちたと確信できるまで勤勉に何度も何度もこすっていた。

しみの中には完全に落ちないものもあったが、ほとんど眼につかないほどなので彼女は気にしなかった。それが何か問題になるとは思えなかった。

フレディ・プリンスはあたしの守護天使

リズ・マルティネス
高山真由美＝訳

Freddie Prinze Is My Guardian Angel

BY LIZ MARTÍNEZ

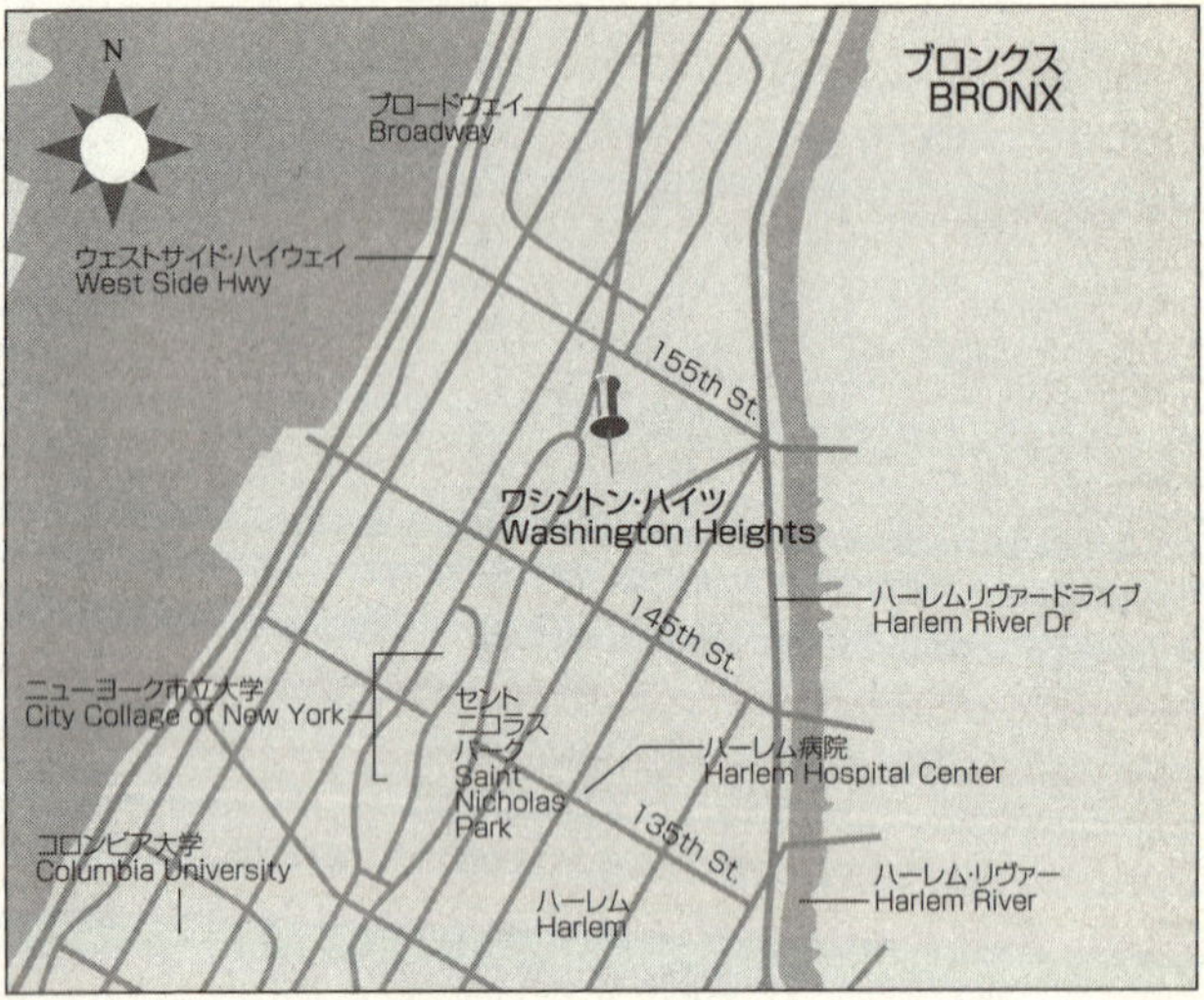

ワシントン・ハイツ
WASHINGTON HEIGHTS

フレディ・プリンス（一九五四〜七七年。アメリカの俳優、コメディアン）が初めてあたしに話しかけてきたのは、彼が死んで四年経ったときだった。あたしは家族と住んでるワシントン・ハイツのアパートメントの自分の部屋にいて、フレディが出てきたときにはロザリオの祈りを唱えていた。最初、壁に現われた黒いしみは何かの影のように思えた。あたしはぎゅっと目を閉じて、一所懸命に集中しようとした。もうすぐ堅信礼《けんしんれい》だったから、まわりで起きていることを気にせず祈れるようになるのが重要だってわかっていた。

フレディは待ちきれなくなったみたいで、咳払いをした。あたしはその音に飛び上がったけれど、消えゆく一月の光の中で部屋に立っている彼を見ても、どういうわけか、怖いと思わなかった。フレディはウィンクして言った。「やあ、お嬢ちゃん《ママシータ》。調子はどう？」

有名人とどんなふうに話したらいいかよくわからなかったけど、フレディはただ、うつむき加減で壁にもたれていた。テレビのエド・ブラウンのガレージ（一九七〇年代なかばにアメリカで放映されたテレビドラマ『チコ・アンド・ザ・マン』の舞台。ジャック・アルバートソン扮する修理工エド・ブラウンの経営するガレージ）でしていたように。この部屋にいるとフレディはずっと背が高く見えた。居間にあるＲＣＡ（アメリカの電気製品メーカー）のテレビの中ではほんの六インチぐらいで、しかもテレビが古いせいでちょっと灰色がかっていた。おまけに画面にときどきノイズが走るので、ひっきりなしにジャンプしているようだった。ここにいるフレディはわりと落ち着いていて、友達のお兄さんみたいに見えた。

「ハイ」あたしはおずおずと言った。そしてすぐに、今日は彼の四度目の命日だからお祈りを二回唱えたんだけど、気づいてくれたかなあと思った。

「何をしてるんだい?」とフレディは言った。

つまりあたしの心を読んだりはできないわけね。あたしは少し気が楽になって息をつき、お祈り用のビーズを掲げてみせた。

フレディはうなずいて言った。「母さんもいつもやってる」

フレディはすごくくつろいでいるようだったけど、あたしの膝は、ビル・コスビーが宣伝してるジェロ・プディングみたいに震えていた。ひざまずいていてよかった。震えてるのを見られずにすんで。あたしが今でもフレディを大好きだってこと、彼は知ってるかしら。

「きみはぼくのいちばんのファンだって聞いたけど」とフレディが言った。

あたしは死にたくなった。自分の顔が赤くほてるのがわかった。「誰が言ってたの?」と尋ねた。冷静になろうと努力しながら、今この瞬間に弟が部屋に駆け込んできたりしませんように、と祈った。

フレディはことさらに肩をすくめた。「いろいろ耳にするんだ、ぼくみたいに……」

「死んでると?」とあたしは小声で言った。

「ああ」フレディは爪をいじりながら答えた。

「どんな感じ?」とあたしは尋ねた。

「死んでること?　悪くないよ」とフレディは言った。

「つまり……天国のことなんだけど。天国はどんな感じ？　聖者には会った？」

フレディは鼻で笑った。「いいや。まだひとりも」

あたしは困ってしまった。この八年のあいだにシスターたちから聞いてきた話とちがう。ある考えがひらめいた。「もしかして、地獄にいるとか？」訊いたら失礼かな、とは思った。体の障害とかに注目するのが失礼なのと同じで。

「いや、ちがうよ。そんなふうにはなってないんだ」

「どういうこと？」あたしは驚いて尋ねた。

フレディはとつぜん、興味をなくしたみたいだった。「いいかい、ラケル、ぼくにはあまり時間がない。じきに戻らなけりゃならない。ぼくは重要なことをきみに言いにきたんだ」

フレディはこっちを見て、あたしが彼の話に集中しているか確認した。こんな状況でほかのことに集中できるわけなんてないのに。

フレディはあたしのことを指差しながら言った。「きみはもうすぐある決断をしなきゃならない。きみの残りの人生に影響を及ぼす決断だ」

あたしは重々しくうなずいた。やっとあたしにもわかる話になった。「わかってる。洗礼名を決めなくちゃならないの。フレデリカにしようと思って。あなたにちなんで」あたしは床を見ながら言った。

「あー、それはやめたほうがいい。ぼくはそんなにたいした人間じゃない――なかったんだ、ほんとに。そりゃ、そんなに思ってくれるのは死ぬほど嬉しいけど、ぼくにはそんな価値はないんだよ、ほんとのところ」

目から涙があふれそうになった。「あたしはあると思う」言葉は囁きにしかならなかった。あたしは彼を見ることもできなかった。

「いやいや、そんな。困ったな。ティッシュをあげられればいいんだけど、あいにく持ってなくてね。袖で涙を拭いて、ぼくのことを見てくれないか？　そう、それでいい。人が泣いてるのを見るのは苦手なんだ。とくにぼくのことで泣いてるのを見るのは。ぼくにはそんな価値なんかないんだから、ほんとに」

泣きやんでしまうと、こんどは腹が立ってきた。「だからあたしはあると思うんだってば。あなたはあたしたちみんなに希望をくれた。ワシントン・ハイツ出身の成功者なんだから。テレビを持ってる人みんなに、プエルトリカンが重要人物になれるってことを見せてくれた」

「たいていの人はぼくのことをメキシコ人だと思ってるんじゃないかな。『チコ・アンド・ザ・マン』の役柄のせいで」とフレディは静かな声で言った。「それに、ドラマの中でチコがやってた仕事を見ろよ」

あたしにはわかった気がした。いつか聖人になるはずの人に自慢は似合わない。フレディは謙虚になる練習をしているのだ。だけどあたしにはわかっていた。彼があたしやこの地区のほかのみんなに何をしてくれたか。フレディはあたしたちみんなにとって可能性の象徴だった。

ほかにも訊いてみたいことがあった。「どうしてあんなに早く死んじゃったの？」

フレディがファン全員を見捨てて死んでしまったとき、あたしの心にどれだけ大きな穴があいたか。それを伝えることなんてとてもできない。あたしがもっと年を取ってフレディの死にうまく対処できるようになるまで、どうして待ってくれなかったんだろう。

「寿命っていうのはきっちり決められてる」とフレディは穏やかに言った。「ぼくも決められた時間だけこの世にいたんだ」

あたしは頭を垂れてもそもそと言った。「もっと長く生きててほしかったのに」

「そうもいかないんだよ。とにかく、今ぼくがここにいるのは、きみに重要なことを伝えるためだ。聞いてるかい？　こういうことだ。きみはニューヨーク市警《NYPD》で働くことになる」

わけがわからなかった。「まだ十四歳なんですけど」

「そうだな、まあ、少し先の話だ。だけど嘘じゃない。ぜひそうする必要があるんだ。さて、もう行くよ。きみと会えてよかった」そう言うと、フレディは消え始めた。

「待って！　帰る前に、あの台詞を言ってもらえない？」

「ああ、あれ？　〝い〜い感じ……〟」

決め台詞の最後のところは、耳の内側のどきどきいう音にかき消されて聞こえなかった。どきどきはフレディが消えたあともしばらく続いた。

どうしてフレディが警官になれなんて言うのか、あたしには理解できなかった。

女の警官はそんなにたくさんはいない。それに、プエルトリカンの警官なんてあたしはひとりも知らない。わけがわからなかった。フレディがまちがえたのかなあ、と思った。だけど聖人がまちがえることなんてあるのかしら。フレディが聖人なのは確かだ。聖母マリアがオーブンの覗き窓のところに現われるって話を聞いたことがあるし、聖人ってものがいるなら、マリア様こそはまちがいなく聖人だろうから。それにフレディは謙遜の仕方もよくわかっていた。聖者の列に加わるような人にとっては、それは大事なことだ。

だけどフレディは天国と地獄について変なことを言っていた。聖人でもまちがえることがあるの？　そうは思えない。聖人ていうのはローマ法王みたいなものだとあたしは思う。いつでも正しいのだ。たとえほかのみんなが彼の理屈を理解できなくても。

ママの意見を聞いてみることにした。「聖人でもまちがえることがあると思う？」とあたしはママに訊いた。

「なんの話よ、あんた、まちがえるって？　晩ごはんだから手を洗っておいで」とママは言った。

洗礼名の話題を切り出すときには、絶対言われるはずのことに対抗するためにきちんと準備をしておいた。「フレデリカって名前にしたいの。ユトレヒトのフレデリックにちなんで」とあたしは言った。「フレデリックは八三八年に、ミサの最中に刺し殺された司教なの」

ママは繕《つくろ》い物から顔を上げもしなかった。「それで、彼の例にならって街角で刺し殺されたいってわけ？」そう言うとママはやっと顔を上げて、目を細めてあたしを見た。「あんたが何を企んでるかなんて、わからないはずないでしょ。マリアよ。洗礼名はマリア」この話はこれで終わり、という口調でママは言った。

それでもあたしはもうひとことだけ言ってみた。「シスターは、個人的に影響を受けた聖人の名前を選ぶといいって言ってたわ」

「それでそのユトレヒトのフレデリックっていうのは、あんたの大事なアイドルってわけよね？　さっきの話は本で調べて初めて知ったんでしょう」ママはあたしに向かって針と糸を振り立てた。「あんたが興味を持ってるのがどのフレデリックかってことぐらい、ちゃんと知ってるんですからね。で、そのフレデリックは聖人なんかじゃない」あたしがフレディ・プリンスに熱を上げてるのは有名な話だった。

「いつか聖人になるかもしれないじゃない」あたしは食い下がった。

「そうは思えないわね」とママは言った。「だめだめ、マリアにするのよ、普通の善良な娘らしく。この話はこれでおしまい」

シスター・マリー・クレアも役に立たなかった。誰かを聖者の列に加えるための提案はどんなふうにされるのかとあたしが尋ねると、彼女はすぐさま疑うような顔をした。そしてあたしが誰のことを考えているのか知りたがったけど、あたしは抜け目なく、一般的な話として訊いてるんだというふりをした。その直後に司祭がやってきて、敬虔《けいけん》ってことについて、そしてカトリックの女性信者の家庭における義務についてあたしたちに丸一日話して聞かせたのは偶然ではなかったのだと思う。

あたしはフレディ・プリンスの魂のために祈り続け、毎年一月二十九日にはロザリオの祈りを二回唱えた。けれども次の年、フレディは現われなかった。ベッドに入ったあともずっと目を開けて待っていたのに。もう一度彼に出てきてもらうために、頭を振り絞って、あのときつぶやいたお祈りを正確に思い出そうとした。命日になるたびに魔法のように決まり文句を繰り返したけれど、なんの効き目もなかった。あたしが十八になった年までは。

そのときも寝室でひざまずいて、早口でロザリオの祈りを唱えていた。それが毎年の行事になっていたから。だけどどちらかというと友達に会うことに気を取られていた。金曜の晩で、男の子の家でパーティがあったのだ。買ったばかりの靴のことを考えていると、壁にもたれて佇むフレディが見えた。

今回、フレディは最初にこう言った。「い〜い感じだね、お嬢《マ》ちゃん《シータ》！ ヒュー、大人になったもんだ」フレディは満足そうにうなずいた。

そう言われて得意になる気持ちもあったけれど、いままで三年も無視されたことをまだ少し怒っていた。あたしはなんとか冷静に振る舞おうとして、言った。「ずいぶん久しぶりじゃない？」

「ぼくがいまいる場所は、こことは時間の進み方がちがうんだ。ぼくにとってはほんの何週間かしか経っていないように思える。だからきみがこんなに大人になってて驚いたわけさ」

そう言ってフレディはにっと笑った。

それで気持ちがやわらいだ。彼に会えてすごく嬉しかった。見捨てられたと拗《す》ねるつまらない感情に、この興奮の邪魔をさせたくない。「それで、今日はどうしたの？」とあたしは尋ねた。フレディが今回は何を言いにきたのか知りたくてたまらなかった。

「まだNYPDで働いていないね。ぼくはちゃんとチェックしてるんだ」と言って、フレディはあたしに向かって指を振った。

「まだそういう年になってないもの。二十一歳にならないとだめだから」

「ああ、そうか」彼は肩をすくめた。「まだそのときじゃないってことか」

「あなたはあたしのことを見てるの？」

「ああ。それがぼくの仕事だから」

「守護天使みたいなものってこと？」

フレディは半分笑ったような、変な顔をして言った。「そんなところ」

「それじゃ、あたしがすることを全部見てるの？」シャワーを浴びてるところも観察されてるんじゃないかと心配になった。

「全部じゃないよ、心配しないで。大事なところだけ」

あたしはフレディをテストすることにした。「たとえば？」

フレディは天井を見上げて言った。「そう、きみと、すぐ近所に住んでるフリオ・マルケスのことは知ってる」

あたしの顔は猛烈に赤くなった。フリオは初めてフレンチキスをした相手だった。罪深いことだってわかってたけど、そうなってしまったのだ。あとで懺悔《ざんげ》しにいった。

「ほかのこともわかる？」とあたしは尋ねた。「競馬で、どの馬が勝つかとか？」

「ときどきはね」フレディはきまり悪そうにもじもじした。「だけどそれを教えてほしいなんて言わないでくれ。そういうことは、しちゃいけないいんだ」

競馬の配当金でできるはずのことがすぐに頭に浮かんだ。家族みんなでワシントン・ハイツから――麻薬の売人の巣窟から――抜け出すことが、まずひとつ。「お願い。一レースだけでいいから教えて？　もう二度と頼まないから。約束する」

「そういうことは、ほんとにしちゃいけないんだ」とフレディは言った。

あたしは立ち上がった。「どうしてもだめ？」

フレディはあたしの胸のあたりをみつめながら言った。「ううん、一度ぐらい、いいか」そしてあたしを近くに招き寄せた。彼の熱い息が耳に感じられそうだった。けれども彼に触れようとして手を伸ばすと、手は壁に当たっただけだった。「オーケイ、アケダクト競馬場の第七レース、ブロークンノーズだ」

「ああ、ありがとう、どうもありがとう！」あたしは手を叩いて言った。心の中ではすでに賞金を使っていた。

「まあ、いいさ」フレディは咳払いをして続けた。「きみは警官になる必要がある。それはいまも変わらないんだけど、いいかい？」

「どうして？」とあたしは言った。「べつにそれがほんとにやりたい仕事ってわけでもないんだけど」

「じゃあ、きみは何をやりたいの？」

「女優になりたい。高校だって演劇学校に通ってるんだから。あなたと同じように」どうしても自慢するような声になってしまった。

「ねえ、きみ、どうして女優になりたいんだい？　だめだめ、それはきみの未来じゃない。まえにも言ったとおり、きみはNYPDで働くんだ」

「かもね。だけどあなたみたいにテレビ番組に出られれば、と思ったの……」

「それはきみがやるべき仕事じゃないんだ、信じてくれ。さて、ほかにも言っておきたいことがあるから聞いて。そろそろ行かなくちゃならない」とフレディは言った。

「わかった」女優業についてはがっかりだった。フレディの足跡をたどりたい気持ちがまだあった。

「さあ、そんなにむくれないで。大事なことなんだ。だからちゃんと覚えておいてほしい。いいかい？」

あたしはうなずいて、きちんと耳を傾けていることを示した。

「きみはジャンボという名の男に出会って、ある申し出を受ける。すごくいい話に思えるだろうけど、その申し出を受けないこと。もし受けると、ほんとにひどく厄介なことになる。わかった？」

「ジャンボの申し出は受けないこと」とあたしは繰り返した。「だけどジャンボって誰？

どんな話を持ちかけてくるの？」

「いまは説明してる時間がない。もう行くよ」と言って、フレディは消え始めた。

「待って！　また来てくれる？」

「ああ、期待しててくれ」そう言いながら、フレディは見えなくなった。

あたしはブタの貯金箱を壊して、出てきたお金を数えた。ブロークンノーズに賭けるにはお金が足りなかった。パーティに向かう途中、オッズが載っていればいいと思って、〈ワシントン・ポスト〉紙を一部買った。ブロークンノーズの名前はなかったけれど、ジャンボという名前の馬が第七レースで走る予定だった。フレディの警告を思い出して、それについてもう一度考えた。

パーティの場で、フリオと何人かの女友達に、ブロークンノーズにいくらか賭けてみないかと持ちかけた。信頼できる情報が入ったの、とみんなに説明したけれど、誰にも信じてもらえなかった。そのレースがいつか、はっきり言えなかったから。ただ第七レースと言うだけで。

次の日、新聞を確認した。第七レースでジャンボが勝っていた。もし五十ドル賭けていれば、すごいお金持ちになっていたはずだった……そんなことは考えたくもなかった。どうしてフレディはまちがった情報をくれたのだろう。あたしをギャンブルから遠ざけておくため？　フレディはそういう情報を洩らしてはいけないことになっていて、もし彼が洩らしたとしても、あたしがその情報を利用して行動するのはいけなかったのかもしれない。テストみたいなものだったにちがいない。だけど、どっちに対するテストだろう?

高校卒業後、あたしは学費を一部免除されてニューヨーク市立大学に進んだ。新生活で忙しくて、フレディのことはもうほとんど考えなかった。最初の二年のうちは、命日になるとおざなりにロザリオの祈りを唱えたけれど、三年目になるとそれさえすっかり忘れてしまった。二週間遅れで思い出しはしたものの、あたしは化学の試験勉強をしている最中で、お祈りに時間を取られたくなかった。それに、ジャンボのことをまだ少し根に持っていた。

最終学年になると、あたしはスペイン系の演劇グループに加わった。ステージに上がると活力がみなぎるような気がした。顔写真を撮って、乏しい演劇経験と一緒に履歴書にまとめた。大学にいろいろな企業の人が来る就職説明会では、モデル事務所を擁する会社に応募した。

モデル事務所で働いているとはとても思えないような男が、応募用紙の受付をしていた。ひょろりと背が高く、耳が大きい。鼻は一度ならず折れたことがあるようだった。けれどもデスクに近づいていって話しかけると、あたしに興味を持ってくれた。男はあらゆることを知りたがった。家庭環境、どんな訓練、授業を受けてきたか、どこのプロダクションにいたことがあるか。事務所に来て上司と会ってくれ、と言われたときにはすごく嬉しかった。ボスはきみのためにたくさん契約を取ってきてくれるよ、とも言われた。彼はあたしの友達のガブリエラも気に入ったみたいだった。あたしたちは見た目がちょっと似ていたから、姉妹や似かよった人間が必要とされるときに一緒に写真を撮って送ればいいと思ったのだろう。

週末に最初の撮影をするからスタジオに来てほしい、と彼は言った。

ガブリエラはうっとりして、囁くように言った。「どれだけ稼げるか考えてもみてよ」

だけどあたしは心のどこかで、折れた鼻《ブロークンノーズ》のこの男がまえにフレディが言ってた人かもしれない、と思っていた。「あんまりいい考えじゃないわね。だって、あの男を見てよ。どう見てもまともじゃないわ。たぶん、服を脱げとかなんとか言うんじゃないの？　冗談じゃない、あたしは行かない」

ガブリエラはしつこく誘ってきたけれど、あたしは頑として譲らなかった。結局、ガブリエラはひとりで行った。そして次に聞かされたのは、彼女がコカ・コーラのコマーシャルの撮影でフロリダに飛んだという話だった。ガブリエラは学校をやめた。次から次へと契約が舞い込んだからだった。彼女は大金を稼いで、母親をウェストチェスターに住まわせた。あたしにもオーディションを受けさせてくれるようにガブリエラから事務所に言ってもらおうとしたら、冷たくあしらわれた。

「あなたにもチャンスはあったでしょ」とガブリエラ。その後、あたしたちはお互いに二度と口をきかなかった。

本当のことを言えば、あたしはフレディにも腹を立てていた。これから聖人になろうって人のわりには、もう二度もあたしをまちがった方向に導いている。いったいどういう守護天使なの？

その年、フレディはまた現われた。もうあまり関わりたくなかったけれど、死んだ人間が自分の部屋に立っているとなると、無視するのはちょっとむずかしかった。

「やあ、お嬢ちゃん、い〜い感じ！」壁に寄りかかったまま、フレディが言った。

フレディの行動がすべて、心なしか幼稚に思えた。ほとんど成長していないのがよくわかった。

「ねえ、どうしたのさ？」とフレディは尋ねた。「ぼくに会えて嬉しくないの？」

「嘘を教えたでしょ」とあたしは言った。

「ああ、そうそう、ジャンボとブロークンノーズのことだろ」と彼は言った。「今日はそれで来たんだ。そのふたつを取りちがえてたって教えるために。ジャンボっていう男のことは気にしなくていい」

あたしは口をゆがめて言った。「ジャンボは馬だった。折れた鼻《ブロークンノーズ》の男はあたしと友達をモデルにしようとした。友達はそれで何億ドルも稼いだっていうのに、あたしのほうはモデルになるのを断った。あなたのせいで」何かが引っかかった。「取りちがえてたってどういうことよ？　こんなふうにまちがえるなんてありえない。あなたは天国にいるんでしょ？　神様からいろいろ聞いてるんじゃないの？」

フレディは笑いとばした。「まさか、そんな。神様と話したりなんかしないよ。前にも言ったと思うけど、向こうはきみが思うような世界とはちがうんだ」

あたしは腕を組んだ。「そう、それなら、どんな世界なのよ？」

「それは……説明するのはむずかしいな。ここはちがう、それだけだ」

「とにかく、どうしてあなたはここに出てくるの？ あたしはもうロザリオの祈りも唱えていっていうのに」

「ロザリオの祈りが魔法の呪文ってわけじゃないんだよ。きみがビーズを持って祈ったせいでぼくが呼びだされたわけじゃないんだ」とフレディ。

「ちがうの？ じゃあ、どうして出てきたのよ？」

フレディは穏やかな声で言った。「言っただろ、それがぼくの仕事だからだ」

あたしはにやにやしながら言った。「昔はいつも、〝それはぼくの仕事じゃない〟ってみんなに言ってたのに。いまじゃ台詞がちがうのね」

「あれはただのコメディだよ。これは真面目な話だ。きみを監視しなきゃならないんだ、そうしないとぼくは――まあ、言ってみれば昇進できるかできないか、みたいな問題なんだけど。決まった数の課題をきちんと片づけないと、上に進めない」

「やっぱり！ あなたがいるのは地獄なんでしょ、ちがう？」

「まさか。だからそんなふうにはなってないんだって。だけど聞いてくれ、もうすぐ時間切れだ。きみの天職について思い出してもらいたい。NYPDがきみの居場所だ」

「警察の仕事になんてぜんぜん興味ないんだけど」

「小さいころ、自分に合った仕事を知りたくて――シスターになるべきかどうか確かめたくて――お祈りしたことがあっただろ？」

「それとなんの関係があるのよ？」

「またそんなふうに祈ってみるんだ。お祈りをすれば自分に何が必要かわかるから。もう行くよ。忘れずに祈ってくれ、いいね？」

フレディは消え、あたしはいままでになく混乱していた。そしてしばらく考えてからお祈り用のビーズを探した。オーケイ、神様、あたしにほんとに天職なんてものがあるなら、どうしたらいいか教えてください、とあたしは思った。

その晩は何も起こらなかったけれど、神がそのご意志を示すまでもう少しチャンスをあげることにして、あたしは毎晩ロザリオの祈りを唱えた。けれども天からの指示みたいなものはぜんぜん聞こえてこなかった。

二週間目の夜、パパの妹のアルマとその夫――ファン叔父さん――がうちに遊びにきた。ふたりはファン叔父さんの友達を連れてきた。サルという名前のその友達はすごくかっこよかった。口ひげとえくぼがあって、よく笑った。笑うたびにえくぼが出る。そしてみんなを大笑いさせるようなジョークを言った。髪の毛は黒くて、ウェーブがかかっていて、あたしはその髪に指を走らせたくてたまらなかった。彼はあたしの倍近い年だっていうのに。あたしは手をお尻の下に敷いて座った。手が勝手に飛び出していって、彼に触れたりしないように。

ファン叔父さんは親しげに何度もサルの背中を叩いた。サルが巡査から巡査部長に昇進したことを祝っていたのだ。きみのことをとても誇りに思うよ、サル、ワシントン・ハイツ出身の成功者だ、公務員で福利厚生も年金もいい、と叔父さんは繰り返し言った。だけどあたしには叔父さんの言葉の裏にある嫉妬が聞き取れた。ファン叔父さんはパン屋だったけれど、ずっと組合に入れずにいた。組合公認の仕事に就いた親戚でもいようものなら、まるで宝くじに当たった人のことを言うみたいに噂をした。自分もその人たちのようになれればもっと楽な人生が送れるのに。叔父さんは絶対、そう思っていたはずだ。ファン叔父さんがくだを巻き始めると、叔母さんが叔父さんをドアから引っぱり出した。

サルはしばらくしてから帰った。全員におやすみの挨拶をして、おもてなしをありがとうございました、とパパに言った。「会えて楽しかった」あたしの目を覗きこみながら、サルは言った。にっこりすると、頬がリンゴみたいに丸くなった。

あたしは彼のえくぼに触りたくなった。それで、厄介なことにならないように両手をジーンズのポケットに突っ込んだ。

サルは今夜ここにいるあいだずっととてもくつろいでいて、自信に満ちた様子だった。だから彼がちょっと口ごもったとき、いったいどうしてしまったのか、あたしには想像もつかなかった。

「おれは、あー、その、もしかしたらきみは——」

ワインをすでに何杯か飲んでいたパパが居間の椅子からあたしたちを見ていた。「おいおい、頼むから」とパパはうんざりしたように言った。「誘うならさっさと誘ってくれ」

サルは顔を赤らめながらにやっと笑った。「ほんとに？　あなたはそれでいいんですか？」

パパはほとんど目を閉じながら椅子の背にもたれ、サルのほうに手をひらひらと振った。いちいち訊くな、とでも言うみたいに。

サルは咳払いをして言った。「おれと一緒に――」

「もちろん！」とあたしは言った。

サルは笑いながら続けた。「何に誘うつもりかまだ言ってないのに」

こんどはあたしが顔を赤らめる番だった。

サルはまた最初から言い直した。「週末に、映画でもどうかな？」

あたしはよく考えるふりをした。「いいんじゃない」

「金曜の七時に迎えにくる」

「じゃあ、そのときに」とあたしは答えた。

三カ月もつきあうと、サルの魅力は色褪せていった。彼はゴージャスなラテン男だったけれど、所詮ラテン男だった。一九八九年のことで、自分のほうが先に大人になったのだからあたしは従って当たり前、と彼は思っているようだった。

別れたあと、サルの仕事の話が聞けないのを淋しく思った。サルと別れたこと自体はたいして淋しくなかったけれど。そんなわけで、気づくとあたしは警察の次の採用試験について書かれた地下鉄の車内広告を強い興味を持って眺めていた。それから受験の申込みをして、大学を卒業するとすぐに警察学校に入った。

サルとつきあっておいてよかった。同僚の警官たちの口から出るあらゆる戯言《たわごと》を我慢するはめになったわけだけど、サルのおかげでうまくその準備ができていた。あたしはただひたすら自分を抑え、いくつもの悪ふざけを——いやらしいやつも含めて——笑みを浮かべてやり過ごした。しばらくすると悪ふざけはやんだ。あたしは自分の役割を果たし、余分な仕事もこなした。何度か手柄も立てたおかげで、不承不承ながらいくらかはあたしに敬意を示すベテラン警官も出てきた。サルとも一度か二度、職場で出くわした。顔を合わせるたびに、いまは胸の大きなブロンドとつきあってるんだと言ってきたけれど、あたしは気にもしなかった。

働き始めて五年が過ぎたころ、ホームレスを通りから一掃するための特別任務を割り当てられた。市長が街をきれいに見せたがったのだ——実際に街をきれいにしたかったわけではなく、政治的な理由からたんにそのときだけましに見えればよかったらしい。

ある晩、超過勤務を終えて、あたしはイーストサイドに借りているワンルームのアパートメントによろよろと帰った。疲労困憊《こんぱい》だった。ただただベッドに入りたかった。六時間後には起き出してまた仕事に戻らなければならなかったから。ところが横になったところでフレディ・プリンスが現われた——今回は天井に。

あたしはうなるように言った。「すごく疲れてるんだけど。いまじゃなきゃだめなの?」

「どうしたっていうんだい? ぼくに会えて嬉しくないの?」フレディは心底傷ついたような声を出した。

「そんなことない、とっても嬉しい、ほんとに。ただすごく疲れてるだけ。また今度来てくれない？」今日みたいな一日のあとに死んだ男が家にくるなんて勘弁してほしかった。

「きみに大事なことを言わなきゃならない。だから出てきたんだよ、わかってるだろ？　これを知らせるのがぼくの仕事なんだ」

もう一秒も目を開けていられなかった。「ごめん。ほんとにもう起きてられない」明かりが消えるように意識が途絶えた。

次に気づくと、あたしはベッドに座っていた。なぜか十四歳に戻って。骨ばった膝を見おろしながら、何がどうなっているのか考えようとした。フレディはエドのガレージの壁にもたれて、うつむき加減で立っていた。どうしてあたしのベッドがカリフォルニアにあるわけ？（エドのガレージが出てくるドラマ『チコ・アンド・ザ・マン』の撮影はカリフォルニアでおこなわれた）

「夢だよ」とフレディが言った。「だから何があってもいいんだ」

あたしはもう全然疲れていなかったので、フレディが話すのを喜んで聞いた。彼と一緒にいるのを楽しいとさえ思った。

「きみが疲れてて起きていられないなら、寝てるあいだに話すしかないだろ？」とフレディは言った。「こういうことだ。きみはもうすぐ厳しい選択を迫られる。ぼくとしては、きみにまちがった道を選んでほしくない」

「なんのこと？」ふわふわ浮かんでいるようないい気分で、あたしは尋ねた。

「きみが相手にしているホームレスだけど——そのうちのひとりがきみに怪我をさせようと

する。きみは本能的にそいつを撃とうとする。だけど、撃つな。撃てば一生後悔することになる。よく考えてくれ。あとにも先にも、これほど重要な話はない」

そう言って、フレディは消え始めた。それからあとは目覚まし時計が鳴るまで意識がなかった。時計の音にはっとして、あたしは現実世界に戻った。あの夢は本当だったのだろうか。それについてはその日の昼近くになるまでじっくり考えているひまがなかった。ホームレスの人たちを追い立てて、待たせてあった改造トレーラーに入れてしまうまで。

時が経つにつれ、夢の断片が戻ってきた。撃つな。撃てば一生後悔することになる。そんなことは守護天使に言われるまでもなくわかっていた。もう何年も働いているのだから、誰かを撃ち殺してしまった警官がどうなるかぐらい知っていた。ひどいトラウマを負うのだ。

署に戻る準備がほぼ終わったとき、ホームレスのひとりが十七枚も重ね着した衣類の下からナイフを引っぱり出して、あたしの顔に向けて突き出した。アドレナリンに突き動かされて、あたしはその男を蹴った。けれども男の厚着のせいで、キックではなんの衝撃も与えられなかった。ただ男を余計に怒らせただけだった。男はナイフであたしの顔に切り付けた。血が頬を伝うのがわかった。その一瞬後、同じ場所に火がついたような痛みが走った。あたしは武器を抜いた。

いままで受けてきた警察での訓練のすべてが、撃て、と叫ぶように命令してきた。指が引き金にかかる。あたしは射撃場で習ったとおり、男の胴体を狙った。けれども突然標的の姿がかすみ、街の騒音がまったく耳に入らなくなった。聞こえるのは耳の中に響く自分の鼓動だけ。一秒が一カ月に感じられた。頭に響く轟音の向こうから、フレディのことばが甦ってきた。撃つな……後悔することになる……

あたしは銃をおろした。ホームレスの男がくるったように飛びかかってきた。防弾チョッキというのは、ナイフを防ぐようにはできていない。あたしが着ていたものも、男の武器の勢いを止めてはくれなかった。

ナイフが肋骨のあいだに差し込まれた。誰かがあたしの充電器をコンセントから引き抜いたような感じがした。あたしの中身が流れ出てしまったような。

最初は痛かったけれど、すぐになんともなくなった。警官が地面に横たわり、赤い血が青い制服を染めている。あたしだ、と気づいた。あんな下のほうで何をしているんだろう？

ちょっと待って、下のほうって何よ？　あたしはどこにいるの？

あたりを見まわすと、通りは少し前までとまったく同じだったけれど、あたしだけはそれを上から見ていた。まさか、死んじゃったってこと？

フレディが現われた。「やあ、気分はどう？　大丈夫？」

「大丈夫、ですって？　死んじゃったみたいなんだけど」

「ああ、そのとおり」と言ってフレディは下を見た。救急隊員が死んだ警官を――あたしを――白いシーツで覆っている。

「どうして撃つな、なんて言ったの？」とあたしはフレディに尋ねた。それからすぐ、尋ねる必要なんかないことに気づいた。フレディに言われなくても、彼があたしの守護天使として仕事をしていただけだとわかった。

ほかにもわかったことがあった。あたしは死ぬはずじゃなかった。フレディがへまをやらかしたのだ。

「そうなんだ」あたしの最新の発見を認めて、フレディは言った。「ぼくに何を期待してたのさ？」

それを考えてみた。死んでしまったことについては、自分以外に責めるべき人間など見当たらなかった。結局のところ、フレディ・プリンスが守護天使になったからって何が期待できる？

オルガン弾き

マアン・マイヤーズ
高山真由美＝訳

The Organ Grinder

by Maan Meyers

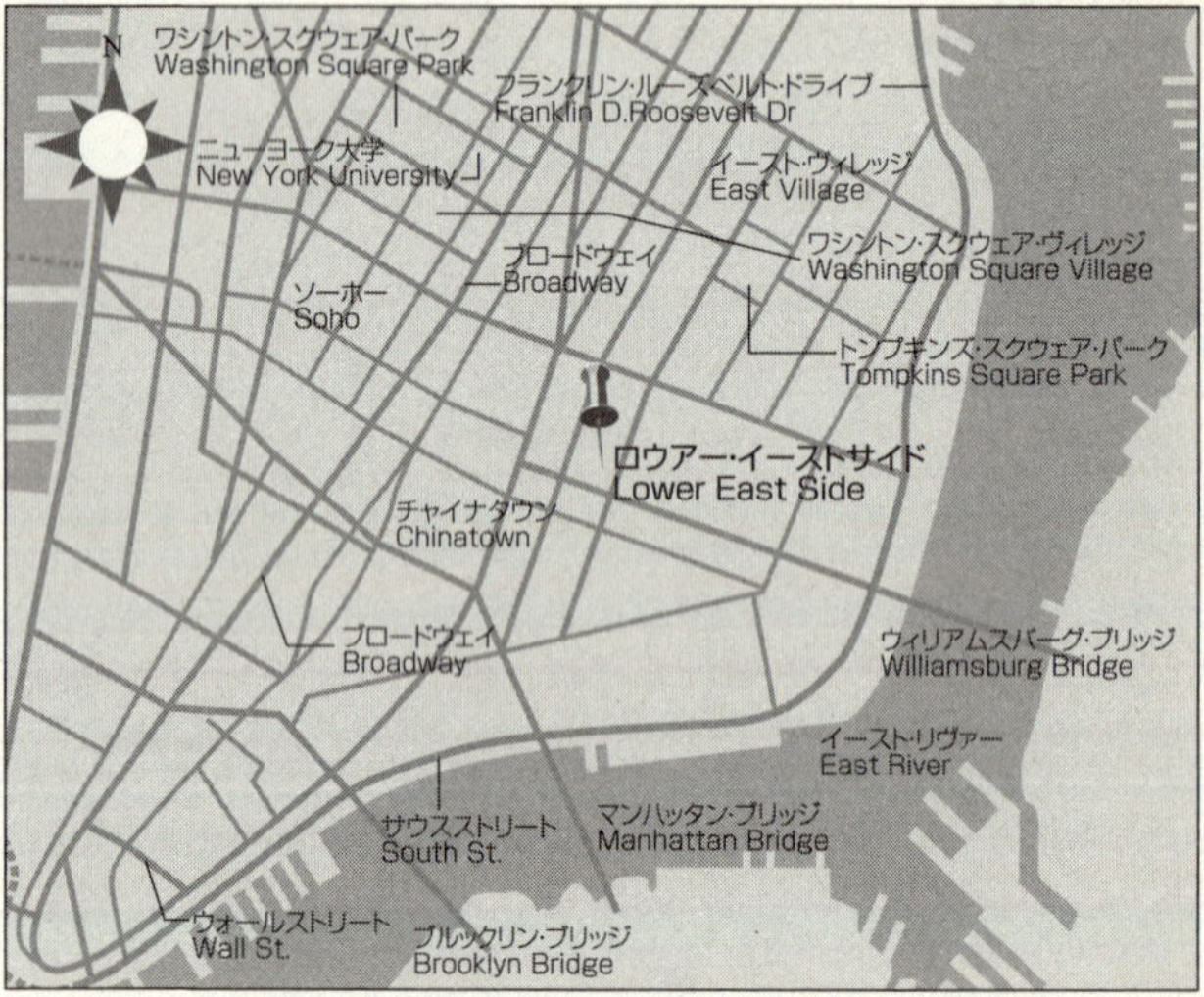

ロウアー・イーストサイド

Lower East Side

アントニオ・チェラザーニは可動式の手まわしオルガンを押しながら壊れた石畳の上――ブルーム・ストリートとジェファソン・ストリートが交わるあたり――を歩いていた。その珍妙な機械には手押し車のように把手《とって》とふたつの車輪がついていた。オルガンは明るい陽射しの中でどこもかしこも光っていた。側面に描かれた田舎の風景も独自に光を放っているように見えた。

彼はオルガンをできるかぎり道路の縁に寄せた。通りじゅうにごみが積み重なる中で、まだましな場所だ。車輪をきちんと止めてからオルガンをまわしはじめる。円筒からかなりの音量で音楽が流れ出て、ほかの音――赤ん坊の泣き声や、舗装道路を厚い靴底がこする音、蹄鉄《ていてつ》や車輪が石畳に当たるときの騒音、怒鳴り合うかのような通行人の会話などのような日常生活のたてる不協和音――をさえぎった。だが、ここで起こる一番強烈な不協和音は憎悪だった。

日中の暑さなどものともせず、アントニオ――トニー――は厚手のズボンを穿き、ベストと茶色のロングコートを着込んでいた。みすぼらしいダークブラウンの帽子が黒髪のてっぺんにちょこんと乗っている。もっさりと生えたひげで口元は隠れていた。口の在処《ありか》を示すのは、よじれた黒い葉巻から立ちのぼる細い煙だけだった。

苦みのある葉巻の刺激臭が馬糞の悪臭をほぼ拭い去っていた。完全にではなかったが。オルガン弾きはパレルモ（シチリア島南部の港町）で育った子供の頃――父親の雇い主の厩舎《きゅうしゃ》で寝起きしなければならなかった頃――から馬糞のにおいが大嫌いだった。ニューヨークも馬の落とし物でいっぱいの巨大な厩舎のようなものだ。とくにこの界隈はそうだった。ホワイト・ウィングスと呼ばれる清掃員の一団もめったに足を踏み入れない。このあたりの通りには馬糞やごみが踝《くるぶし》が埋まるほど積もり、空気は――かすかにイースト・リヴァーからの潮の香が混じるものの――人間の生活から出る腐敗臭で満たされていた。

オルガンから「ラ・ドンナ・エ・モビレ」が流れた。トニーは豊かなテノールで歌った。〝女心は変わりやすい、風に舞う羽のように〟。するといつもどおり、通りにいた子供たちが笑い声を上げ、オルガン弾きの音楽に合わせてでたらめに踊った。

黄ばんだシーツがときおり生ぬるい微風に揺れるアパートの窓を、彼は眺め渡した。紙に包まれた小銭がいくつか窓から彼の足元へ落ちた。オルガン弾きは演奏をやめることなく出資者たちにちょっと帽子を持ち上げてみせ、小銭を集めてコートのポケットに収めた。

剝き出しの硬貨がひとつ、トニーの手の届かないところにあった。だがそれを拾う一瞬のあいだ音楽の流れを途切れさせてしまうのはいやだった。さらにもらえたはずの小銭を、音楽が切れたせいで逃すかもしれなかったから。トニーはオルガンをまわしつづけ、今度はヴェルディを流したが、もう硬貨は降ってこなかった。

かわりに大きなわめき声がやってきた。動物のいななきのような叫び声。罵《ののし》り。地団駄。オルガン弾きのもとに駆け寄ったのは四人の少年だった。少年たちの腕は彼らが持っている棒きれと同じくらい細く、着ている服は汚れてぼろぼろになっていた。

　トニーはこの悪魔のような子供たちを知っていた。彼らは通りで暮らしている。キリストの十字架から釘を盗むような連中だった。トニーは演奏をやめた。通りの喧騒が戻ってくる。稼いだ最後の硬貨を拾おうとトニーが身を屈めると、残酷なまでに鋭い痛みが臀部《でんぶ》にはしった。四人のうちで一番体の大きな少年が体当たりしてオルガン弾きをオルガンに叩きつけたのだった。オルガンは震えて調子はずれの音を出し、トニーは体勢を立て直すために把手をつかもうとしたが目測を誤って側溝の汚物の中に膝をついてしまった。

　ブッチ・ケリーは金切り声で笑いながら身を乗り出して、トニーのポケットから散らばった小銭をかき集めた。一番ちびのパッツィ・ハーンがかさぶただらけの唇のあいだから舌を突き出してブーッと音をたてた。

　トニーの両手はでたらめに動いた。左手はもうそこにない硬貨を求めてポケットを探り、右手はオルガンを支えた。トニーはなんとか立ち上がり、取れるごみをズボンから払った。激しい怒りで息が詰まりそうだった。暴れまわる少年たちに向かって拳を振り、口を極めて罵った。四人の顔と姿形はトニーの記憶に克明に刻まれた。

　この薄汚れた小さな悪魔たちを追いかけることはできないと、オルガン弾きにはわかっていた。もし追えば、中のひとりが舞い戻ってオルガンを盗むはずだった。おれはそんなことをさせるほど初心《うぶ》なお人好しではない。断じて。そう思いながらトニーはよじれた葉巻を強く噛みしめた。

あの子供たちは無礼を働いた。シチリア島北部中央の丘陵の村、チミンナ出身のアントニオ・チェラザーニは、受けた侮辱は絶対に忘れない。

少年たちの粗野な行為を眼にした人々の中には、彼らがジェファソン・ストリートを走ってサウス・ストリートに向かうのを見た人もいたかもしれない。その先にはイースト・リヴァーと埠頭があるのでまっすぐにそのまま進むことはできない。九ブロックか十ブロックも南に下ればブルックリンへと続く橋があった。そのあたり一帯がすべて彼らの遊び場だった。四人とも同じような恰好だった。ぼろぼろのベストと半ズボンに壊れた靴。靴は布やひもで縛って履いていた。四人は荷馬車や荷車をひょいひょいとよけながら走っていく。お互いに怒鳴り合い、手押し車から食べものをかっさらい、棒きれを振りまわしたり突き出したりして自分たちの進路を邪魔するすべての人間を脅かしながら進む。棒きれは、完全に無防備な人々の頭から帽子を叩き落とすためにもしばしば使われた。

サウス・ストリートにぶつかるところで、でこぼこの舗装道路は歩道を突っ切ってジェファソン・ストリート沿いのごみだらけの空き地へとつながる路地になる。サウス・ストリートやその周辺の道、それに港は、街のほかの場所にあるのとはちがう汚泥で覆われていた。ここの汚泥にはタールと海水が混じっている。イースト・リヴァーが――西にいる姉妹のハドソン・リヴァーと同じように――本物の川ではなく、潮の差す入り江だからだ。

港には船が点在していた。埠頭にひたひたと寄せる波の音や、材木置場の中の製材所のたてる騒音が少年たちの耳にも届いた。潮とタールの臭気の中、おがくずが心地よい香りを放っている。船の荷をおろす労働者たちが怒鳴り合うようにして会話を交わし、暑さに悪態をついていた。

ブッチ・ケリーが杭の上で羽を休めていたカモメに向かって石を投げ、はずした。カモメは耳障りな鳴き声をあげて羽をばたばたさせてから飛び去った。「くそ。カモメは食うとうまいのに」

「ばあさんのケツと同じくらい固いじゃんか」途中でくすねてきたジャガイモの残りをしゃぶりながらコリン・スラタリーが言った。

「ああ」ブッチが即座に言い返した。「おまえのかあちゃんのケツな」

長い睨み合いから先に眼をそらしたのはコリンのほうだった。コリンは言った。「埠頭で仕事があるか見にいこうぜ」

ブッチは棒きれを振りまわしながら答えた。「働くには暑すぎる」そしてその棒で奥を指して言った。「走れよ、パッツィ」

パッツィ・ハーンは醜く顔をしかめてみせた。

「走れ」

パッツィは眼の上に手をかざして日光をさえぎりながら、区画の奥にある廃棄物の山のそばまで走った。その向こうには貧相な草地があり、さらにごみがある。草地の真ん中には枯れかけて黒ずんだクルミの木があった。以前雷が落ちて、幹が裂けていた。

「くそブッチ・ケリーのくそゲーム」パッツィは小声でぶつぶつ言いながら思った。いつもいつもおれをコケにしやがって。コイン投げゲームのときもブッチはいつもずるをして、おれのコインを盗むんだ。さっきあのイタ公のコインを盗んだみたいに。ブッチは金を全部自分のポケットに入れて、絶対に分けようとしない。それに、鬼ごっことか隠れんぼをするときはいつもおれが鬼だ。今度は野球ゲームかよ。おれが直射日光でバケツ一杯分ぐらい汗をかいてるあいだ、ブッチは棒きれを振ってるだけ。だいたいは空振りで、時々球に当たるとトム・ライリーかコリン・スラタリーが追いかけて取る。馬鹿でのろまのおれはくさいごみ溜めの真ん中で太陽にあぶられてるってわけだ。

ブッチが打った球がトムとコリンの頭を大きく越えて高く飛んだ。

「眼を開けろ、パッツィ」ブッチが意地の悪い笑い声をあげた。

パッツィはグレーハウンドさながらに走った。これが捕れれば、ゲームをやめて飲みものでも手に入れにいこうという話になるかもしれない。運搬中のビールをくすねるとか。今ならビールもうまそうだ。そんなことを考えていたパッツィは、腐ったごみからしみ出たぬるぬるする水たまりに突っ込んでしまい、朽ちかけたクルミの木に軽く頭をぶつけた。それでもなお、この右手に球が落ちてこなければもうどうにでもなれとばかりに針金のような体から腕をぐっと伸ばした。

「おい、見ろよ」髪から木のくずを払いながらパッツィはわめいた。「取ったぞ!」

パッツィは傷ついた幹にもたれながら、煤や灰で汚れた空気を短く吸いこんだ。視線は木の向こう側にある廃棄物の山へとさまよい、ごみの中で陽射しを反射させているものを捉えた。何かが光っていた。

一ドルのコインかも！

それともただのブリキ缶かな。

パッツィはいったんそばに寄って、すぐにうしろにさがった。

「うわ、なんだ」パッツィは十字を切ったが怖がりはしなかった。まだ十歳にもならず、コーク（アイルランド南西部の港町）からの船でやってきて一年も経っていなかったが、死体を見たのはこれが初めてではなかった。

しかし全裸の女の死体を見たのはこれが初めてだった。女は体をまるめて横向きに倒れており、地面は錆びたように黒く固まっていた。女が身につけていたらしい衣類がまわりじゅうに散らばっていた。

「なんだこりゃあ」ごみを足でよけていたパッツィの肩越しにのぞき込みながらコリンが言った。

少年たちは怖いもの見たさでそばを歩きまわった。その光景から眼をそらすことができなかった。やがてトムがつま先でそっとつつくと、死体は仰向けになり全身がさらされた。四人は飛び上がった。女の空《から》っぽの眼が少年たちを見つめた。

少しするとパッツィが言った。「ひでえにおいだな」四人はまたじりじりと死体に近づいた。

「蛆《うじ》のエサだ」と言ってブッチはパッツィをぐいと脇へ押しやり、最初にパッツィの注意を惹いた光るものに手を伸ばしてそれをつかんだ。

「おい、よこせよ！　おれが見つけたんだぞ」とパッツィは怒鳴ってブッチにタックルを仕掛けた。

トムとコリンも加わった。四人は全員で殴り合い、怒鳴り合い、ごみや塵を大量に巻き上げた。コリンがブッチにヘッドバットを食らわせた。ブッチが息を詰まらせて宝物を取り落とす。ブッチもコリンもすぐにそれに飛びついた。パッツィとトムも飛びつく。

呼子の甲高い音が響いた。「こらこら、何をしている？」ずんぐりした制服警官が警棒を振りまわしながら四人に向かってきた。

少年たちは散り散りに逃げ出した。

マルルーニー巡査は砂埃が晴れるとにやっと笑った。悪ガキどもを追いかけてもしかたがない。巡査は子供たちが取り合っていた汚れた石を拾い、袖口で拭いた。おやおや、と思いながら彼はそれをポケットにしまった。そして警棒のひもをバッジに引っかけると、帽子を持ち上げて厚手の制服の袖で額の汗をぬぐった。暑すぎる。まだ六月なのに八月の陽気で、街は悪臭を放つ腐った地獄と化している。あいつらは活力を持て余しているだけのただの子供だ。ああいう子供たちはなんでもないことですぐにけんかをする。そう思い、巡査は拾ったものを入れたポケットをぽんぽんと叩いた。

それからあたりをざっと見まわした。いたるところごみだらけ。ユダ公どもは平気で窓からごみを投げ捨てるんだからな、と思いながら眼の上に手でひさしをつくった。なんだろう、ごみ溜めの真ん中で妙に白いものがぱたぱたしている。警棒でごみの山をつつくと強烈な悪臭が鼻をついた。

「なんてこった！」

　女が仰向けに倒れていた。身につけているのは向日葵《ひまわり》のついた青い帽子だけ。腕は脇に投げ出され、長い黒髪はもつれてごみと混じり合い、どんよりとした眼は見開かれている。打ち捨てられた女の姿は帽子のせいでどことなくコミカルだったが、その帽子が傾いていたために輪をかけて滑稽に見えた。

　死体のまわりの血のしみた地面に落ちているぼろ切れが青いワンピースと白いスリップの残骸なのだろう、とマルルーニー巡査は思った。おれの眼を惹いたのはこの白だ。かわいそうに、うら若い娘がこんな姿を人目にさらすなんて。

　ひどい殺され方だった。腹を刺され、そのまま胸骨まで切り裂かれていた。血は乾いて黒い固まりになり、蛆がご馳走にありついている。マルルーニー巡査は手を伸ばして一番大きな青い布きれを引っぱり出し、死体の下半身を覆った。呼子をくわえるまえに女の帽子をまっすぐに直した。彼女がキリストに会いにいくとき、道化者に見えないように。

　オルガン弾きはプリンス・ストリートにある建物の最上階のひと部屋に住んでいた。すぐそばにセント・パトリック聖堂がある。金持ちのために建てられた五番街の荘厳な大聖堂のことではない。プリンス・ストリートとモット・ストリートの交わる場所にある、オールド・セント・パトリック聖堂だ。

セント・パトリックはアイルランドの聖人で、この聖堂もアイルランド系の教会だった。彼らはイタリア人を嫌い、イタリア系信者のミサは地下室で別におこなわれる。教会は黒い服に身を包んだ老婆たちのためにあるのであって、トニー・チェラザーニのためにあるのではない。トニーが最後に告解をしたのは十二歳のときだった。今は三十歳。十八年もあれば数多《あまた》の罪を魂に纏《まと》うことができる。

トニーの部屋は小さかった。が、それはかまわなかった。自分の持っているものがひと目で見渡せたから。壁に立てかけた手まわしオルガン。ドアの内側にかけたコートと質の良いスーツ。そして今、テーブルの上には帽子と一緒にひげ剃りの道具が置かれていた。

トニーは折りたたみ式の剃刀の刃を開いた。唯一、父親が遺してくれたものだった。卓上の小さな鏡に映って見える顔は父親そっくりだ。堂々たる口ひげを整えるには石鹸の泡が必要だった。ジレットの安全剃刀や化粧石鹸などはいらない。ひげを剃りおえるとトニーは剃刀を砥石に当て、完璧な切れ味を取り戻すまで刃を研いだ。

まったくのところ、この厭《いと》わしい国にあるものなど何もいらなかった。充分な金が貯まったら裕福な男として故郷に帰り、飲んで食うことのほかは何もせず、大勢の女と遊び、チミンナの滋養に満ちた日光を浴びるのだ。

トニーはカップになみなみとキャンティを注ぐと、ボトルの編みカバーから藁を一本引き抜いて歯をつついた。すぐに刺すような痛みがはしった。トニーは大きく口を開け、鏡を持ち上げた。金歯がひとつなくなっている。左奥のやつだ。どうやってなくしたのだろう？見つけるためには足跡をたどり直さなければならないだろう。もし不幸にもすでに誰かに拾われていたら、取り戻さなければならない。

しかし今は痛みをやわらげ、体を温めるために、ワインよりも強い酒が欲しかった。ここでは冬も夏も同じだった。この国はいつでも寒い。トニーはそう思っていた。

グラッパが腹に心地よかった。痛みを鎮め、怒りを抑えてくれる。トニーはジュゼッペの酒場の暗い隅の席に坐り、そこで何時間も葉巻を噛みしめていた。飲んで、考えていた。

トニーが家路についたのはかなり遅い時間になってからだった。オールド・セント・パトリック聖堂の正面で彼は立ち止まった。ドアが開いていた。シスターが探るようにトニーを見て、十字を切ると奥に戻っていった。アイルランドの売女め、と思いながらトニーは教会のドアに向かって唾を吐いた。それからどのくらいそこに立っていただろうか。結局、トニーは中にはいることにした。

部屋の後方、ベンチの最後列の左奥に告解室がふたつあった。ベンチで順番を待っている信者はひとりもいなかった。トニーが手前のドアの格子に指をはしらせると、爪がこつこつと音をたてた。

誰かが――明らかにアイルランド系の神父だ――居眠りから覚めたばかりのような声で答

えたのでトニーは驚いた。「はい？　告解をお望みですか？」

「いや」トニーは声から嘲りの色を消そうともせずに言った。「ぽっちゃりしたガキの夢でも見てろ」

家へと歩く道すがら、トニーは自分が告解をしている少年に戻ったような、怒りをたたえた十字架が頭上にあるような気がした。頭を振って過去の記憶を追い払う。飲みたりなかったようだ。そう思って家に帰るのをやめ、彼はジュゼッペの酒場へと戻りはじめた。

教会は監獄だ。いや、もっと悪い。首にかかったロープだ。教会などくそ食らえ。所詮は金儲けだ。宗教は金持ちのためのものだ。そうでなければ老人か、まるっきり無力な人間のためのものだ。おれはそのどれでもない。

「親切な旦那、何セントかお恵みを。それで晩飯が食えるんで」そう言う老人の声は、老人本人と同じように弱々しかった。

メトロポリタン警察（一八五七年から約十年のあいだマンハッタンで警察権を握った州立の警察）のダッチ・トヌマン刑事は、みすぼらしい身なりの男が突き出してきた帽子の中に数枚の銅貨を落とした。それから二十丁目と六番街の角にある酒場にはいり、一番奥のテーブルについた。天井の扇風機がうるさい音をたてながらまわっていたが、生ぬるい空気をかき混ぜているだけで少しも涼しくなかった。カウンターに置かれたセルフサービスの食べもの――固茹での卵とオニオン――の上に蝿《はえ》がたかっていた。

待ち合わせの相手、ジョー・ペトロシーノ刑事には以前一度だけ会ったことがあった。ずんぐりとした体つきに浅黒い肌、あばた面《づら》のイタリア系移民。見ればすぐにわかるはずだった。が、今日はそんな姿では現われないかもしれない。変装の名人として名高い彼のことだから。

ペトロシーノは評判の人物だった。〈ブラック・ハンド〉のニューヨークで一番の敵、いや、アメリカじゅうで一番の敵で、エリザベス・ストリートにある警察署の近辺、街で最悪のスラムと言われるマルベリー・ベンドの一帯で働いていた。悪名高いイタリアの犯罪組織を潰そうと、もう何年ものあいだ奮闘していた。

「旦那」さっきの老人がトヌマンを追って酒場まではいってきた。ひしゃげた帽子を今は頭に乗せている。

トヌマンはため息をついて言った。「五分も経たないうちに二回もかい、じいさん。そりゃ強欲ってもんだ」

「そのとおり」

声に張りがあったので、トヌマンは相手を見つめ直した。よくよく見ると老人はそれほど年老いているわけではなく、身につけているぼろ布の下の体は頑丈そうだった。

トヌマンはにやりと笑った。「やられたよ、ペトロシーノ。だけどなぜそんな演技を？　おれと話すのに変装は必要ないだろう？」

ペトロシーノはあたりを見まわして言った。「わからんよ。〈ブラック・ハンド〉はいたるところにいるんだから。リトル・イタリーにも、東百丁目の向こうの森の中にも。金持ちの教区民の住むレイディーズ・マイル地区にだっていたっておかしくないだろう？」

「なんにする？」ずんぐりした男がカウンターの向こうから呼びかけてきた。

「ビールふたつ」とトヌマンが答えた。

「グラッパだ」とペトロシーノ。

「ビールひとつ、グラッパひとつ」とトヌマンは言い直した。

「グラッパはないね、ここはイタ公の店じゃないんだ。イタリアのものは安い赤ワインしか置いてない」

ペトロシーノがうなずくとトヌマンは言った。「それでいいよ」

「何もこのいでたちを見せびらかそうってわけじゃないんだ」とペトロシーノは言った。

「ついさっきまで二十三丁目近辺のハドソン・リヴァーの埠頭で船から積み荷がおろされるのを見張ってたんだよ。〈ブラック・ハンド〉は船会社からも盗むんだが、なかなか現行犯で押さえられなくてな。で、話というのは？」

トヌマンはビールを飲んでから言った。「ナイフ絡みのちょっと普通じゃない事件について聞いたことがあるかい？」

ペトロシーノはなんの反応も示さなかった。「おれが容疑者にそういう質問をするのは、たいていその質問で訊いてる内容以上の答を知りたいときだが」

「そんなふうに姿を隠してるなら」とトヌマンは言った。「質問なんかしないほうがいい」

「わかったよ。あんたにはあんたの秘密があり、おれにはおれの秘密がある」ペトロシーノは赤ワインのグラスをまわした。「〈ブラック・ハンド〉には裏切者を始末する連中がいる。その中のひとりにナイフ使いがいると聞いている」

「イタリア人ていうのは、時と場合によってはすごく率直にものを言うんだね」

ふたりはなごやかに笑みを交わし合った。

「この先またこんなふうに話をするのも悪くない」とペトロシーノは言った。「お互い、相手を助けられる情報を持ってないとも限らないからな」

シチリアの太陽は暖かく心地よかった。黄褐色のなめらかな肌をした胸の大きな若い女が、湿った指先でブドウの皮をむいて食べさせてくれる。彼は酸味のある果肉を味わう。突然、ブドウが石になった。痛みで眼が覚める。

マリーはいつでもおれと一緒だった。甘くもの悲しい愛の歌を歌い、やさしいキスを約束してくれた。

トニーはベッドの脇の床に置いておいたグラッパの壜をつかみ、そのきついブランデーを口いっぱいに含んだ。激痛に歯を食いしばる。口の中の酒を飲み込み、もう一口飲んでから口の左端をぬぐった。

生ぬるい水をピッチャーから洗面器に注いでひげを剃る。刃の感触に耐えられるのは顎の下だけなので、口のまわりから頰にかけてのひげはこのまま伸ばすことになるだろう。

完璧主義者のトニーらしからぬことではあったが、咽喉に切り傷ができるのはまったく気にならなかった。少し力をこめただけで刃が動脈に達することはわかっていた。何分もかからずに死が訪れる。そして自殺した罪により、地獄で業火に焼かれるのだ。

トニーは声をたてて笑った。「どっちにしても、火あぶりにならないとは言いきれないじゃないか」と彼は鏡の中の父親の顔に向かって言った。


服を着て、湿った布でスーツにブラシをかけ、壁際の手まわしオルガンへと手を伸ばす。そこでトニーは躊躇した。駄目だ。今日は駄目だ。今日は荷物のない状態ですばやく動く必要がある。

最後に一口、グラッパを飲んだ。これからアイルランド人どものところへ行って、水っぽいビールや風味の乏しいウィスキーを飲まなければならない。慎重に振る舞わなければ。おれは見かけもしゃべり方もやつらとはちがう。敵と思われるかもしれない。


ブリーカー・ストリートの〈ザ・ハープ〉は、トニーが行った五軒目のアイルランド系の酒場だった。この穴蔵のような店は警察署のそばにあり、警官ならただで昼食と飲みものにありつけることをトニーも知っていた。彼はカウンターの端に陣取って聞き耳を立てた。

トニーの横にはアイルランド人がいた。醜い顔にひげを生やした、山羊《やぎ》の死体のようなにおいの息を吐く男だった。男は自分の友人のマルルーニー巡査について――空き地での巡査の思いがけない拾い物について——べらべらとしゃべっていた。金のかけらだよ、金歯だってさ。

みんなが山羊男のまわりに集まっていた。中にはよだれを垂らしながら話を聞いている者もいた。

山羊男は一団をかき分けて用を足しに店の奥へ行き、戻ってくるとカウンターに沿って千鳥足で歩きながら、わずかに酒の残っているグラスを見つけてはそこから飲んだ。よけずにそこにいたトニーにぶつかると、男はぼんやりとした空色の眼でトニーを見つめて言った。

「おれはティム・ヌーナン。ウィンギーと呼んでくれ」

「マルルーニーのことを教えてくれたらビールをおごるよ」

ウィンギーの曇った眼にちらりと抜け目なさそうな光が宿った。「おれはすごく咽喉が渇いてる。渇きを癒すにはウィスキーじゃないと」

「ビールだ」

ウィンギーはため息をついて言った。「じゃあ、ビールでいい」

トニーは手を上げた。

ジミー・キャラハンはトニーの品定めをしていた。〈ザ・ハープ〉にやって来るイタリア人はそう多くない。こいつはきちんとした清潔な身なりをしているものの、肌はやけに赤い。それにしてもなぜ自分の仲間が集う店に行かない？　何が望みだ？

その詮索するような視線がトニーは気に食わなかった。「この人にビール、おれにはウィスキーを」

「おい、ずるいぞ」とウィンギーは訴えるように言った。「なあ、ジミー、ずるいと思わないか？」

飲みものが出てきて支払いがすむと、ジミー・キャラハンは端のほうで立ったままブル・ダラムの煙草を巻きながらふたりを見ていた。イタ公は信用できない、屁の役にも立たんようなやつらばかりだからな、とジミーは思った。

ウィンギーはビールをすすり、トニーはウィスキーをちびちび飲んだ。「話が長いと」とトニーは言った。「おれはこれを飲み終わっちまう。早いところ要点を話してくれれば残りはあんたにやるよ」

「何が知りたいんだ？」ウィンギーは早口で言ったが、ろれつが怪しかった。

「マルルーニーだ」

「神父のマルルーニー？　それともお巡りのほう？」

「お巡りのほう」

「最近お袋さんを亡くしてさ。悲しい話だよ」ウィンギーは十字を切った。「マリア様、神の母よ――」

「おれが待たされれば待たされるほど、あんたの酒が少なくなるぞ」トニーはウィスキーを大きく一口飲んでみせた。

ウィンギーは泣きそうな顔になって言った。「そんなことしないでくれよ、ミスター。おれの友達にアロイシアス・ラファティってやつがいて、ちっとは名の知れた煉瓦職人で港で仕事もしてるんだが——そいつが見たんだよ。マルルーニーがガキどもを追い散らして、そのすぐあとに空き地で死んだ娼婦を見つけたところを。二週間ぐらいまえの話だ」

「どこに行けばマルルーニーに会える？」

ウィンギーは何度もうなずきながら言った。「やっと女房は、やつのお袋さんと暮らしてたんだ。死者の魂よ、安らかに。で、そのお袋さんはバワリー街のどこかで下宿屋をやってた」

壁や窓の内側のさまざまな張り紙を見るかぎり、バワリー街にはたくさんの下宿屋があるようだった。マルルーニーを探し当てるのはひと苦労だ。

酒場が手招きしていた。どの酒場にはいるかは問題ではない。トニーはドアを開け、大きな話し声と笑い声の中に足を踏み入れた。アイルランド人のたまり場だ。ごつごつしたジャガイモのような頭が並び、キャベツと豚足のにおいがする。

飲んでしゃべり、しゃべって飲んで、また飲む。アイルランド人はそれが大好きなのだ。とくに自慢話が好きだった。トニーはひとりで——自分だけで物思いに耽《ふけ》りながら——飲むほうが好きだった。

店内は暗くて湿っぽく、ビールと固茹での卵のにおいが強くした。テーブル席の客もカウンターで立ち飲みをしていた客も、話をやめてトニーを見た。

トニーはグラッパはあるか、などと訊いて時間を無駄にしたりはしなかった。「赤ワインはあるか?」

「ここはマクソーリーの店だ。ビールとエールの店だ」不愉快そうな声が答えた。「ワインはない」

「イタ公もいねえ!」客のひとりがわめいた。

すぐにほかの客も同じことばを繰り返し、カウンターの向こうで警鐘が鳴り出した。

トニーは親指の爪で上の前歯の先をはじき、おがくずのまかれた床に唾を吐くと、大きな嘲りの声に背を向けた。

もうアイルランド人の酒場には行きたくなかった。探索を再開し、北に二ブロックほど進むと運が向いてきた。壁の張り紙がトニーを招いていた。〈ミセス・マルルーニーの下宿屋〉。

ノックをして一階正面のドアを開けると、狭い玄関ホールに迎えられた。左手には小さな居間、右手にもやはり小さな部屋があり、そちらには長いテーブルと椅子が十脚置いてあった。テーブルには夕食用の食器が並んでいた。狭くて急な階段が上へと続いている。

「なんでしょう?」麺棒を手にした豊満な体つきの女が階段のうしろから出てきた。スカーフの下から赤毛の房がのぞき、血色のいい顔に小麦粉が点々とついている。

「部屋を探してる」

女はトニーをざっと見て言った。「全部ふさがってます」

「あんたの旦那は警官だと聞いた。ちょっと話がしたいんだが」

「外出してます」

帽子をちょっと上げてトニーは言った。「邪魔してすまなかった」

トニーは家の右手の路地にはいった。突然、爪で何かを引っ掻くようなかさかさという音がした。鼠《ねずみ》の集団を驚かしてしまったのだった。油断なく慎重に眼を配りながら路地を奥まで進むと、開け放たれた窓が見つかった。部屋には誰もいないようだ。いいぞ。必要ならあそこからはいれる、とトニーは思った。

路地を出て通りを渡り、煙草屋に向かった。マルルーニーのやつはおそらく酒場に腰を落ち着けて飲んでいるのだろう。そしておれの金歯を見せびらかしているのだろう。家にも帰らずに。

よじれた葉巻を一本口にくわえ、トニーはまた通りに出た。道を渡りながら葉巻に火をつける。

オルガン弾きのトニーは辛抱強い男だった。待つつもりだった。夜のバワリー街はにぎやかな場所だ。酔っ払いもいれば掏摸《すり》もいる。トニーは背中で煉瓦の壁に寄りかかり、そこに落ち着いた。

よろよろとそばを通り過ぎる労働者全員に眼を向けた。男がふたり――肩に引っかけたバッグからして船乗りのようだ――マルルーニーの家のまえで足を止め、張り紙を眺めてから中にはいっていった。そして出てこなかった。あの女は嘘をついたのだ。部屋はある。だがイタリア人に貸す気はないということだ。

警棒で煉瓦をこつこつと叩く音がした。聞きまちがいようがない。アイルランドの曲を吹く調子はずれの口笛が聞こえ、ちょうど一ブロックほど離れたところに巡回中の警官がいるのがわかった。

トニーはそっと路地に戻った。また鼠が騒いだ。今回は十フィートも離れていないところから光る眼に睨みつけられているのがわかった。薄明かりの中で白い歯がちらりと見えた。五匹か六匹の汚らしい鼠が――身を守ろうというのか、怒っているのか――トニーに向かって金切り声をあげた。

トニーは敷石のかけらを見つけた。が、警官に聞こえるといけないと思って投げなかった。トニーと鼠たちの睨み合いが続いた。警棒の音や口笛が聞こえなくなると、トニーは石を放った。

怒りに満ちた鋭い叫びがあがった。一匹が気絶して倒れると、仲間たちは即座に向きを変えて倒れた鼠に食らいついた。当然だ。それが世界のありようというものだ。トニーはまたマルルーニーの家に向かった。

がっしりとした体格の男がドアに手をかけたところだった。

「ミスター・マルルーニー？」

「いや、おれはオニールだ。アルになんの用だ？」

「友達が困っているところを助けてもらったんです。それで、彼に渡す金を預かっていて」

「中にはいったらどうだい？　金ならいつでも大歓迎だ。そのニュースを聞かせれば、やつの女房が飯ぐらい食わせてくれるよ」

「駄目です。もしよこせと言われたら、奥さんに渡さなきゃならないでしょう。そうなればマルルーニー巡査におれの友達の感謝の気持ちが伝わらないかもしれない」

男は笑った。「いやはや、あんたにはアリス・マルルーニーって女のことがよくわかってるみたいだ。心配するな、アリスには黙っておくよ」

「ありがとう」

オニールが中にはいっていくらも経たないうちに、太った警官が下宿屋の正面で立ち止まって制服を直した。まさにこの街の警官といったタイプだ。砂埃とビールのにおいが漂ってきそうだった。

「ミスター・マルルーニー？」

「そういうあんたは？」

「もしあなたがおれの探してるマルルーニーなら、渡す金があるんです」

「おれはメトロポリタン警察のマルルーニーだ」鼠と同種の貪欲《どんよく》そうな眼を光らせて彼は言った。「金というのは？」

トニーは秘密めかした様子で路地にはいり、ズボンのポケットにあいた穴を通して腿の上の定位置からマリーを引っぱり出した。マルルーニーがあとに続いた。

オルガン弾きは金歯をもとの場所にはめた。死んだアイルランド人警官に向かって唾を吐くと、マリーをそっと撫でてから折りたたんだ。

長い、いやな一日だった。トヌマンがグランド・ストリートの自宅——夫に先立たれた母親のメグと一緒に暮らす家——に帰り着いたのはかなり遅い時間だった。台所の明かりがついていた。母親はいつでもトヌマンのために明かりをひとつつけておき、ガス台かアイスボックスに食事を用意しておいてくれた。そして、仕事に出ているあいだもちゃんと食べているのかとうるさく騒ぎ立てた。

トヌマンは母親を起こさないようにそっと家にはいったが、母親は起きて彼を待っていた。

「あんたにお客さんよ、ジョン・トヌマン」生まれたときにつけられたジョンという名でトヌマンを呼ぶのは彼女だけだった。声の調子から、母親がその〝お客さん〟を気に入っていないことがトヌマンにはわかった。

「お客はどこにいるんだい、母さん?」台所には誰もいなかった。トヌマンは居間をのぞいた。そこにも誰もいない。

「居間に通したりなんかしないよ」と彼女はあきれたように言った。

「じゃあ、どこだい?」

「裏だよ。あの見かけが気に食わないね」

「彼のどこが悪いんだよ、母さん?」トヌマンは冷たい水で顔を洗い、母親が渡してくれた布で拭いた。

「だってイタ公だよ」聞こえよがしの囁き声で彼女は言った。「パンとハムをちょっとあげたんだ。ビールはいらないって。会うなら用心しなさいよ。あたしはイタ公は信用できないね」

トヌマンは勝手口のドアを開けた。戸口のステップには、厚手のズボンを穿き、長いコートを着てみすぼらしい茶色の帽子をかぶった男が腰かけていた。もっさりしたひげで口が隠れていた。安物のイタリア煙草のおかげでかろうじて口があることだけはわかった。知らない男だ、とトヌマンは思った。相手と眼が合うまでは。

「ペトロシーノ」

かすかに笑みを浮かべて、ペトロシーノは空《から》になった皿を脇へ置いた。「お袋さんは、年老いた哀れなイタ公に親切にしてくれたよ」

「マルルーニーのことは聞いたか?」

「ああ。おれが聞いた話では、マルルーニーはディーリア・スワンっていう娼婦の死体のそばで金歯を見つけたそうだ」

「おれもそう聞いた。同じやつだな。ナイフ使いだ。腹から上へ。犯人は金歯を持って逃げた」

よじれた短い葉巻から煙が細く立ちのぼった。「犯人は女を刺したときに金歯をなくしたのかもしれない」ペトロシーノは葉巻をふかして続けた。「マルルーニーは証拠を拾ったわけだ。それであんな目にあった」

「今のあんたみたいな身なりの男がマルルーニーを探してアイルランド系の酒場をまわってたそうだが。もしかして、あんただったのか？」

「いや」

トヌマンはイタリア人警官の隣に腰をおろした。「それにしてもすごい変装だな、ペトロシーノ。それで歌でも歌えれば、別の仕事ができるよ。あの――」

「イタリア人のオルガン弾きみたいに？　そうだな」

オルガン弾きはいつもの角にいた。ブルーム・ストリートとジェファソン・ストリートが交わる場所。マリーはいつでもおれと一緒だ。甘くもの悲しい愛の歌を歌い、やさしいキスを約束してくれた。おれはマリーを愛している。彼女は処女じゃない。もう何度も血を吸っている。

豊かで甘い音色が彼の楽器から流れ出た。つらい人生を忘れて一瞬耳を傾けた数少ない人々にとっては、彼の歌声は天使の声に聞こえた。

どうして叩かずにいられないの？

マーティン・マイヤーズ
高山真由美＝訳

WHY DO THEY HAVE TO HIT?

BY MARTIN MEYERS

ヨークヴィル

YORKVILLE

モーリーン・モランは美女だった。

私はテッド・スタッグを介してモーリーンと知り合った。ふたりは寝室がひとつしかない手狭なアパートメント──一番街と二番街のあいだの東八十一丁目にある建物の一室──でたびたび大パーティを開いた。

テッドから紹介されて何秒も経たないうちにモーリーンは私を寝室に引っぱっていき、バービー人形のコレクションと、そのハーレムに君臨するタキシード姿のケン人形を自慢げに見せびらかした。私たちは一本のマリファナ煙草を一緒に吸い、スピーディ・ゴンザレスみたいにスピーディなセックスをした。

モーリーンとテッドはほかの人間ともうまくやっていたが、結局のところふたりは離れられない仲で、それは私にも出会った最初の晩にわかった。

テッドは俳優や劇団の宣伝活動をするプレス・エージェントで、なかなかの腕利きだった。が、馬鹿だった。喘息《ぜんそく》持ちだったのに煙草をやめず、長くもたなかった。私がモーリーンと初めて会ってから一年後、テッドは発作で死んでしまった。

その後、もともと酒の好きだったモーリーンはマッハの勢いで飲みはじめた。

私の名前はエディ・コー。俳優だが、誰も私の名前など聞いたことがないだろう。

私はコマーシャルやドキュメンタリーの〝語り〟をして生活費を稼いでいる。映画やテレビ番組の端役もこなし、それを自嘲的に〝俳優としてのキャリア〟と呼んでいる。普段演じるのはウェイターやドアマンやタクシーの運転手で、台詞がまたすばらしい。「お客さん、どちらまで？」とか、「ご注文は以上ですか？」とか。

かつてはオフ・ブロードウェイで主役もやった。ブロードウェイでやるような芝居では小さな役しかもらえなかった。実入りは後者のほうがよかったが、私には前者の栄誉のほうが嬉しかった。最近では舞台での役などまったくまわってこなくなった。

私の恋人のルイーズがミュージカルのツアーで街を離れるときには、モーリーンと一緒に飲むのが私の習慣になった。私はミュージカルはやらない。

モーリーンが誰かと出会ったら私は姿を消す。そういう約束だった。

私たちは西七十二丁目の〈バッキング・ブル〉にいた。

ヴィトーリオが悠々と店にはいってきたとき、モーリーンは熱に浮かされたように「あ！」と声をあげた。まるで腹にパンチを食らったような声だった。

モーリーンと私が初めてヴィトーリオ・ヴァリーと会ったのは、そのまえの週だった。ヴィトーリオ・ヴァリー。芸名としてはどうだろう？　彼はめかしこんだボディビルダーだった。モーリーンのほうはぴっちりしたグリーンのセーターを着ており、乳首がセーターを押し上げていた。ふたりはお互いを見ると一瞬にして欲望を募らせた。ヴィトーリオは悪い相手だと私にはわかった。だが私はモーリーンの友人であって、恋人ではない。彼女の人生に口出しは無用だった。

バーテンダーのクライヴ・ペイジは何も言われないうちにモーリーンのまえに飲みものを置き、訓練された低い声で告げた。「シーヴァス・リーガルです」モーリーンや私、それにヴィトーリオと同じように、クライヴもショウビズ関係の人間だった。

「おれにもシーヴァスを」と言いながら、ヴィトーリオはとっておきのセクシーな笑みをモーリーンに向けた。彼が服を脱いで筋肉を波打たせ、乳首をまわしてみせないのが不思議なくらいだった。ヴィトーリオはおもむろにスコッチを飲み、そのあいだずっとモーリーンから眼を離さなかった。

「ちょっと失礼」ヴィトーリオがグラスを置くと、モーリーンが言った。彼女は黒いスカートをひらひらさせながらくるりとまわり、奥の洗面所に向かった。ちなみにモーリーンは鉄の膀胱を持っている。普段なら人前でトイレに行くことなど絶対にない。

すぐにヴィトーリオも立ち上がった。「追いかけたほうがよさそうだ」そして彼も店の奥へと急いだ。

私はそこに坐ったまま、おもしろくない気分でビールを飲んだ。何がおもしろくないのだろう。私は昔のよしみでもう一度モーリーンと寝られるのを望んでいるのだろうか。機会があればそうするだろうか？　できるだろうか？　私はルイーズを愛している。しかし正直なところ、自分でも何が欲しいのかよくわからなかった。

ルイーズとの関係は心地よかった。ただ、私が求めているのは――この頃になってますます求めるようになったのは――自分の若さであり、多様な人間関係からもたらされるスリルだった。セックスのことだけを言っているのではない。冒険だ。追い求めるときのスリルだ。

ヴィトーリオが先にカウンターに戻ってきた。盛りのついたチェシャ猫のような薄笑いを浮かべている。唇を丸くすぼめてチュッと音をたて、男同士の話だぞというようにうなずいて品のない自慢げな眼つきで私を見た。私はその腐りきった顔を殴ってやりたかった。

ふたたび現われたモーリーンは輝くばかりだった。化粧を直した顔に謎めいた笑みを浮かべている。ふたりは胸を突き合わせるようにしてストゥールに腰かけ、囁きを交わし、嚙みつくようなキスをした。

それから唐突にヴィトーリオが出ていった。顔を伏せたモーリーンを見て、私は彼女が泣き出すのかと思った。もう一杯飲むという彼女を説得してブロードウェイまで歩かせ、彼女が東行きのバスに乗るのを見送った。うちで一杯どう、と彼女が誘ってくれるのを私は期待していただろうか。もし訊かれたら、私の返事はイエスだろうか、ノーだろうか。

彼女は訊かなかった。私はタクシーをつかまえてセントラル・パーク・ウェストの自宅に帰ると、ハムとチーズを焼いて食べ、テレビで映画を見た。

翌週、私は仕事をこなしながら何人かの友人にヴィトーリオについて尋ねてみた。彼はウエイトリフターで、動くものを片っ端からファックするような男だという話だった。彼のもうひとつの趣味は酒場でけんかをすること。男性ホルモンのはけ口には事欠かないようだった。

四十六丁目の俳優労働組合のラウンジで休んでいると、当のヴィトーリオに出くわした。ヴィトーリオは例の薄笑いを浮かべながら、モーリーンからひっきりなしに電話があって困ると文句を言った。腹が立ったが、私はタフガイではないので真っ向からぶつかったりはせず、できるかぎり速くその場から立ち去っただけだった。

金曜になるとモーリーンから電話があり、〈バッキング・ブル〉で飲もうと誘われた。吹きすさぶ風の音が公園から聞こえた。雨になりそうだった。中華料理の出前を頼んであったし、テレビでおもしろい番組があるはずだった。

しかしモーリーンはぜひにと言ってきた。私だってルイーズ以外の魅力的な女と飲みにいくのは悪い気はしない。それに、何か起こるかもしれない。「いいよ。じゃあ、八時ぐらいに店で会おう」

「あのクソ野郎にはフェラチオしてやったのよ！」私が電話を切る直前にモーリーンが金切り声で言った。「なのにあんなふうにあたしを見捨てて帰っちゃって。馬鹿みたいだったわ、あたし」

頭の中に〝品位〟〝自尊心〟〝自重〟などの単語が浮かんだが、私はそのどれも口にはしなかった。さらに怒号を聞かされたあと、やっとのことで別れを告げて電話を切った。彼女は毎晩のように酒壜をベッドに持ち込んでいるんだろうな、と私は思った。

カレンダーによれば九月だった。しかし外には十二月の風が吹いていた。雨は降っていなかったが、夜はまだ長い。

私たちは店で待ち合わせをした。モーリーンは〈バッキング・ブル〉でまた同じことが起こるのを——誰かが、あるいはこのあいだと同じ男が現われるのを——待ち望んでいた。みずから身を貶めたことを彼女が記憶の底に埋めてしまったらしいことは、想像にかたくなかった。

〈バッキング・ブル〉は小さなバーのあるステーキハウスだ。室内装飾としてはお決まりの絵があった。鼻を鳴らす雄牛と、ぴったりした黄色い衣装とおかしな黒い帽子を身につけた勇敢な闘牛士。一方の手で赤いマントを構え、もう一方の手は剣を振りかざしている。

その夜のバーは戸外と同じくらい寒かった。私はナポレオンのダブルとブラック・コーヒーを注文した。ジュークボックスからはウィントン・マルサリスの吹くブルースが流れていた。

私はまえの年に禁煙に成功していたのだが、モーリーンがヴィトーリオと出会ってからまた吸いはじめてしまった。煙草に火をつけ、コーヒーをチェイサーにコニャックを飲む。しかめ面《つら》のクライヴを尻目に煙草を吹かし、煙で輪をつくろうとした。バーで煙草を吸うのは法律違反だ。煙草を吸いながら酒を飲むことでクライヴに嫌がらせをするのが、待っているあいだの私の習慣だった。

やっとモーリーンが駆け込んできた。ネックラインの深くくれたつやつやのワンピースを着ていた。色は青。彼女の白い肌と赤い髪がよく映えた。「ハイ、お待たせ」と彼女は言って頬を私の頬に押しつけ、スパンコールのついた青いハンドバッグをカウンターの上に置くと、私の隣のストゥールに小さな青いケープを掛けた。寒さはまったく気にならないらしい。

彼女の唇が切れていることに気づいたのはそのときだった。殴られたときに――強く殴られたときに――できるような傷だった。

私は何があったのか尋ねようと思ったが、やめた。傷があっても彼女はゴージャスで、世界じゅうがあたしの思いのままに動くのよ、と言わんばかりの態度だった。彼女は次から次へと二十五セント玉をジュークボックスに押し込んで、ラテンミュージックを選び、まだ音楽がかかりもしないうちに私を引っぱっていって踊りはじめた。

「仕事はしてるのかい？」

彼女はうなずいて、右手でトレーを持つ真似をした。ブロードウェイをさまようほかの多くの女たちと同じように、モーリーンもウェイトレスをしてなんとか生活していた。彼女はクライヴに向かって人差し指を立ててみせた。

「シーヴァス・リーガルをひとつ」と言いながらクライヴは酒を注ぎ、ダブルのグラスにカシューナッツでいっぱいの小鉢を添えて運んだ。

モーリーンはスコッチをひと息に呷《あお》って、空《から》になった厚手のグラスをカウンターにことんと置いた。クライヴはまた酒を注いだ。

彼女はほっそりした長身で、私の好みからすれば痩せすぎだったが、それでもなかなか魅力的だった。そしてノイローゼ気味でもあった。

彼女とのあいだには奇妙な思い出があった。目覚めると、私とモーリーンと一緒に二十体近くのバービー人形がベッドの中にいたのだ。ハーレムの主であり最重要人物であるケン人形はモーリーンの胸に抱きしめられていた。

いまや私はただの友人で、彼女の悲しい物語の聞き役だった。

モーリーンはバレリーナのような優雅さで上体を折り、手で触れずにグラスからそっとスコッチを飲んだ。笑みを浮かべながら彼女は体を波打たせた――そうとしか言いようのない動きだった。音楽に合わせて両手を胸から腿へと這わせるのだ。

〈バッキング・ブル〉の入口のドアが開き、暗く冷たい夜の空気とモーリーンが夢見ていた本物の荒くれ牛《バッキング・ブル》、ヴィトーリオがはいってきた。

私は煙草をくわえたが、火はつけなかった。

モーリーンは踊りをやめ、体を硬くしてヴィトーリオを凝視した。その眼には欲望だけでなく怯えもあった。それが性欲をますます掻き立てるのかもしれない。私にはわからないが。

ヴィトーリオはするりとモーリーンに近づいて彼女を引き寄せ、キスをした。それからアパッチダンスのスタイルで彼女を部屋のこちらからあちらへと振りまわした。ルドルフ・ヴァレンティノのようだった。古くさい手だがうまかった。踊るふたりはすばらしく見映えがした。

フィニッシュを決めたあと、ふたりはカウンターに落ち着いた。ヴィトーリオはモーリーンの飲みものを一気に飲みほしてもう一杯注文した。別にかまわない。どうせ彼女が払うのだ。モーリーンは何度か私に話しかけ、彼女と私がここで一緒に飲むことになった嘘の経緯《いきさつ》を補強させた。

　ほどなく私は透明人間になった。それもかまわない。しかしモーリーンのことが心配だった。杯を重ねるごとにヴィトーリオは粗暴になり、声が大きくなった。モーリーンのことを手荒に扱いはじめ、指の跡が残るほど強く彼女の剝き出しの腕を握りしめた。

「おいおい、少し落ち着けよ」

「痛い目見ないうちにうせろ。あんたはおれの友達じゃないし、おれはやりたいようにやる」

　私は立ち上がった。けんかをするためではなく、出ていこうとして。考える時間を稼ぐために、カシューナッツをひとつかみ手に取って口に放り込んだ。「モーリーン……」ナッツを嚙んで、飲み込んでから続けた。「私は明日、レッドフォードの新作映画の仕事がある。朝早いんだ。家まで乗っけていこうか？」

　これははったりだった。私が住んでいるのはセントラル・パーク・ウェストで、モーリーンの住まいは街の反対側、二番街のそばだ。

「いいえ、あたしは大丈夫」と言ってモーリーンは前屈みになり、私の耳元で囁いた。「彼のことなら平気よ。あたしが欲しくて熱くなってるだけ」

　ああ、そうだろうとも、と私は思った。

朝方の三時にはなっていたはずだ。電話が鳴った。「もしもし?」

彼女のすすり泣きが聞こえた。「今、階下《した》にいるの。公園のすぐ外。来て」

「モーリーン! どうしたんだい?」

「あたしのところに来て。お願い、エディ」

私はすばやく服を着て、八十三丁目に面した脇のドアから外へと急いだ。

湿気の多い晩で、まだ九月なのに寒かった。靄《もや》が立ちこめている。黒い雲が頭上を行き交い、月が出たり隠れたりしていた。

セントラル・パークにある堂々たる黒い巨岩が通りに大きな影を投げかけている。モンスターが見張りに立っているようだった。

公園を渡る風がむせび、木々が震えた。私も震えた。聖域に――自分のアパートメントに――逃げ帰りたかった。

暗く音のない奇妙な一瞬があった。次の瞬間には明かりが眼にはいり、すぐに街灯の輝きの向こうに潜む影が見えた。私は公園側へと通りを渡った。影から姿を現わしたモーリーンの顔には、街灯の明かりのせいで薄気味の悪い陰影ができていた。

青いワンピースは破れ、血まみれだった。ケープはなし。スパンコールのついたハンドバッグと携帯電話、それにきらきら光る白いウェディングドレスを来た優雅なバービー人形を彼女は胸のところでぎゅっと握りしめていた。人形のドレスにもやはり血のしみがついている。

タクシーが止まった。「乗るかい？」

モーリーンはタクシーに駆け寄った勢いで携帯電話を取り落とした。

「ちょっと待って」と言って、私は暗い地面に眼を凝らした。

「そんなものいいから！」モーリーンが金切り声で言った。「早く」

運転手は方向を変えようとしてダウンタウンに向かった。

「ちがう！」とモーリーンが叫んだ。「東よ。公園を突っ切って」

私は彼女の手をぽんぽんと叩いた。「ちゃんとわかってるよ」

モーリーンは手を引っ込めた。「誰にも何もわかってないわ」

何度か曲がったあと、私たちは八十六丁目で公園にはいってがらんとした道を東に向かった。怒りをたたえた石の壁や、月下に揺れる樹齢百年の木々を通り過ぎ、地面に貼りついた木々の影のあいだを進んだ。

頭上では、怒れる空をたくさんの雲が駆けていた。モーリーンはずっと、少しずつことばを変えながらつぶやいていた。「月明かりで彼を探して、月明かりで彼を見張って、彼は月明かりを頼りにやって来る、月明かりのもとで彼の身を案じて、月明かりのもとで彼を恐れて……」

二番街で止まったとき、雷が鳴り響いた。すぐに雨が激しく降りだした。

モーリーンは叩きつけるような雨を気にも留めなかった。二番街に飛び出すと八十一丁目に向かって走った。彼女のアパートメントは百フィートほど先の左側、書店の隣にある。

私は紙幣を何枚か押しつけるようにして運転手に渡し、モーリーンのあとを追った。彼女のアパートメントの建物に着く頃にはずぶ濡れになっていた。モーリーンの姿はどこにも見えなかったが、彼女が階段を駆け上がりながら例のいかれたマントラを繰り返すのが聞こえてきた。「月明かりで彼を探して、月明かりで彼を救って、月明かりで彼を捕まえて、彼は月明かりを頼りにやって来る、月明かりのもとで彼に気をつけて、月明かりのもとで彼をあきらめて。月明かりのもとであたしをあきらめて」

私は一段とばしで二階まで駆け上がり、モーリーンのアパートメントで彼女を見つけた。雨でびしょ濡れになった彼女は子供のようにぺたんと床に坐っていた。バービー人形のコレクションの一部は彼女の膝に積み上げられ、ほかはまわりに散らばっている。そこから手の届く範囲に大きくて重そうなフライパンと、ディナージャケットを着たケン人形が転がっていた。ケン人形の頭がもげている。人形の頭のない首に少量の血がついているのがシュールだった。

深紅の筋がフライパンから開いたままのバスルームのドアへ、そしてヴィトーリオへ、ヴィトーリオの強打された頭部へと続いていた。

「男って、どうして叩かずにいられないの？」モーリーンは優雅なバービー人形に答えを求めた。「どうして？」

怒り

S・J・ローザン
高山真由美＝訳

BUILDING

BY S.J. ROZAN

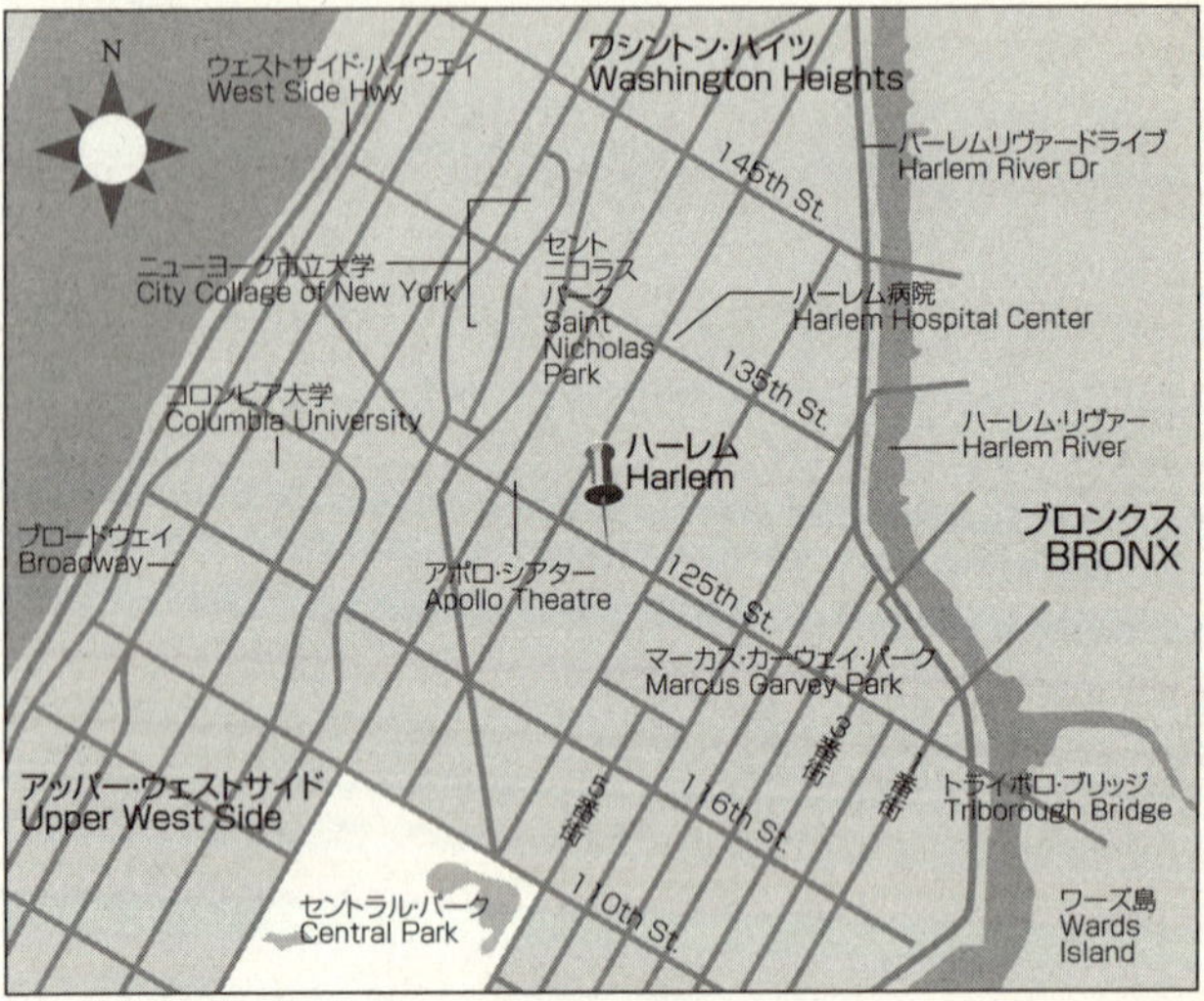

ハーレム

HARLEM

ランドリー少年が彼を〝サー〟と敬称で呼んだりしなければ、こうしたことはすべて起こらなかったかもしれない。

彼の母親は彼をレックスと名づけ、彼は今でもそれを恨んでいた。ハンサムな少年だったら別にかまわなかったのかもしれないが、彼はそうではなかった。だから名前のせいで学校ではこんなふうに言われたものだった。「おい、見ろよ、ぶっさいくなT・レックスが来るぜ！」のちにグリーンヘイヴンで刑期を勤めたときには、誰かに名前を呼ばれると〝wrecks《レックス》（難破する、大破する、という意味の動詞）〟としか聞こえなかった。彼の人生はまさにそんなふうだったから。

きつい人生だった。誰からも何も与えられなかった。だがそんなことは言い訳にならないし、彼自身も言い訳をしようとは思っていなかった。父親かもしれない人間は二人いて、母親は敢えてほんとうのところを知ろうとはしなかった。三人はみな自分以外の人間を指差して責め、母親のことも責めたので、もし万が一父親になりたがる者がいたとしても全員お断りだと彼は思った。つまり、彼は大半のところ自分で自分を育てたわけだが、あまりいい仕事をしたとは言えなかった。

しかしグリーンヘイヴンに行き着いたことに関して言い訳をするつもりはなかった。バーニースが密告したのだが、おそらく死ぬほど怯えていたのだろう。彼には彼女を傷つけるつもりなどさらさらなかったが、それは彼女には知るよしもないことだった。彼女にすれば、彼は浮気相手を撃ち殺した男であり、自分のことも追ってくるかもしれないと思えたのだろう。実際には銃を突き出したのはチコのほうだった。レックスは〈レノックス・ラウンジ〉で聞いた噂について確かめようと、ただ話をしにいっただけだった。〝チコがバーニースと一緒にいるのを見たぜ。何があったんだろうな?〟とバーテンのビッグヘッドが彼に向かって眉をもたげながら言ったのだ。だからレックスはただチコと話がしたいだけだった。笑いさえした。ちびで痩せっぽちのチコが大きな四五口径の銃を持っているところがあまりにも可笑しくて。それから彼はチコの眼を見て、チコの声を聞いた。ことばではなく音だけが頭に流れ込んできた。チコは黙っていられるほど利口ではなかった。レックスはできるかぎり長いあいだそこに立っていた。チコを眺め、チコのたてる音を聞いているうちに、鬱積した怒りが心の中で大きく、大きくなっていった。彼はチコに飛びかかり、チコの手から銃を取り上げた。

次に気づいたときには、ニューヨーク市警の制服警官がドアをぶち破ろうとしていた。ドアは壊れ、レックスも壊れ、もちろんチコも確実に壊れていた。その後、レックスには自分の名前が別の意味に聞こえるようになったのだった。

いずれにせよ、グリーンヘイヴンでは誰もが呼びたいように相手を呼ぶ。相手が苛立つだろうと思う呼び方で呼ぶ。たいていの場合、彼は看守のお説教と同じようにそれを聞き流した。けれども時々、あれが——怒りの立ち上がるあの感覚が——起こりつつあるのを感じることもあった。そして次に彼に嫌がらせをしたろくでなしは前歯を咽喉の奥で見つけるはめになるのだ。レックスが三度目の面接を終えるまで仮釈放にならなかったのはまさにそのせいだった。

だが、いまや仮釈放を勝ち得て彼は塀の外にいた。出たからにはもうけんかをするつもりはなかった。街角にたむろするヒップホップに染まった柄の悪い若者たちとも口げんかさえしない。何もしない。ああいう連中がわがもの顔で悠々と歩く様子はひどく気に障った。しかし彼らのほうは決して彼と事を構えようとはしなかった。彼に対しては――彼のグリーンヘイヴンでの十年に対しては――いくらかの敬意を示した。それでも、連中が痛い目を見ればいい、と思うことが彼には時々あった。

もっとも自分で手をくだすつもりはなかった。あと八年は仮釈放の身なのだから。何があっても塀の中に戻るのはごめんだ。それだけは確かだった。怒りが立ち上がるのを感じるたび、感情が抑制できなくなりそうだと思うたび、数人の若者と殴り合いをしそうになっている自分に気づくたび、こいつらは自分の子供であってもおかしくないのだと彼は思うことにしていた。自分の子供だってやはりそこにたむろしていたかもしれない。遠い昔、バーニースがチコといちゃついたりしていなければ。彼の望みどおりに彼女が彼と結婚していれば。

どちらにしても過去の話だ。彼が出所するまでにはバーニースは荷物をまとめていなくなっており、彼にしてもいい厄介払いができた思いだった。もう彼女とは関わりたくなかった。誰とも関わりたくなかった。彼はなんとか定職に就いたが、それだけで大変だった。望みは無事帰宅して、テレビを見て、ビールでも飲んで寝ることぐらいだった。あまり人と話さなければ、それだけトラブルに巻きこまれる可能性も減る。

だから彼はランドリー少年とも一度も口をきいたことがなかった。

少年は誰からも何も与えられていないようだった。レックスと同じだった。ぼろぼろの服にノーブランドのスニーカー、外での生活をなんとかやり過ごすための頑《かたく》なな態度。しかし少年の母親はきちんと彼を育てていた。少年は意気地なしなどではなかった。レックスもよく知っている硬い表情をしていた。レックス自身もかつてしていた表情だ。それでいて少年は教会から帰宅する女たちに道を譲り、レックスのことを〝サー〟と呼ぶのだった。

時々レックスは、気をつけろよ、と少年に言いたくなった。〝おまえがつるんでるあの連中は、おまえの足を引っぱるぞ〟と言ってやりたかった。彼は少年の顔を——年上の仲間が紙袋にはいったバドワイザーを彼に渡したときのぱっと明るくなったような顔を——見た。酒を飲むのはまだ早すぎる。〝おれみたいになっちまうぞ〟。レックスは少年にそう言いたかった。〝こいつらは友達だ、強い絆で結ばれてる、そう思ってるんだろう。だが次に気づいたときにはそのうちの誰かが抜き差しならないはめに陥ってるはずだ。そうなればそいつは平気で誰のケツでも警察に売るぞ。おまえのケツも含めてだ〟。

けれども彼は無関心な態度を保った。少年のことは彼の問題ではない。彼は何も言わなかった。

だからといって気づかないわけにはいかなかった。少年が毎日学校に通う様子に、教科書を抱えてぼろぼろの服を少しでもきれいに見せようとする様子に、気づかないわけにはいかなかった。少年はほかの連中のように学校をさぼったりしなかった。おれ自身、そのことはもっとよく考えればよかった、とレックスは思った。学校ぐらいはきちんと行っておけばよかった、と。今となっては遅すぎる。そう、あのランドリー家の少年は、誰からも何も与えられていないが、あきらめてはいない。レックスが気づかずにいられないのはそこだった。

すべてが始まった夜、レックスは別のことにも気がついていた。帰宅途中、街角で例の若者たちをひとりも見かけなかったのだ。これ以上はできないというくらい――あとはもうマットレスを引っぱり出してきてそこで眠るしかないというくらい――長い時間を街角で過ごす彼らの姿がなく、街灯やポストだけが通りに立っているというのは、ひどく珍しいことだった。

彼がドア口にさしかかったとき、ランドリー少年がドアから飛び出してきた。取り乱した様子できょろきょろと左右を見た少年の眼が、レックスの眼と合った。何かを問うような、懇願《こんがん》するような眼だった。

「大丈夫か？」とレックスは尋ねた。初めてかけたことばだった。

少年は首を横に振り、唇を舐めた。唇が乾きすぎてしゃべれないとでもいうように。それから何か言いたそうにしたが、ことばは出てこなかった。

「落ち着けよ」とレックスは言った。「何かあったのか？　話してみろ」

少年はまたいくらか唇を動かしたが、やはり声は出なかった。もう一度首を振って、階段を駆けおり、少年は通りを走っていった。スニーカーがコンクリートを打つ音が聞こえた。レックスは少年のうしろ姿を見送った。

次に気がついたのは、ノックの音だった。

最初、レックスは寝ぼけて混乱し、また塀の中にいるのだと勘ちがいした。夜の早い時間で、看守か誰かが彼の房のドアを叩きながら、今出てこなければ夕食は抜きだ、と言っているのかと思った。今は食いたくなくても朝までには死ぬほど腹が減るぞ、と。

ノックがやまず、レックスは眼を覚ました。まばたきをしながら自室を見まわし、小さくてそこいらじゅうにゴキブリのいる部屋だが出入りは自由で、いつでも好きなときに食事ができるという事実を再確認した。悪夢から覚ましてくれた物音に一瞬感謝しかけた。

そのとき誰かが怒鳴った。「警察だ！　開けろ！」

くそ、と彼は思った。

そして怒鳴り返した。「今行く！」彼はシーツと格闘しながらドアに向かった。シーツは彼をベッドに縛りつけるかのように、きつく体に絡みついていた。「今、開けるよ！」彼はチェーンをすべらせ、ボルトをはずした。

「レックス・ジョーンズだな？」ひとりは白人、ひとりは黒人で、ふたりともスーツ姿だった。疑問形で彼の名前を口にしたがほんとうに尋ねているわけではない。ふたりは刑事だと名乗った。某刑事と、もうひとりの某刑事。それから尋ねもせずに部屋に上がり込み、某刑事が気をそらすために彼に話しかけているあいだに、もうひとりの某刑事が部屋の中を見まわした。

令状がなければ部屋の中のものに手を触れることはできない。ハーレムで育った者ならミルクを飲んでいる頃から知っていることだった。ふたりは令状を持っており、部屋にはいってすぐにそれを彼の眼のまえで振ってみせていた。いずれにせよ、彼らが部屋を逆さまにしたとしても、見つかってまずいものなど何も出てこない。それはまぎれもない事実だったが、それでもやはり彼は鼻の下に汗が浮くのを感じた。

「いくつか質問がある」もうひとりの某刑事が言い、某刑事は笑みを浮かべていた。しゃべっているほうが黒人で、輝く白い歯をしていた。白人のほうが笑うと、汚れた茶色の歯が見えた。このふたりはお互いに相手のネガフィルムみたいだな、と思っていたレックスは質問を聞き逃し、部屋が静かになるまで自分が質問をされていることに気づきもしなかった。くそ、と思いながら彼は言った。「もう一度言ってくれ」

「おいおい、レックス、そんなにむずかしい質問じゃないだろう。今日の午後、ティック・ランドリーは何を言った？」

「ランドリー家のぼうずが？　何も言ってなかった」

「あんたが帰ってきたとき、ぼうずは出かけるところだった。駆け出していっただろう、何か悪いことでもしたみたいに。実際悪いことをしたんだよ、レックス。銃を始末したんだ、ハンドバッグを離そうとしなかったばあさんを撃ち殺した銃を。銃はどこだ、レックス？」

「なんでおれがそんなことを知ってなきゃならない？」

「ぼうずが話したんじゃないのか？」

「何も聞いていない。一瞬立ち止まっただけで、すぐにステップをおりて行っちまった。あの子がばあさんを殺したっていうのか？」

「そのとおりだ」

「まさか、そんなことはしないよ。いい子だよ、あの子は。つるんでる連中のひとりがやったんだろう」

「まあ、そうかもしれない。だがこれだけは言っておこう。われわれにとってはそれは大した問題じゃない。あの連中は全員クズで、おれたちはひとり残らずきれいに掃除するつもりだ。ばあさんを撃ったのは別のやつかもしれんが、あの晩びびって逃げ出したのはランドリーのぼうずだった。われわれの仕事ではそれを〝疑わしい行動〟と呼ぶ。で、あとはぼうずと銃を結びつければいいだけだ。ただ、おれたちはその銃を持っていないわけだが」

「おれだってそんなもの持ってやしない」

「だが、どこにあるかは聞いている」

「だから聞いてないって言ってるだろう。なんであのぼうずがおれに言うんだ？」

「あの連中はあんたに敬意を払ってる。あんたはグリーンヘイヴンで十年お勤めをしたからな、レックス。このブロックでは大物ってことだ。もしかしたらあんたは保護者づらして連中と関わってるんじゃないのか」

「おれが？　勘弁してくれ。出所以来、おれはきれいなもんだ」また汀が唇の上に滲《にじ》みはじめた。背中にも。

「あんたが？　まあ、そのほうがいいだろうな。これだけは言っておこう」刑事の顔から笑みが消えた。「あんたが刑務所にはいったとき、おれはこの地区では新顔だった。それから何年かのあいだ、あんたみたいなクズが大勢出たりはいったりするのを見てきたが、もううんざりなんだよ。出たりはいったり、出たりはいったり。これだけは言っておく。もしあんたがあの連中とつるんでるようならな、レックスさんよ、あんたは終わりだ」


　最初の日はそんなふうだった。次の日も同じことの繰り返しだった。仕事から帰ると、例の刑事のペアが玄関前のステップで待っていた。

「銃はどこだ、レックス？」今度は白人のほうの某刑事がしゃべりを担当した。レックスとしては笑顔を向けられるなら黒人刑事のほうがよかった。白人刑事のあの茶色い歯には胸くそが悪くなる。

「知らない」

「向かいの通りの住人が三人、ぼうずがここを駆け出していくときにおまえと話したと断言してる。何を話した？　銃のことじゃなければなんだ？　ばあさんのことか？　引き金を引いたときにどんな気分だったか、とか？」

「何も言ってなかった。あの子は言いたいことがあるのにことばが出てこないっていうみたいに、ちょっと口を動かしただけだった。で、すぐに階段をおりていった。昨日も言っただろう」

「ああ、そういう話だったな。ただ、おれたちはそれが信じられなくてね」

「それはおれのせいじゃない」

「ああ、しかしどういうことになるか考えてみろ。早いとこ筋の通る話をしなけりゃ、今度はあんたが厄介なことになる。さっきも言ったとおり、目撃者がいるんだからな」

「通りの向こうに？　それはいったいぜんたいどういう種類の人間だ？」

刑事はまるで昔からの友人同士のようにレックスの肩に腕をまわした。レックスは怒りが立ち上がるのを感じ、動かずにいることを自分に強《し》いた。

「なあ、レックス」と茶色い歯が言った。「おまえは仮釈放中だったな。今何かトラブルがあれば――そうだな、たとえば友好的に接してるだけの刑事に暴力を振るうとか――かなりまずいだろうな。あと八年残ってるんだっけ？」刑事は空《あ》いているほうの手でレックスの上着のちりを払って続けた。「レックス、おれたちにはあの銃が必要なんだ。おまえは在処《ありか》を知らないと言う。おれたちは信じてないが、もしかしたらほんとうに知らないのかもしれない。しかし自分の問題として知ろうとしたほうがいいんじゃないのか」

「どういう意味だ？」

刑事は肩をすくめた。「あの連中だよ。あいつらはあんたに敬意を持ってる。おれが言いたいのはそれだけだ」

三日目になると刑事たちは職場に現われた。

「レックス？　何かあったのか？」ボスがボイラー室にはいってきた。レックスは飛び散ったオイルを吸い取らせるためにおがくずをまいていた。

「いいえ」と言ってからつけたした。「サー」

レックスは刑務所にはいるまえは大工だった。いろいろなものを――良質で、頑丈なものを――つくった。手で触れられるリアルなものを。そうでないものは彼には向かなかった。出所してみると世の中は変わっていた。前科者が仕事を見つけるのは容易ではなかった。組合にも戻れなかった。が、時々彼のことを使っていた建設業者にいとこがいて、イーストサイドの洒落《しゃれ》たビルで管理人をしていた。そのいとこがレックスに保守管理の仕事をくれた。そんなわけで彼はおがくずをまいたり、ごみを外に出したりしていた。

「刑事がふたり来てる」とボスは言った。「あんたと話がしたいそうだ」

くそ、とレックスは思ったが口には出さず、黙って従業員用の裏道に出た。「こんなところまで来て、なんの用だ？」と彼はふたつのにやにや顔に向けて言った。

「おれたちにはあの銃が必要なんだよ、レックス」

「言っただろう、その銃については何も知らない」

ボスがドアロから見ていた。

「ここに来られると困る」とレックスは刑事たちに言った。「おれにはこの仕事が必要なんだ」

「で、おれたちにはあの銃が必要だ。おかしなことに、あの若いやつらはみんなおれたちと話すことに興味がないみたいなんだよ。信じられないだろ？　ランドリーのぼうずがあんたに話しておいてくれてよかったよ」

「話してない」

「ああ、それなら」白い歯が笑った。茶色い歯も影のようにそれに従った。「よかったよ、ぼうずはあんたになら話すだろうから」刑事ふたりはわざとらしくうなずいてみせ、しかめ面《つら》をしているレックスのボスに手を振ってから立ち去った。

その晩、レックスはまた塀の中に戻った夢を見た。今回は房ではなく、じめじめして曲がりくねった通路にいた。いたくもない場所から行きたくもない場所へと続く、グリーンヘイヴンじゅうをめぐる通路だ。通路はごみで埋まっており、彼はそこを掘り進んでいた。鼓動が激しく打ち、心臓が爆発しそうだった。何かを探しているのだが、何を探しているのか自分でもわからず、だんだん怖くなってくる。鬱積した怒りがまた大きく、大きくなるのを感じる。何かが見つかるはずのところまで近づけもしないうちに明るくて白いものが黒い影を引きつれてやって来て、すべてのごみを押し流した。彼もごみに埋もれて一緒に押し流された。

レックスは汗まみれのシーツに絡め取られた状態で眼を覚ました。くそ、と彼は思った。

くそ、くそ。

その日は職場に着くこともできなかった。角まで行くことさえできないうちに某刑事ともうひとりの某刑事が彼をさらいに現われた。ひとりはまえ、ひとりはうしろにまわってふたりで彼を囲い込んだ。

「署までドライヴといこうか」某刑事が茶色い歯の隙間から言った。

「なんのために？」

「おまえは重要な証人なんだよ、レックス。もしかしたらおれたちの助けになるようなこまかいことを思い出すかもしれないだろ」

「思い出さない。そもそも思い出すべきことが何もない。ランドリーのぼうずからは何も聞いてないいんだよ！」

「その後も？」

「その後あの子とは話してない」

「なぜ？　話を聞いてみるってことで同意したと思っていたが」

「同意などした覚えはない！　あの子とは話してない。なあ、おれはあんたたちと署には行けない。仕事に行かなきゃならないんだ」

「それは大丈夫だ、レックス。おまえのボスにはおれたちから電話しとく。おまえがいる場所を説明しておくよ」

レックスはふたりを見た。色ちがいのセット。当代のベストカップルといったところか。

「わかった」と彼は言った。

「わかったって、何が？」

「銃がどこにあるか言うよ」

レックスには考えがあった。天才的なすばらしい考えだ。

ふたりに嘘を教えるのだ。

それでいいではないか。誰かを見たと言うのだ。ランドリーのぼうずじゃなくて、誰かよく知らないやつが四五口径の銃を地下室に隠すのを見た、そう言えばいい。適当にでっち上げるのだ。背が高くて片方の眼を腫らしたやつ、とか。街角にいるラッパー気取りのろくでなしのひとりじゃなくて、今まで見たことのないやつで、その後も一度も見ていない、と。ランドリーのぼうずに出くわしたのはビールとちょっとしたつまみを買いに出たときで、その背の高いやつを見たのはそれよりまえ、仕事から戻ったときだったと言えばいい。いいぞ、それでうまくいくはずだ。それからふたりをボイラー室に連れていく。何も見つからないだろうがこう言えばいい。〝くそ、おかしいな、ここに隠すのを見たんだが〟ふたりは怒るだろう。なんでもっと早く言わなかったんだと当たるだろう。だが知ったこっちゃない。ひとしきり文句を言ったあとにはいなくなって、もうおれにはかまわないだろう。

「オーケイ」と彼は言った。

彼は考えたとおりに話し、〝なんでもっと早く言わなかったんだ？〟という戯言《たわごと》を聞いた。

関わりたくなかったからだよ、と彼は言った。その場所を見るのか、見ないのか？　とも言った。もちろん見るさ、とふたりは答えた。彼は刑事たちを地下室に連れていった。「そこだ」と彼は言い、ボイラーのうしろの陰になった場所――一番暗くて一番汚い場所――を指差した。白い歯と茶色い歯の上にある黒い鼻と白い鼻に皺が寄った。ふたりともそんな場所にははいりたくないと思っているようだった。「くそ、ここなんだが」と言いながら彼は探るようなそぶりで手を差し入れ、その手を動かした。そして、くそ、と言おうとした。

くそ、と言うはずだった。固くて冷たいものに手が触れなければ。

彼は二本の指を巻きつけるようにしてそれを引っぱり出した。

刑事ふたりは飛びすさった。チコのときと同じでひどく滑稽だった。「何をする気だ！」と一方の刑事が言ったが、彼にはどちらが言ったのかわからなかった。すぐにふたりとも拳銃を出して彼に狙いを定めた。脚を広げて立ち、両手で銃を構えたその様子は映画のようだった。

「おい！」とレックスは言った。心臓が、まるで胸から逃げ出したいとでもいうように肋骨にどんとぶつかった。「落ち着けよ！　あんたたちが手を汚したくないみたいだったからおれが出してやったんじゃないか」そう言うと、四五口径をぶらさげて両手を上げた。

もうひとりの某刑事のほうがハンカチを取り出して四五口径を受け取るあいだ、某刑事はレックスに狙いを定めたままでいた。すべてが終わるとふたりは出てきた銃を見て、それからレックスを見た。最後にはふたりとも笑顔になり、白い歯も茶色い歯も暗がりの中できらめいた。「ありがとう、レックス」とふたりは彼に言った。

刑事たちが謝意を表してレックスを職場まで車で送ったので、彼は遅刻せずにすんだ。ボスに見られたくないから一ブロック手前でおろしてくれ、と彼は言った。

「自分でもよくやったと思ってるだろ?」

「ああ、思ってる」実際、そう思っていた。ほんとうにあるとは思ってもいなかった場所から、ふたりのために銃を見つけてやるなんて。自分はうまくやった、と一日じゅう思っていた。だがそれも、帰宅したときに例のろくでもないふたり組がランドリー少年に手錠をかけて引きずっていくところに出くわすまでのことだった。少年の眼が、まえのときと同じようにまっすぐにレックスの眼と合った。今回はさらに怯えた眼をしていた。

チコのような眼をしていた。

「何をしている? これはいったいなんの騒ぎだ?」

白人刑事が肩をすくめた。「こいつの銃だったんだ、レックス」

「ぼくのじゃない!」と少年が大声を出した。

「街のやつらはおまえの兄貴のだって言ってるが、同じことだ」

「なんで同じことなんだ?」と言いながら、レックスは彼らのまえに立ちはだかった。

「こいつの兄貴はノースカロライナにいるんだよ。ここ一カ月ぐらいな。だからこれをばあさんに使ったのは彼じゃない」

「ぼくでもないよ！」

「まだほんの子供じゃないか」とレックスは言った。

「罪が深刻なものなら大人として裁判にかけられる程度の年齢には達してる。殺人だぞ、レックス。ああ、話はちがうが、感謝してるよ」刑事はレックスに向かって歯を見せて笑った。「銃を引っぱり出してくれたことには感謝してる。だが、そろそろそこをどいてくれ。一緒に来たいわけじゃないだろう？」

刑事が銃のことを言うと、少年の眼が見開かれた。まるでレックスにキャンディを全部取り上げられたかのような顔だった。誰かが面倒を見てやらなければ、と思えるほど幼く見えた。

その晩、レックスは夢のせいでろくに眠れなかった。ランドリー少年の母親から、あの子にハーシーズのチョコバーを渡してと頼まれる夢を見た。少年が見つからず、彼は自分でそれを食べはじめるのだが、ふと見るとそれはチョコバーではなく、古くていやなにおいのするごみになっていた。

チコの夢を見た。チコは通りを歩いていて、レックスが彼の名を呼んでも振り返らなかった。

自分が部屋の真ん中に立っている夢を見た。心の中でまた怒りが頭をもたげている。ドアと窓に格子がついていて、彼はゴキブリと一緒にそこに閉じ込められていた。

職場でボスが彼に尋ねた。「おれのいとこのところではどれくらい働いたんだい、レックス？」

「三年です」とレックスは言った。「切れ切れにですけど」

レックスにはボスが算盤《そろばん》を弾いているのがわかった。〝この男にどれだけの義理がある？〟と思っているのだ。あともう一度あの刑事ふたりがここに来たら、ボスは答を出すだろう。そうなったらどこから家賃を出せばいい？　あんなごみ捨て場みたいな部屋でも家賃は払わなければならない。それに、シャベルが使えればいいだけのこんな仕事さえ続けられないとなったら、保護観察官にどう説明すればいい？

その晩もまえの晩と同じだった。今回は、どんな夢を見たか目覚めたときにほとんど覚えていなかった。ただ、母親の三人の男が彼を指差して笑っていたことだけは覚えていた。彼はすごく小さくて、三人の男はほんとうに大きかった。彼は笑われてとても腹が立った。またいつものあの怒りが頭をもたげはじめたが、彼にはどうすることもできなかった。

翌日、職場に向かう途中に彼はランドリー少年の母親を見かけた。母親は教会に行くときの帽子をかぶっており、地下鉄に乗ろうとしていた。腹にパンチを食らったような眼をしていた。ライカーズまでは長い道のりだ、とレックスは思った。

次の晩もまた夢を見た。今度は午前四時に眼を覚まし、窓辺に坐って空が白むまで外を見ていた。

朝になると彼は職場に病欠の電話を入れた。そしてその日一日を、ランドリー少年との面会のためにライカーズの拘置所に行くことに費やした。くそ、と彼は思った。このくそみたいな気分がなんなのか確かめるために、躍起になって拘置所にはいろうとするはめになるとは。やっとのことで部屋に通され、少年が連れてこられてテーブルの彼の向かいに着いた。レックスを見ると少年は例の硬い表情をした。「なんの用?」

「いくつか質問がある」

「知るもんか」

「答えてくれ」

「どうして兄さんの銃の在処《ありか》をしゃべったんだよ?」

「そんなつもりはなかった」

「意味がわかんない」

「つくり話をするつもりだった。正しいことをしようとしたんだよ」それ以上よけいなことを言わないために、彼は首を横に振った。「おまえの兄貴とおれは考え方が似てるのかもしれない。兄貴はどうしてあれをあそこに置いたんだ?」

少年は眼を見開いた。体から空気が抜けてしまったかのように見えた。肩が落ち、表情から硬さが消えた。「母さんが家の中に銃を置かせてくれないから」

「おまえは在処を知ってたのか？」

「知らなかった」

「仲間は？」

少年は肩を動かしただけで何も言わなかった。

「告訴が取り下げられてここから出られたら何をする？」

「なんの話？」

「言うんだ」

「言ってる意味がわからないよ」

「学校に戻るか？」

少年は眼をぱちくりさせた。「もちろん」

「なぜ？」

「なぜ、何？」

「なぜ学校に戻る？　何か夢があるのか？」

たっぷり一分のあいだ、少年は答えなかった。それからゆっくりとうなずいた。

「どんな夢だ？」

「技師になるんだ」

「なぜ？」

「いろんなものをつくりたいから。橋とか。今は何もないところにビルを建てたり」

レックスは少年を見た。そこに坐っている少年を見つめ、なんて若いんだろうと思った。

「だったら大学に行かなきゃな。行けそうなのか？」

「成績のこと？」

「そうだ」

「数学はA、物理はAマイナス。ほかは全部B」

「前科は？」

壁も床も傷だらけの部屋を見まわして少年は言った。「今まで逮捕されたことなんか一度もない」

「もしここを出られたらの話だが」とレックスは言った。「仲間とつるむのをやめろとは言わない。おまえの仲間だからな、ただ背を向けることなどできないだろう。だが選択の余地はいろいろある。仲間が何かやばいことを始めたらそれには関わるな。わかったか？」

少年は肩をすくめた。「なんでそんなことが問題になるのかわからない。警察にケツをつかまれてるんだよ。ぼくはここから出られないよ」

「おれの言ってることはわかったか!?」

レックスがそんなふうに怒鳴るのを聞いて少年は椅子の中で飛び上がった。隅にいた看守が振り向いた。

レックスは穏やかな声でもう一度尋ねた。「わかったか？」

少年は大きく眼を見開いてうなずいた。「わかりました《イエス・サー》」

「よし」とレックスは言った。「最後にもうひとつだけ教えてくれ。おまえはばあさんを殺したのか？」

レックスの眼をまっすぐに見つめ、ランドリー少年は首を横に振った。「殺してません《ノー、サー》」


某刑事ともうひとりの某刑事は、レックスが分署の刑事部屋に現われると驚いて言った。

「おい、誰がお出ましになったか見ろよ」と白人のほうが言ったが、レックスは黒人刑事の机のそばの椅子に坐った。彼のほうがましだと思って。

「自白しに来た」

刑事の眼が大きく見開かれ、黒眼のまわりの白眼がよく見えた。歯と同じ真っ白だった。

「自白？　なんの？」

「ばあさんを撃ったのはおれだったんだよ。あんたに渡した銃はおれのだ」

「おいおい、レックス、なんの冗談だ？」

「あの子は何もしていない」

「あんただってそうだろう」

「あの子を見たっていう人間がいるのか？」

「これから見つける」

「見つからないよ、あの子はやってないんだから。銃からあの子の指紋が出たか？」

「いや、しかし――」

「おれの指紋は？」

「出たよ、しかしおれはあんたがあれを持つところを見てる」

「指紋がついたのはそのときだって証明できるのか？　いや、忘れてくれ、でさっこないのはわかってる。おればばあさんを撃ち、そのときの銃をあんたに渡した。撃ったときにおれの指紋がついた銃を」

「レックス」白人刑事が使い古した自分の机から声をかけた。「おまえがやったなら理由を教えてくれ」

「物盗りだろ」と黒人刑事が言った。「ばあさんからハンドバッグをぶんどろうとしたのさ」

刑事のしゃべり方から、言っている本人もそれを信じていないことがレックスにはわかった。

「いやいや」とレックスは言った。「そうじゃない。あのばあさんがバーニースに似てたからだよ。それがほんとの理由だ」

「バーニースって誰だ？」

「おれをはめた痩せっぽちのくそ女だよ」

某刑事がもうひとりの某刑事のほうを見た。刑事が今のことばを信じかけているのがレックスにはわかった。

「くそ」とレックスは言った。「なんでおれがあんたたちを振りまわしたと思う？　あのぼうずのためか？　なぜおれがそんなことをする？　あいつに借りがあるとでも？」

「だったらどうして気が変わった？　なぜおれたちに銃を渡すことにしたんだ？」

「あんたたちはおれを逮捕しようとしてたじゃないか！　おれは何か嘘の話をでっち上げて銃に触れれば、指紋はそのときについたものと思ってもらえるんじゃないかと考えた。で、あんたたちはまんまとそれに引っかかったってわけだ」

白人刑事がかっとなって顔を赤くした。「なんで今になって気が変わったんだ？」

レックスは肩をすくめた。「あんたたちが本気であの子供を逮捕するほど馬鹿じゃないと思ったからさ。あいつは問題ないよ、あのぼうずは。何もやってない」

「それじゃ、あんたは何もかもあきらめるのか？　ただそんなふうに、塀の中に戻るっていうのか？」

「くそ」とレックスは言った。彼はゴキブリのたくさん出る部屋について考え、おがくずをまく仕事について考えた。それからランドリー少年の眼を思った。

誰かがつくったからこそそこにあるたくさんのものについて考え、自分の中で頭をもたげる鬱積した怒りについて考えた。

「遅かれ早かれ戻ることになっただろうさ」と彼は言った。「もううんざりなんだ、それだけだよ」

「まあ、そうだろうな」と刑事は言った。「かまわんさ、ごみはごみってことだろう。子供たちの中から捕まえられないとなれば、あんたを捕まえるまでだ」彼は某刑事の机を見やり、笑みで茶色い歯が見えるのを待った。「わかった」と白い歯のほうが言った。「それがお望みならあんたを告訴するよ。それでいいんだな、レックス？」

「ああ」とレックスは言い、ふたりの愚か者に対してではなく自分に対してこう言い添えた。ほかの誰でもなく、自分自身に対して。「イエス、サー」

ニューヨークで一番美しいアパートメント

ジャスティン・スコット
高山真由美＝訳

THE MOST BEAUTIFUL APARTMENT IN NEW YORK

BY JUSTIN SCOTT

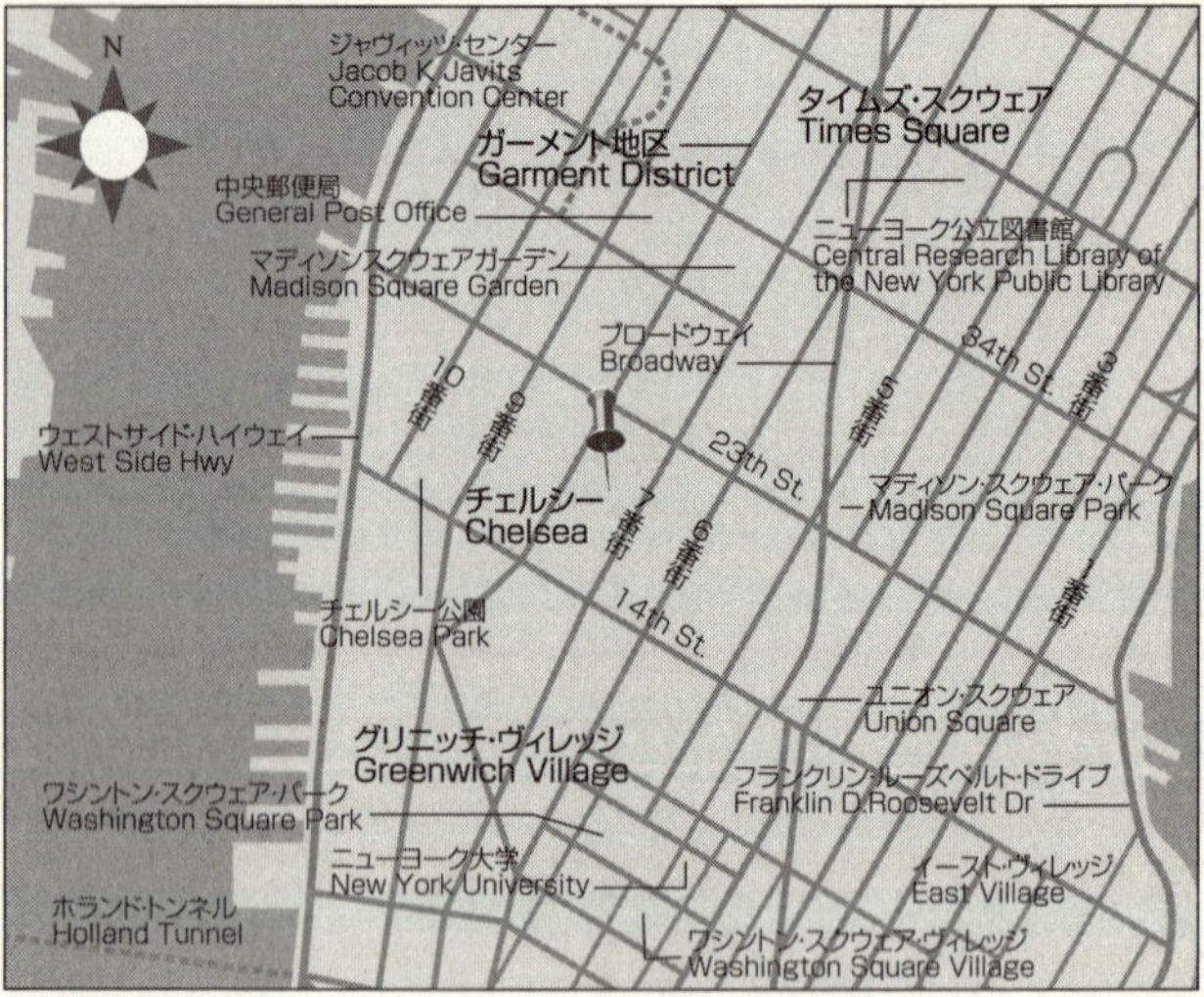

チェルシー

CHELSEA

「あの女、心臓をえぐり出してやる」とトミー・キングは宣言した。はっきりとした大きな声で、一語一語を均等に強調しながら。

「そんなことを言うもんじゃない」と私は言った。

「あんたが誰かにしゃべるっていうのか？」

「カウンターにブロンドの女たちがいるだろう？　あのうちのひとりが警官かもしれないじゃないか。あるいは、兄貴に手柄を立てさせたいと思ってる警官の妹とか」

トミー・キングは声の音量を何デシベルか落とし、ウォッカのグラスに向かってつぶやくように言った。「おっと。もう少しで危なかったってわけか。ありがとう、ジョー」

私たちはアイリッシュ・パブ〈モランズ〉の奥の四人がけのテーブル席についていた。〈モランズ〉はチェルシーの十番街にある高い店で、角を曲がったところには〝私のアパートメント〟――と自分ではすでに思っている部屋――がある。もっとも、交渉が行き詰まっていることを考えればそう思うのは少しばかり早すぎるとも言えた。トミー・キングは不動産屋で、半年探しまわってあの物件を私に紹介したのだ。いま私たちがいるテーブルは大きかったが、それは彼がいつも〝ドクター〟・キングと名乗って三名分で予約するからだった。

「警察にはなんの疑いも持たれたくない。あんたにも言わないほうがよかったかな」彼は二杯目のマティーニを飲み終わりそうなところで、まだ無視してやり過ごせるほどには酔っていなかった。私は彼の前妻についての繰り言には慣れていた。が、彼は突然悪意を剝き出しにして私の腕を握り、私を引き寄せて小声で言った。「外科用のメスを買うつもりだ。あの女がおれに何をしたか考えるとね。あとは捕まらずにすむ方法を考えるだけなんだが――どうかしたか？　あんたは誰かを殺したいと思うほど腹が立ったことはないのかい？」

話題を前妻の殺人計画からビジネスに戻そうとして私は言った。「今この瞬間にも、あのアパートメントのオーナーを殺してやりたいと思ってるよ」

「駄目だ、駄目だ、まったく、お話にならないよ」彼は頭を低くして続けた。「そんなことはしないほうがいい。オーナーを殺したら相続人と交渉することになる。言っておくが、相続人は最悪だよ。降ってわいた金を受け取ったとたんに欲が深くなる」

「あそこはニューヨークで一番美しいアパートメントだ」

「おれもそれと同じことをあの女についてよく言ったもんだ。ニューヨークで一番美しい女だ、ってな。今でもそうさ、それは認める。あいつが大きな笑みを浮かべると、通り全体が明るくなるんだよ」

「まだ彼女と会ってるとは知らなかった」

「遠くから見るだけだ。真正面から顔を見なけりゃ、邪悪な女だってことはわからない」

トミーはグラスを振って三杯目を注文した。

私は立ち上がった。邪悪な前妻の話は今夜はもう充分だった。〝遠くから見るだけ〟とは、まるでストーカーではないか。「もう帰るよ。明日も行くんだろう？」

「午後七時に」

「なんでそんなに遅い時間に？」

「エンパイア・ステート・ビルの上で太陽の色が変わるところを見せたいんだとさ」

「私を振りまわして楽しんでるとしか思えないな」

　トミーはグラスをおろして真面目な声で言った。「ふたつだけ覚えておいてくれ、ジョー。彼がそうやって楽しめるのは、あんたがかりかりしてるところを見せたときだけだ。それから、彼は自分が何を持っているかよくわかってる」

「何を持ってるんだ？」

「あんたも言ってたじゃないか。ニューヨークで一番美しいアパートメントだよ」


　エレヴェーターはなく、キッチンは悪い冗談のような代物だった。

　もともとは一八四〇年に建てられたギリシャ復興様式《グリーク・リバイバル》のタウンハウスで、居間だった階全体を使ってひと部屋にしてあった。暖炉がふたつあり、天井の高さは九フィート。登録上は寝室ひとつのアパートメントということになっているが、古い家によくあるような小部屋や物置部屋がいくつかあった。そのうちのひと部屋に机を置ける。別の部屋には、ニューヨークに来て以来ずっと倉庫に入れっぱなしだったアップライト・ピアノを置ける。裏窓からは狭い庭が見え、表の窓からは九番街と十番街にはさまれた一ブロック全体が見渡せた。通りを隔てた向こう側のそのブロックにはゴシック様式の神学校の建物――それに、付属の教会と庭と寮——があり、神学校の脇の緑の区画には巨大なプラタナスの木が生えている。プラタナスは直径百フィートほどの円をなすように枝を広げ、窓からの眺めの中で唯一醜いものを隠していた。その醜いものとは一九六〇年代に最新だった様式の三階建てのオフィスビルで、郊外の小学校のようにあかぬけない建物だ。あの建物はどうしてランドマーク・コミッション——ここのような歴史的建造物のあるブロックにおいて新たな建築を厳しく制限する法律——に引っかからなかったんだいと尋ねると、トミーは「この街は〝抜け穴〟の上に建ってるんだよ」と言っていた。とにかくその建物の大部分はプラタナスの木で隠れている。そしてその木の上に見えるのが、空への航海に出ようとしている遠洋船のようなエンパイア・ステート・ビルだった。

「街にいるとは思えないでしょう」とオーナーのリチャードが言った。リチャードは四十年前に建物全体を改修したのだそうだ。私がもう一度物件を見ようと舞い戻るたびに聞かされた話によれば、当時治安の悪かったこの地域にぼろぼろの建物を買うのは、昨今の例で言うなら立体駐車場の共同所有権を買うのと同じくらい勇気のいることだったそうである。家と家のあいだの仕切りの壁を壊してどの階も大きなひと部屋にし、オーナー自身は一階に住んであとの階を人に貸していた。そして今、流行《はや》りのフロリダでの隠退生活を目指す年齢になった彼は、賃貸料をパーク・アヴェニューの高級アパート並みに引き上げるという単純な方法で住人をすべて追い出し、三階と四階と屋根裏の階をすでに売り払っていた。〝私の〟階が最後で、値段も一番高かった。一番いい部屋だからね、とリチャードは断言した。

彼の交渉戦略は効果的で、大いに脅威となった。私はトミーに指示してリチャードの法外な言い値より四万ドル低い金額を提示させた。するとリチャードのほうは言い値を四万ドルつり上げて正気の沙汰とも思えない高値にしてしまった。そこで手を引くべきだったのだ。しかし私はそうせずに、七時になるとのこのこやって来てほんとうに街にいるとは思えませんねと同意し、太陽が街の上空を這うように通り過ぎるにつれてエンパイア・ステート・ビルに反射する光が金属的な黄褐色から赤へ、それから青みがかったグレーへと色を変えるさまに感嘆の声を洩らしていた。

時間がかかったが、リチャードは売り急がなかった。彼は囚われの身同然の聴衆を相手にノンストップで長々とおしゃべりをするのが大好きだった。彼の話はこんなふうだった。階段がたわんでいるのはねえ、新しい下水管を通したときにどこかの馬鹿者が地下室の主要な梁を切ってしまったからなんですよ、あれは第二次大戦の頃、もともと二棟が合わさったタウンハウスだったものを港湾労働者向けの広いぶち抜きの部屋に改造したときのことですよ。屋根は新しくくっつけたものです。それから、使ってないダクトがあるんで、それを〝あなたのアパートメント〟のキッチンの換気用に改造できますよ。

同じブロックに住む人々のゴシップもさんざん聞かされた。彼の分類ではすべての人間がふたつのカテゴリーに収まる。ビルやアパートメントの建物を所有している愉快な変わり者と、賃貸の部屋に住むさまよえる貧者だ。さらに、彼と仲の悪い近隣の家については幽霊が出るのだとのたまう。「ほんとに出るんですよ。あの建物のアパートメントなら実際の価値の半値で買えますよ」

もちろんそれはチェック済みだった。確かに安く買えるうえに私には幽霊など見えなかった。ただ、そこはなんの変哲もない普通のアパートメントで、窓から見えるのも十八丁目の公営住宅群だけなのだ。

「通りの向こうに神学校があるっていうのは、窓の外に別荘があるようなものですからねえ。わざわざ車で行く必要のない別荘ですよ。芝刈りだってしなくていい。アウトドア気分を味わいたければ、二分も歩けば川に出られますしねえ」

それから彼は私の血が凍るような話をした。今日の午後、一組のご夫婦が部屋を見にきましてね、かなり気に入ってたようなんですよ。お金は問題にならないって言ってましてねえ。旦那のほうのご両親がお金持ちだそうで。もしご両親が援助してくれなくても、奥さんが勤めてるスイス銀行が頭金を貸してくれるとか。そう言って彼は私の反応を眺め、眼にしたものに満足したようだった。

「あなた、ほんとにここにお住みになるべきですよ」とリチャードは言った。「ここみたいな部屋はよそでは絶対に見つかりません。〈チェルシー・ピアズ〉っていう、ニューヨークで一番のジムも通りのすぐ先にあるんですよ。私はパラダイスを売ってるようなものです」

私は窓のほうに顔を向けた。エンパイア・ステート・ビルが闇に消えつつあった。と、ちょうどそのとき、千はあろうかという投光照明がいっせいにつき、ビルを氷山のような白に塗り上げた。

「見てくださいよ」とリチャードが得意げに言った。「ここはあなたの場所ですよ。私にはどうもそんな気がします。まえにも言ったかどうか、このアパートメントにはロマンスに関してちょっとした実績がありましてね。この部屋に住んだ人はかならず誰かと出会っていい仲になるんですよ、まさにこの部屋で」

女が一緒に住みたいと思うような部屋が望みだなんて、トミー・キングに洩らしたのはまちがいだった。

「それにしてもあなたの言い値は法外ですよ」と私は言った。

「これからも価値が下がることはありませんからねえ」と彼は言い返した。「値が下がる要素が何もないんですよ。双子のビルが倒れたときにも下がりませんでしたから。CNNのニュースを見ながら心配したもんですがね。〝ああ、次はエンパイア・ステート・ビルだなんて勘弁してくれ、この眺めが台無しになったら望みの金額で売れなくなるじゃないか〟って。だけどすぐに気がつきましたよ、テロリストどもはエンパイア・ステート・ビルのことなんてこれっぽっちも知りはしないだろうってね。ニューヨーカーでなければエンパイア・ステート・ビルを愛したりはしない。案の定、テロリストはペンタゴンに向かいましたよ」

リチャードの言うとおりだった。時間ごとに色を変えるあの尖塔がなければ、ここはニューヨークで一番美しいアパートメントとは言えない。

リチャードは言った。「幽霊でも出ないかぎりここの値が下がることはないでしょう。そんなことは考えなくて大丈夫です、この建物はとりつかれてなどいません。おかしなものなど一度も出たことがありませんからね。恐ろしい幽霊も邪悪な精霊もいない。すばらしい投資ですよ。すぐに売りに出せばいいんです。儲けるために」

「私は家を探しているんですよ、儲けるための踏み台ではなくて」

「誰だって、より上の生活を目指すものでしょう」

「私はちがいます。ここが上なんです」そう口にした瞬間に、またまちがいを犯したことに気づいた。私がこの部屋をどれだけ欲しいと思っているか正確に伝えてしまったのだ。リチャードは笑みを隠そうともしなかった。

トミー・キングが割ってはいった。ダメージを修復するには遅すぎたが、とにかく彼はこう言った。「さて、リチャード、今日はありがとう。そろそろ失礼してまた明日来るよ。七時でいいかな?」

リチャードは私の腕に触れ、息子を心配する父親のような雰囲気を滲《にじ》ませながら言った。「自分がほんとうにニューヨークにいるべきかどうか、考え直したほうがいいかもしれませんね」

「は?」

「ニューヨークに住む余裕のない若い人の多くはブルックリンに家を買うんですよ。もしかしたらマンハッタンはあなた向きの街ではないのかもしれない」

通りに出るとトミーが言った。「あんたが彼に殴りかかるんじゃないかと思ったよ」

私はトミーに食ってかかった。「今度田舎からの修学旅行生を見かけたら、列からはずれて超高層ビルを睨んでる生徒を見てみることだ。そいつはきっとこの街に戻ってくる。高校三年のときにここに来て以来ずっと、マンハッタンは私の街だ。誰がブルックリンに住もうが知ったこっちゃない。ブルックリンになんぞ絶対に行くもんか」

「まあ落ち着けって。あんたの言うとおりなんだろう。顔がブレーキランプみたいに真っ赤だよ。あんたの眼に火がつくところを見たのは初めてだ」

「私は今まで何度も次善に甘んじてきた」そう口に出して認めたことが自分でも信じられなかったが、ひどく動揺していたのでガードがゆるんでしまったのだ。私はトミー・キングに対して胸の内をあらいざらいぶちまけた。「アイヴィ・リーグの大学にはいる努力をしなかった。一流のロー・スクールにはいろうと奮闘したりもしなかった。ほんとうに身を立てられるような仕事にも就かなかった」

「あんたはこの街で一番大きな印刷会社の社内弁護士じゃないか」

「契約を承認するだけだ。問題がおもしろくなりはじめると外部の弁護士を雇うように指示される。結婚もしたが、一番の理由は女のほうから結婚してくれと言ってきたのをどうやって断ったらいいかわからなかったからだ。離婚したときも、フェアな条件を求めて闘ったりはしなかった。残り物はもうたくさんだ。自分の身に降りかかる出来事をすべてそのまま受けいれるのはもうごめんだ。私はあのアパートメントが欲しいんだ」

「わかった、わかった。おれがあの女について感じてるのとまさに同じ気持ちだな」

「リチャードとの交渉ではほんとうにしくじったよ、そうだろう？」

トミーは言った。「今日、あれを買ったんだ」

「何を買ったって？」

「外科用メス」

「え？」彼が何を言っているかはわかったが、私はもう一度訊き返した。

「薄くて小さな柄に刃が何枚もついてきた。剃刀みたいなやつだよ。警察は、そのへんの若いやつがボックスカッターでやったと思うんじゃないかな」

そろそろ新しい不動産屋を探したほうがいいような気がしてきた。トミー・キングはいかれてる。ぞっとするほどいかれてる。こんなことを私に言うのも、自分は正しくて彼女だけが悪いとゆがんだ心で信じ込んでいるからだ。トミーが売り手側の代理人だって関係ない。あの馬鹿げた言い値を払いさえすればリチャードはどんな人間にだって売るだろう。

帰宅途中に、トミーの会社の別の人間から電話がかかってきた。マーシー・スターンという名前の共同経営者で、尖った顔と鋭い眼つきに見合った強引な性格のうるさい女だ。「ジョー、明日の朝あの部屋を出てちょうだい」

私は売り物のアパートメントに住んでいた。部屋の面倒を見ることと交換条件に家賃はなし。トミーが持ってきた話で、私は自分の家が見つかるまでずっとそこにいられると思っていた。白い箱のような醜い建物の中の白い箱のような一室に、途方もない値がついていたからだ。だが私の考えはまちがっていたようだ。「どうして一日で契約がまとまったんだ？」

「全額キャッシュの取引きだったのよ。買い手はシンガポールに飛ぶまえに荷物を置いていきたいって言ってる。あなたのがらくたは八時までに運び出してね」

「二日の猶予がもらえるって書かれた書類にサインしなかったっけ？」

「次にただで住める場所を斡旋しなくていいならね。トミー・キングに電話して」トミー自身も、心臓をえぐり出してやりたいと思うほど憎んでいる前妻に家を取られて以来、私と同じように住み込みのガードマンとして売り出し中の部屋を渡り歩いていた。

私はトミーに電話をかけた。

「心配ないよ、すぐに次を探すから。それまでおれのところにいてくれ」

私は彼の寛大な申し出に感謝し、彼は最初にこの話をもちかけてきたときと同じことを言った。「みすみす頭金を減らす必要なんかないだろ？　値がつり上がってるだけで充分ついてないっていうのに」

翌朝の八時十五分前、会社が保持している鍵でドアを開けたマーシーは私がまだ服をバッグに詰めこんでいるのを見て驚いたようだった。「何をやってるの？」

「今出ていくところだ」私は衣類を詰めたバッグとノートパソコン用のバックパック、スーツケースひとつを手に持った。ほかのものはすべて倉庫に入れてある。まえに飛行機に乗ったときに壊れてしまってそのままだったスーツケースがぱっと開き、洗濯物が床に散らばった。

マーシーと新しいオーナー――ブルーのスーツを着た中国人――はボディガードらしき巨漢に伴われてそこにいて、私が這いずるように下着を集めてまわるのをただ眺めていた。そしてエレヴェーターに続く長く殺風景な廊下を私がのろのろ歩きはじめると、ドアは私のうしろでしっかりと閉じられた。

アップタウンにあるトミーの現在の住居に着くと、彼は電話をかけていた。ガラスと鏡を多用した空中の城のような部屋で、窓からハドソン・リヴァーとイースト・リヴァー、それにセントラル・パークが見えた。トミーは廊下を指差して、ほとんど口を動かすだけのような小声で言った。「左側の三番目の寝室」それから大きな声に戻って電話を続けた。「ああ、話は変わるが、おれの前妻がチェルシーに物件を探してる。新しい男ができて、そいつが部屋を探してるんだ。駄目だ、おれの名前は出さないでくれ。おれが関係してると知ったらあの女はまわれ右をして逃げ出すよ。見せてやってほしい物件があるんだ。あとでメモを送る」

言われた寝室——硬材の床、大理石のバスルーム、ベッドはなし——に荷物を放り込むとすぐ、トミーがはいってきて言った。「リチャードの言い値に見合う額の住宅ローンが組めるように、もっと大きな額の頭金を用意しないと。問題はどこで現金を手に入れるかだな」

「それがわかれば苦労はないよ」

「たいていの顧客は親が出してくれるけど」

「うちの親にはそんな金はないんだ」

「家を抵当に金を借りてもらうとか？」

銀行の査定係は、四分の一エーカーの土地に建つ屋根の勾配のゆるい小さな平屋を見るためにわざわざ車を降りたりはしないはずだ、と私は説明した。「近所じゅうの人間がみんな家を抵当に入れて金を借りれば、体の不自由な子供をひとりディズニーランドに行かせてやることぐらいはできるかもしれないがね。駄目だ、トミー、どこの親もみんな金持ちってわけじゃないんだ。そんなふうに見えるというだけで」

「これだけは言っておかなくちゃならないが、リチャードには値を下げる気はないよ。あのアパートメントにはマイナスの要素がないんだから。階段とキッチンさえ許せるなら——あんたはもう許しちまったわけだが——値引きさせることができるほど悪いところはない」

「ああ、そうだろうね」

「ブルックリンにしたらどうだい」

「駄目だ！」また顔が赤くなるのが自分でもわかった。

「やれやれ、あんたはとりつかれてるよ」

私はまえの日に言ったことを繰り返した。「今回ばかりは次善のものに甘んじるつもりはないんだよ」そして私の問題から彼の眼をそらそうと、話題を変えた。「そう言えば、電話が聞こえたよ。あんたのほうはもうまえの奥さんにとりつかれてないみたいじゃないか」

「どういう意味だ？」

「彼女の恋人がアパートメントを探すのを手伝ってやるんだろう」

「そんなふうに聞こえたのか？」

「彼女のことはもうふっきれたみたいだね」

トミーは表情を硬くして言った。「あんなことをされたのに？」

「何をされたんだい？」

トミーは眼を見開いた。「からかってるのか？　何をされたか、だって？」

「あんたはずっとそう言ってるけど、その内容は聞いたことがないよ」

「言ったじゃないか。あの女はアパートメントを手に入れたんだよ」

「私の前妻もふたりで住んでいたアパートメントを手に入れたよ。しかしだからといって私は彼女を殺そうとは思わない。ましてや心臓をえぐり出してやろうなんて思いつきもしなかった」

トミーは怒り心頭に発した様子で私に食ってかかった。「あんたの前妻もアパートメントを手に入れただって？　どんなアパートメントだ？　教えてくれよ。眺めのいい部屋か？　大きいのか？　高級感あふれる建物で天井も高い？　天窓もあって？　でもってバスルームは御影石《みかげいし》とニッケルでできてるのか？」

「いやいや、ちがう。全部ちがうよ。いい部屋だった、それだけだよ。間取りも悪くなかった」

「間取りが悪くないっていうのは、小さいってことだな」

「そう、小さかった。いかにもニューヨークのアパートメントという感じだった」

「ああ、そんなクソみたいな部屋ならおれだってあいつの心臓をえぐり出そうなんて思わないさ。だがおれのアパートメントは極上の代物だったんだ。まず、ニューヨークで一番うまい取引きで手に入れた。会社を出し抜いて買ったんだよ、まえの会社だが。物件をチェックしにいって、会ったのがつれあいを亡くしたばかりのじいさんだった。部屋を見せながら泣き出してね。すばらしい部屋だった。じいさんにはその価値がわかってなかった。ただもう早く出たかったんだな。おれはその場で金額を提示した。分譲だから、会議にかけて通したりなんかしなくてよかった。銀行の担当者にオーラルセックスをしてやって、つなぎ融資を取りつけて契約をまとめた——おいおい、そんな田舎者丸出しの顔をしないでくれ。彼女はそんなに悪くなかった」

それはそうかもしれないが、トミーは彼女を思い出して笑みを浮かべたりはしなかった。「やられた、と思ったよ」トミーは激怒しながら続けた。「最後にはクソ大儲けだ。すべてがそろった部屋だったんだから。眺めがよくて、天井が高くて、キッチンも最高で、品のいいビルの一室だ。あの女は即座に売り払ったよ、おれが五年前に払った金額の十倍でな。おかげであいつは大金持ちになり、おれは寝袋で寝てるようなありさまだ。だから——」「ああ、その先はわかってる。彼女の心臓をえぐり出してやるんだろう」

その日の午後、トミーから職場に電話があった。リチャードが七時の約束をキャンセルしてきたというのだ。みぞおちのあたりに冷たい塊がつかえるような感じがした。彼が待ち受けていた、高額のオファーがあったのではないだろうか。「理由がわかるかい？」と私は尋ねた。

「わからない」とトミーは言った。「別の日に約束を取りつけてもらえるかな?」

「来週話してみる」

いやな予感がした。トミーは私を裏切ろうとしているのではないか。より高い金額を提示できる顧客を見つけたのも、実はトミー自身なのではないか。自分で自分に嫌気がさしたが、私は最低のおこないをした。ミズーリに住む両親に電話をかけて、貯金の五万ドルを貸してくれと頼んだのだ。父親が教職を引退したら南に移ろうと、ふたりでこつこつ貯めた金だった。

最悪なことに、両親はためらいもしなかった。私はできるかぎり早く返すと約束した。たぶん五年以内には返せるだろう。仕事が終わるとまっすぐチェルシーに向かった。リチャードの法外な言い値にさらに一万ドルを上乗せして、彼が新たに受けたであろうオファーの上をいくつもりだった。

リチャードは正面のステップに坐って柱にもたれていた。柱のてっぺんには来客を歓迎するように錬鉄製のパイナップルが乗っている。一度盗まれて、同じものをスペイン人の職人につくらせたのだ。リチャードの背後にある玄関のドアは閉まっており、誰かが階段をのぼる音が中から聞こえた。

私は言った。「金を用意しましたよ。あなたの言い値を払いましょう」

「遅すぎましたよ。今すぐ買いたいとおっしゃる女性がいましてねえ」

「一万ドル上乗せできますよ」

「何に一万ドル上乗せするんです？」

「あなたがおっしゃった値上げ分の四万の上に、さらに一万です」

リチャードは笑いながら言った。「彼女の額のほうが上ですね。テーブルの上にすでに七十万ドルもらってますから」

「七十万？　部屋を見ずに？」

「今日の午後お見せしましたよ。恋人のために部屋を探しているんだそうで」

「七十万？」

「とても気に入ってらしたから、百万でも払ったでしょうね」そう言ってリチャードは首を横に振った。彼でも心底感心することはあるらしく、こう尋ねたときの彼は普段より人間的に見えた。「長いあいだ不幸だった人がほんとうに幸せになったときにどんなふうに見えるかご存知ですか？　どんなふうに輝くか？　彼女は月のない晩の金星のように光を放っていますよ」

「彼女はどうしてこの部屋のことを知ったんです？」

「あなたのお友達のトミーが彼女の業者に知らせたんですよ。ひどく興奮して顔を真っ赤にしてました。ほんとうに欲の深い男ですねえ」

「トミーは二階にいるんですか？」

「いいえ、彼と業者の人間が来たのはもっと早い時間でした」

「トミー・キングが出ていくところを見ましたか?」

「いいえ」

トミーはあの部屋で彼女を殺したりはしないだろう、と私は声に出さずに考えた。トミーが彼女の業者に手をまわしたことはリチャードが知っている。すぐに捕まってしまうだろう。ただし、捕まってもかまわないとトミーが思っているなら話は別だ。彼は自分が正しいと思い込んでいる。

私は当然かけるべき時間よりさらに長い時間をかけてぐずぐずと考えた。何が起こるかは正確にわかっていた。そして実際にそれが起これぱこのアパートメントの値段は暴落するはずだった。血なまぐさい殺人事件は幽霊騒ぎよりも確実に部屋の値を下げる。私はこれから犯罪が起こるはずのその場からただ立ち去るだけでいい。あるいは、いつもどおり嵐のようにしゃべりまくるリチャードと、罪のない顔でただ立ち話をしているほうがさらにいいかもしれない。話を聞きながら待っていればいいのだ。

「ねえ、リチャード」アパートメントの正面の窓から女が呼びかけてきた。「キッチンの換気に使えるダクトってどこなの?」

彼女は今まで私がニューヨークで見た中で一番美しい女というわけではなかったが、それに近いものはあった。完璧な美しさのブロンドの髪。ほっそりとした体つきだが骨ばってはいない。ハート型の顔に、スカイブルーの大きな眼。笑みの似合う口元。トミーよりかなり年上だな、と私は思った。ふたりが離婚したのは驚くにはあたらなかった。そもそもどうして一緒になったのか、そちらのほうがわからないくらいだ。彼女はトミーにはもったいないように見えた。トミーは彼女のような美人と連れ立って街を歩ける程度にはハンサムだったが、血みどろの殺人事件を起こすつもりだと騒いでいるとき以外は頭も心も空《から》っぽの人間だ。

ぽかんと口を開けて見とれている私に気づくと、彼女は微笑みかけてきた。その笑みが年齢を示す皺をすべて消し去った。さっきリチャードが言っていたとおり、彼女は輝いていた。

「ハイ、サマンサ・キングです。この建物にお住まいのかたかしら？」

私が答えるまえに彼女の姿が消え——びっくり箱の逆だ——窓がばたんと閉められた。私は玄関前のステップを駆け上がった。ドアは閉ざされ鍵がかかっていた。「開けるんだ」と私は大声で言った。「ドアの鍵を開けるんだ！」

リチャードはベルトに通したキーリングから部屋の鍵を探し出し、それを鍵穴に差し込んでドアを開けた。私はどたどたと階段をのぼった。踊り場まであと半分というところで彼女の悲鳴が聞こえてきた。踊り場に着いたときには、何か重いものが壁にぶつかる音がした。ドアはどれも薄い羽目板だったので、私は一番近いドアに向かって全力で走り、肩から突っ込んでドアをぶち破った。

トミーは彼女を部屋の隅に追い詰めていた。そして彼女の体をラジエーターの上でそらせ、外科用のメスで胸に切りつけていた。私がドアを壊して部屋にはいるとトミーは顔を上げた。その顔には彼女の血がべったりとついていた。

「やめろ！」と私は叫んだが遅すぎた。もうどうしようもなかった。

トミーが手を離すと哀れな女の体はラジエーターから床に滑り落ちた。「えぐり出せない」とトミーは言った。「のこぎりでも持ってくるべきだったな」彼は手を下に伸ばし、見開いたままの彼女の眼を閉じようとした。が、眼はまた開いてしまい、結局彼女の頬に血の跡がついただけだった。トミーは彼女の眼を閉じようとするのをやめ、外科用のメスを自分の首の左側に押しつけて深く突き刺した。

　私は自分にふさわしいものを手に入れた。

〈ニューヨーク・ポスト〉と〈デイリー・ニューズ〉はもちろん流血の様子をおおげさに書きたてた。〈ニューヨーク・タイムズ〉と〈サン〉の読者は、トミーが前妻の心臓を完全にえぐり出すことはせず、途中であきらめて外科用のメスで――〈サン〉の記者のことばを借りれば〝発作的な自己の過失《ミア・カルパ》により〟――自分の咽喉を切り裂いたと知った。こちらの二紙もやはり血なまぐさいことに変わりはない。

　不動産会社の代表として話をしたマーシー・スターンは、トミー・キングは事件を起こすまえにすでに〝別の理由により解雇されていた〟のだと断言した。今回の犯罪がチェルシーの西二十丁目の物件、とくに一八四〇年に建てられたリチャードのタウンハウスの価値にどんな影響を与えるか問われると、彼女はこう答えた。「買い叩けるとは思わないでいただきたいですね」

　マーシーとリチャードにとって不運なことに――そして私にとっては幸運なことに――誰

ひとりそこを買おうとはしなかった。買い叩こうとする人間もそうでない人間も現われなかった。結局私は最初の値段でそのアパートメントを手に入れ、両親のなけなしの蓄えには手をつけずにすんだ。動揺したリチャードは私が出したすべての条件——とくに、私が移るまえに床から天井まですべてをプロの業者にクリーニングさせることと、事件があった部屋を塗装しなおすこと——に同意した。手続きの完了した午後、私はさっそく新しい塗料とワックスのにおいのする家に移り住んだ。

サマンサが窓の中で待っていた。あのハート型の顔がエンパイア・ステート・ビルに重なって見えた。幽霊だろうか。それとも私の罪悪感がガラスに映っただけだろうか。どちらにしても同じことだった。日中は陽光の当たる尖塔が見え、夜間にはそれが白い氷山のように見えるが、彼女の顔はそれと同じくらいはっきりと見えた。私は部屋の中で動きまわり、見る角度を変えてみた。角度によっては十九世紀のガラスは光をゆがめるのだが、彼女は私についてきた。まばらな髪に青い眼。生きていたときよりも青白い顔に小さな、悲しそうな笑みを浮かべている。日を追うごとに口のまわりの皺が深くなり、彼女の微笑みはいっそう悲しげなものになった。「どうして彼を止めてくれなかったの?」ある朝とうとうサマンサが尋ねた。そしてその日の夜にはこう言った。「彼がわたしを傷つけたいと思っていたのは知ってたんでしょう」

彼女と二週間過ごしたあと、ここをどれくらいの値段で売れるか知りたくて、私は不動産業者を呼び寄せた。最初はその業者も大いに気に入ったようだった。まだ大した家具ははいっていなかったが、ピアノのおかげで住み慣れたような雰囲気が出ていた。暖炉があり、正面の窓からの見事な眺めがあった。が、業者は突然震え出した。

「なんだかいやな感じがする。何かいるような感じが。妙なものに気づいたことはないですか？　ちょっと、ここは例の女が殺された場所じゃないんですか？」

業者は私が答えるのを待たずにいなくなった。

サマンサが窓の中で待っていた。彼女は言った。「やっとすばらしい男性とめぐり会ったところだったのに。それが一番悲しいの。彼に兄弟はいないのって、友達みんなに訊かれたわ」

私は言った。「このアパートメントは売れないから、私は引っ越すことができない。それに私がきみにしたことは今さら変えられない。だから私はきみに慣れるしかないようだ。この景色さえあれば何にでも慣れてみせる。きみとともに生きなければならないならそうしよう。きみが我慢できるなら私にも我慢できる」

翌朝、私は通りじゅうに響き渡る頭の割れそうな金属音で起こされた。窓から外を見ると、チェーンソーやクレーンを操る男たちの一団がプラタナスの枝を切り落としているのが眼にはいった。

私はズボンに靴下という恰好で階下《した》に駆けおりた。通りの向こうではプラタナスの幹からおがくずが散っている。歩道にマーシー・スターンがいて、相手の名刺と交換に新しい二十階建てのマンションのモデルルームの写真を渡してまわっていた。どの部屋からもエンパイア・ステート・ビルのすばらしい眺めが見える、と謳《うた》われている。

「ここには建てられないはずだ！」私はパニックに陥った近隣の住人と一緒になって叫んだ。

「神学校は歴史的建造物に指定されているんだから」

「この部分はちがうの」

「ブロック全体が指定区域のはずだ」

「新しい部分はちがうのよ」

「しかし――」

「神学校の人たちが新しい部分を建てたときに使った抜け穴を、わたしたちも見つけたのよ」


ニューヨークでは鋼鉄が組み上げられるのも速い。つい先日、私とサマンサが窓からの景色を見たときには、ヘルメットをかぶった建築作業員のシルエットがエンパイア・ステート・ビルにくっついて映っていた。まるでキング・コングのようだった。

最終ラウンド

C・J・サリヴァン
高山真由美＝訳

The Last Round

by C. J. Sullivan

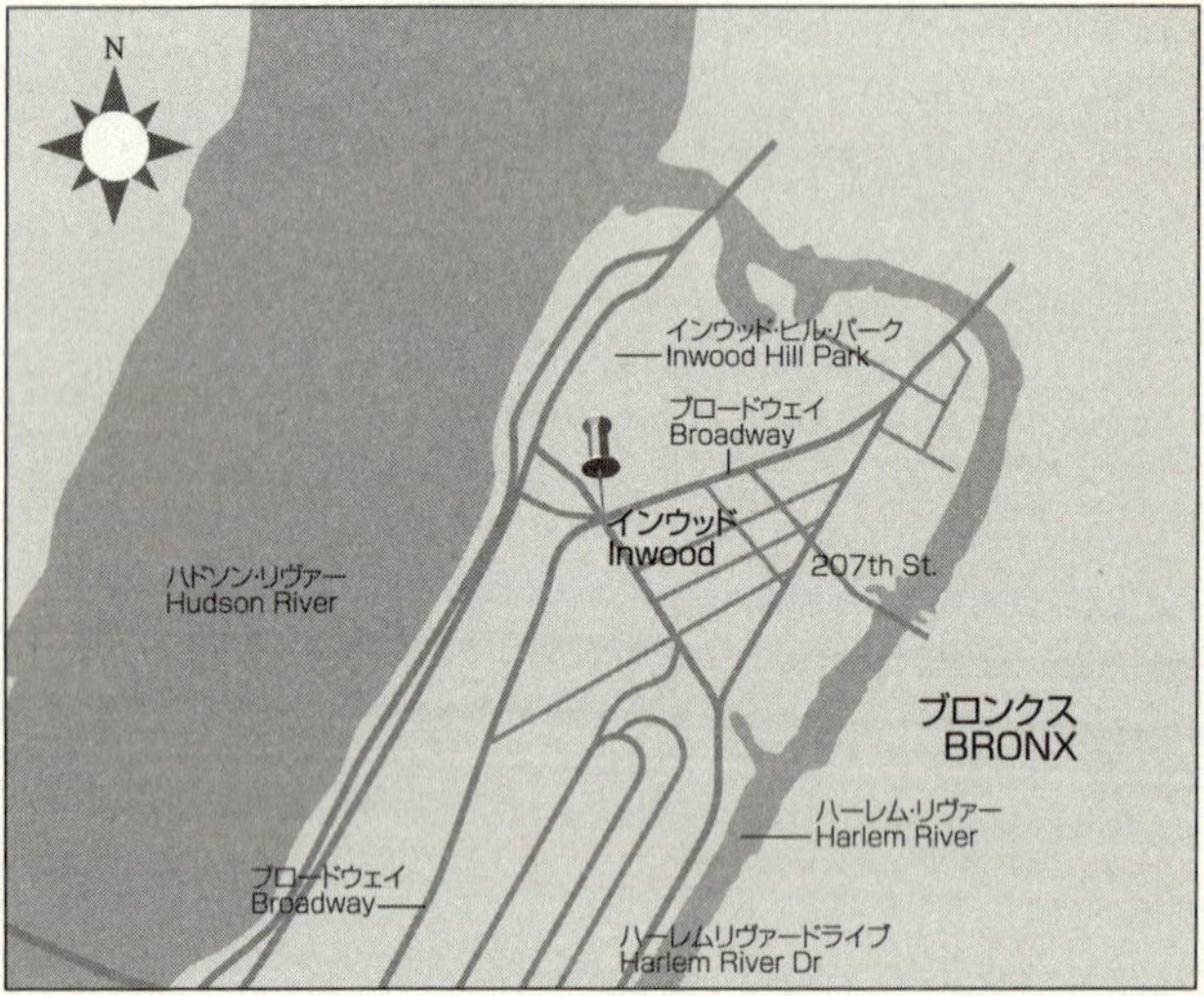

インウッド

Inwood

ダニー・ストーンは怒りに駆られて眼が覚めた。へこみのできたダブルベッドに体を起こし、激しい怒りが身を引き裂くのを感じた。拳を握りしめ、荒く息をつく。夢を見たのはわかっていた。いつものあの夢だった。

長い夜の残像を消し去ろうと頭を振った。自分が眠りながらパンチを繰り出してしまうのはわかっていた。だからひとりで寝ているのだ。妻を亡くして以来、ベッドをともにした女たちはひとり残らず、夢を見ているらしい彼に殴られたとうるさく騒ぎ立てて彼を起こした。スリープ・ボクシングだ、眠りながらボクシングをしてしまう病気なんだよ、と彼は冗談めかして釈明したが、おもしろがる女はひとりもいなかった。もう一度彼と寝ようとする女もひとりもいなかった。起きているときの彼は女に手を上げたことなど一度もないのだが。夢のなかでも殴ろうとする相手は女ではない。

ダニーはベッドを出てこわばった体を伸ばした。ひんやりとしたリノリウムの床を素足に心地よく感じながら窓辺に向かい、寝室の窓からシャーマン・アヴェニューを見下ろすと、一陣の冷たい風が消火栓のまわりの落ち葉を散らしていた。ダニーは年老いた男に眼を留めた。男は黒いポリ袋を手にごみ箱を漁り、ビールやソーダの空き缶を探している。五セント玉と交換するために。

ダニーは窓に背を向けた。咽喉に塊がつかえているような感じがした。その感覚を追い出そうと、また長い時間をかけてストレッチをした。筋肉と関節がゆるんだところで床に腰をおろし、腹筋を百回と腕立て伏せを五十回。目覚めたらまずコーヒーを飲むという人もいれば、まずは歯磨きだという人もいるが、ダニー・ストーンの場合は起きたらまずワークアウトだった。物心ついた頃から毎朝やっている。小さい頃にボクサーになろうと思い立ち、そのとき始めた日課だった。その習慣はボクサーとしてのキャリアを積むあいだもずっと続き、引退が目前にちらつく今も続いていた。

「もう歳だな……あんたは歳を取りすぎたよ」

腕立て伏せの最後の十回で全身が緊張したとき、脳裏にそのことばが甦った。〈オーベルツ・ジム〉のトレーナーのヴィクター・ガルシアが、もう一度試合に出たいと洩らしたダニーに向かって昨日そう言ったのだった。

もう歳だ？　三十五で？　三十五といえば大半の男にとっては人生の全盛期だ。しかしボクサーにとっては？　自分の職業の不公平な側面は彼にもわかっていた。ボクサーはリングで徐々に能力を失うわけではない。能力はあっというまにボクサーを見捨てる。ミドル級王座への挑戦者――〈リング・マガジン〉で十位以内にランキングされたことは一度もなかったが、ダニーは自分をそう見なしていた――が期待の新星から用済みのクズに成り下がるのだって、三分もあれば充分だ。その程度の時間しかかからない。できの悪いワン・ラウンド。逃げも隠れもできないリング上で、弱さが余すところなくさらけ出される。史上最強のミドル級選手と謳われたロイ・ジョーンズ・ジュニアでさえ、三十五歳で戦った試合ではずいぶん老けて見えたものだ。ましてや自分はロイ・ジョーンズ・ジュニアではない。それはダニーにもわかっていた。

「あんたは歳を取りすぎたよ」

あのことば。

痛烈で残酷なことば。

聞き流せない何かがあった。ボクサーにとって年齢は致命的な意味を持つ。ドアを通過するようなものだ。このドアは一度通り抜けてうしろで閉まったら最後。引き返すことはできない。それがほんとうのところだと、ダニーにも頭のどこかでわかっていた。だが多くのボクサーがそうであるように、あと一回ならいけるとダニーも思っていた。マディソン・スクウェア・ガーデンでセミファイナルを戦えば一日で五万ドル稼げるじゃないか、と思っていた。新しい仕事を始めるための元手としては充分だ。マンションの頭金にしてもいい。のぼり調子の若いやつとやって、生意気なそいつのケツをキャンバスに沈めてやれ――今でも強烈なおれの左フックで。

ランニングシューズのひもを結ぶあいだもその光景が目に浮かんだ。煌々《こうこう》と照りつけるライト。飛び散る血。歓声。グラブを上げて若造を見下ろすように立ちつつ繰り出すパンチ。ダニーは思わず笑みを洩らしながらチャンピオンのグレーのパーカーを着ると、三階のアパートメントを飛び出して階段を駆けおりた。

「おい、チャンプ、慌ててどうした？　ちゃんと鍵をかけていくんだぞ！」管理人のミスター・ルイスが掃除をしながらダニーに声をかけた。

「盗まれるものなんかないよ」ダニーは笑いながら答えた。

ロビーを駆け抜け、コンクリートの地面に着地した瞬間に脚に力がはいった。冷たい空気が、まるでマリファナを吸い込んだかのように肺を刺した。ダニーは頭を低くして、インウッド・ヒル・パークへ向かう通りを走った。いつ走っても最初の十分は死ぬほど苦しい。若いときから走りはじめは苦手だった。しかし——三十五の今でも——十分が過ぎればリズムが見つかる。調子が出てきて爽快な気分になれる。実に爽快な気分に。今まで正気を保ってこられたのはランニングとボクシングのおかげで、このふたつを手放す気にはまだなれなかった。ほかの誰が信じてくれなくても、少なくともおれは自分を信じている、とダニーは思った。

少なくともおれは自分を信じている。そのフレーズはダイクマン・ストリートを駆けのぼるあいだも彼を励ました。〈アリバイ・イン〉を通り過ぎると、窓辺から白髪の男が手を振ってきた。ダニーも笑って手を振り返した。インウッドの住人はみな彼を〝チャンプ〟として知っていた。しかしほとんどの人間はおれがボクサーであることしか知らない、と彼は思った。おれを突き動かすこの怒りについて知っている人間は多くはない。ダニーはシャーマン・アヴェニューを通り過ぎて右に曲がった。ピット・プレイスを避けるためだった。

そこは亡霊の住処《すみか》だ——ピット・プレイス二百九番地。妻と赤ん坊だった娘が生きている姿を最後に見たのがそこだった。寝室ふたつの小ぎれいなアパートメント。彼がポコノスでトレーニングに没頭しているあいだに、強盗の一団がアパートメントを襲った。犯人たちはダニーがクロゼットに金を隠しているのを知っており、それを狙っての犯行だった。ダニーは以前〈ニューヨーク・ポスト〉のボクシング担当の記者に対して、銀行は信用できない、などと軽率な口をきいたことがあり、そのせいで家族の命が犠牲になったのだった。

強盗の一団は逮捕され、公判にかけられ、終身刑の判決が下ったが、それでもダニーが心の平安を得ることはなかった。試合で勝ってもなんの慰めにもならなかった。気が晴れるのは対戦相手に拳をめり込ませるときだけだった。

ダニーはかぶりを振って十年前の記憶を追いやった。公園にはいり、ペースを上げて最初の丘にさしかかった。息を切らして走っていると、ベビーカーを押した母親が微笑みかけてきた。彼はさらに公園の奥へ進み、走ることに集中した。ニューヨーク・シティ――数千ドルのために突然命が奪われることもある街――での過酷な日常から遠ざかるために。ダニーはさらにスピードを上げた。体は心地よく動いた。彼は何度かパンチを繰り出し、うなり声を洩らした。

古い森をぬって続く小径にはいり、未舗装の道を走った。丘の頂上にたどり着くと、低木の茂みに男が立っているのが眼にはいった。その男が顔を上げたのを見て〝いかれたロシア人〟だとわかった。

〝いかれたロシア人〟は地元では有名で、ダニーはまえに一度本人から身の上話を聞いたことがあった。名前はユーリ。もとは旧ソ連の植物学者だったが、血も涙もないアメリカの資本主義システムのせいで肉体労働に明け暮れるはめになったという。公園には植物相《フロラ》と動物相《ファウナ》を調べに来るのだと言っていた。ダニーはユーリに向かって手を振ったが、ユーリのほうはダニーなどいないかのように彼を無視した。ニューヨークの変人がここにもひとり、とダニーは思った。街にはそういう連中がうじゃうじゃいて、このままここに住みつづければ自分もいつかその仲間入りをするのかもしれない。過去にとらわれた孤独な漂流者たち。それぞれの恐怖に絶えず追われている。

公園を出て、石の壁に寄りかかりながら脚を伸ばした。悪くない走りだった。五マイル。快調なペース。心地よい風。まだ体の調子は保てている。

ダニーは二百七丁目を歩き、新聞を買って〈ロコ・ダイナー〉にはいった。ウェイトレスのローザが彼に微笑みかけ、正面のテーブルへとダニーを促す。白身のオムレツをお願い、とローザはコックに呼びかけた。

「今朝の走りはどうだった？　ダニー・ボーイ」ダニーのまえにコーヒーを置きながらローザが尋ねた。

「ああ。五マイルを二十八分で走った」

「すごい！　やるわね」

「そのうちきみも一緒にどうだい」

ローザは大きなヒップを叩いてみせた。「これがランニング向きの体に見える？　お店で走りまわってるだけで充分よ。でもディナーに連れてってくれるなら……」

ローザが微笑みかけるとダニーは顔を赤らめた。ふたりはもう一年もまえからこんなやり取りを続けていた。三十五にもなる男女が、学校に通う子供のようだった。ローザはなかなかの美人で、ややぽっちゃりしていたがラテン女特有の魅力があった。

ダニーにも、生活を変えるには何かきっかけが必要だとわかっていた。ひとりでいるのはもうたくさんだった。心の準備はできていた。何に対しても。ダニーは口を開いた。

「なあ、ローザ。そうしようか」

「そうしようって何が？」

「ふたりで出かけないか。今夜。百九十四丁目の〈ベニーズ・ステーヤ・ハウス〉は悪くないよ。おれと行かないか？」

「あたしを誘ってるの？」

「ああ」

「そうね、いい加減、誘ってくれてもいい頃だわね」

「奥手なもんで」

「そうみたいね」

「じゃあ、決まりだな。迎えにくるよ、ええと、七時でどうかな」

「いいわ、ダニー。楽しみにしてる。すごく楽しみにしてるわ。七時ね。そのまえに……」

ローザはオムレツをダニーのまえに置いた。「これを食べていって。力をつけといたほうがいいかも。ラテン女とつきあったことは？」

「ないよ、きみほど美人のラテン女とはね」

なかなかいい台詞だ、とダニーは思った。ローザはにっこり笑うと、カップルのいるテーブルに注文を取りにいった。ダニーはコーヒーを飲み、オムレツをつつきながら新聞のトップ記事を読んだ。〝インウッドでジョギング中の女性が行方不明〟

二十歳の女子大生がインウッド・ヒル・パークで目撃されたのを最後に、行方がわからなくなっているという。家出か、と思いながらダニーはページをめくり、六番街で年配の宝石商が刺されたという記事を読んだ。ニューヨークでは犯罪は減っているはずなのに、相変わらず暴力が横行していた。

ダニーはオムレツを食べ終え、ローザに手を振ると、テーブルの上に十ドル置いた。

「七時ね、チャンプ。待ってるわ」ローザはダニーの背中に声をかけた。

ダニーは〈オーベルツ・ジム〉まで歩き、ジムに着くと常連に挨拶をした。ヴィクター・ガルシアには声をかけずに通り過ぎた。軽量グローブをはめ、スピードバッグを叩く。バッグが板とグローブのあいだを眼にも止まらぬ速さで往復するときにたてる〝ラッタッタッタ〟という音が、彼は大好きだった。

次にダニーはサンドバッグのまえに行き、カリフ・リトルという青年に支えてくれと合図した。三分叩いて交代し、今度はリトルがサンドバッグを叩く。こいつ強いな、とダニーは思った。

その日は時間が経つのが遅かった。ダニーはリングで地元の若者ふたりのトレーニングにつきあった。ふたりを相手にフットワークとシャドウボクシングをこなした。ふたりとも悪くはないが、ほんとうにボクシングの才能があるわけではない。彼らがジムにいるのは野球やバスケットボールができないからだ。ボクシングは彼らにとってインウッドを出るための最後の切り札だったが、彼らが握りしめているのは使用済みの小切手のようなものだった。

リング上を動きながら、ダニーの思いは何度もローザへと戻った。あの温かい笑み。あの大きなヒップ。ダニーには女が必要だった。新しいスタートを切るために。もしかしたらローザがその女かもしれない。ベッドから叩き出さずにすめばの話だが。

ダニーは少しばかり縄跳びもやることにした。ヴィクター・ガルシアがロープにもたれて彼を見ていた。

「なあ、ダニー、あんたが言ってたことを考えてみたんだが。そのとおりかもしれないな。あんたはまだ充分戦える。またやってみようか。ふたりでがつんと稼げるかもしれないぜ」

「おれのことならわかってるだろ、ヴィクター。おれは絶対に降りたりしない。あんたが試合を取ってくれれば、おれは最善を尽くすまでだ」

「ああ、そうだな。いつだってそうだった」

ダニーはリングを飛びおりてジムの連中に別れを告げ、意気揚々と引きあげた。家に向かって歩きながら、一九七〇年代に流行《はや》ったジョニー・ナッシュの「アイ・キャン・シー・クリアリー・ナウ」を口ずさんだ。

自分のアパートメントに着くと夕方のニュースを見た。地元テレビ局のリポーターが、インウッド・ヒル・パークでジョギング中に行方不明になった女子大生のニュースを伝えていた。彼女の名前が聞こえてきた。サラ・ミラー。二十歳。ブロンド美人で明朗快活。成績優秀。どの特徴もダニーとは正反対だった。

ニュースが天気予報に移ったところで、ローザとのデートの準備にかかった。熱いシャワーを浴び、体を拭いてからタルカムパウダーをはたいた。クロゼットに行き、糊のきいた白のボタンダウンシャツを着て、新しい黒のジーンズを穿いた。ネクタイを締めようかとも思ったが、自分らしくないと気づいてやめた。鏡をのぞく。悪くない。絞り込まれた体。顔の打ち身もそれほどめだたない。ひょっとしたらローザは何か特別なものを感じてくれるかもしれない。

ダニーは黒い革のジャケットをはおって部屋を出た。角の花屋に寄って薔薇《ばら》を一輪買った。ローズをローザに、と独りごとを言って彼は笑みを浮かべた。悠然と歩《ほ》を運び、体じゅうに力がみなぎるのを感じた。が、角を曲がって二百七丁目にはいり、〈ロコ・ダイナー〉が見えたとたん、胃がぎゅっと縮んだような気がした。

迷っている暇はないぞと自分に言い聞かせ、まぬけな笑みを浮かべながら店にはいると、ローザが立っていた。花柄のワンピースを身にまとい、黒髪をアップにしている。

「驚いたな。すごくきれいだ」そう言って、ダニーは薔薇を差し出した。

「まあ、素敵。それじゃ、行きましょうか？」

ダニーがローザにコートを着せかけ、ふたりはそろって店を出た。ブロードウェイに出るとローザは自分の腕をダニーの腕に絡ませ、ダニーと歩調を合わせて歩いた。ダニーはいい気分だった。笑みを絶やさず、何度も横目で彼女を見た。

「もっとずっとまえに誘うべきだったよ。こうしていると……」と言いながら、ダニーはローザの腕をぽんぽんと軽く叩いた。「いい気分だ。正しいことをしてるような気がする」

「これがいいタイミングだったのよ。だってわからないでしょ？　もっとまえに誘われてたら、あたしは行かなかったかもしれない。物事は起こるべきときに起こるものよ」

ふたりはその日あったことを話しながらブロードウェイを歩いた。〈ベニーズ・ステーキ・ハウス〉に着き、ダニーがカウンターまでエスコートすると、ローザはにっこりと微笑んだ。

「テーブルに案内してもらうのに十五分くらいかかるんだ。先月〈ニューヨーク・タイムズ〉に記事が載ってね。そこで褒められたもんだから、今じゃマンハッタンじゅうの人間がみんな押しかけてくるってわけさ」

「あたしたちだってそのマンハッタンの人間じゃない」

「地理的にはそうかもしれないが、実際のところインウッドはブロンクスといったほうがしっくりくる。おれたちはインウッドの人間だよ、マンハッタンの人間じゃなくて」

ローザは笑った。ダニーは彼女のために赤ワインを、自分用にミネラル・ウォーターを注文した。ダニーが何年もまえに学んだところによれば、飲酒と体調管理は両立しない。飲み終えると、ウェイターがあまり人目につかない奥の席に案内してくれた。あらかじめベニーに頼んでおいたので、店の従業員はダニーを本物のチャンプのように扱ってくれた。彼がずっとなりたかったチャンプのように。ローザが感心してくれるといいが、と彼は思った。

ふたりはそれぞれステーキを注文した。ほどなくして焼きたてのレアが運ばれてくると、ふたりとも空腹だったので夢中になって食べた。

「いやはや、大したステーキだった」

「ほんと。いくらでも食べられちゃう」と言ってローザは笑った。

食後のコーヒーを飲みながら、ダニーは過去の話をした。そうせずにはいられない気分だった。なぜ自分が今のような人間になったのかを彼女の耳に入れておきたい、そんな気持ちだった。それを聞いても彼女が悲鳴をあげて逃げ出さないようなら……そのときは、たぶん……

家族が殺害された話をしかけたとき、ローザが彼の手をとった。

「知ってるわ、ダニー。お気の毒に」

「きみは何があったか知っていたのか？」

「ええ。ひどい事件だった。まわりじゅうの人がみんなあなたのために心を痛めてたのよ」

涙がダニーの頬を伝った。あの夜のことを話したのは初めてだった。今までは誰かに話せるのを夢見ていただけだった。心の傷を打ち明けるうちに体から何かが――何か苦々しくて悪いものが――抜けていくようだった。自分の絶望についてとりとめもなく話しながら、彼はローザの顔からいっときも眼を離さなかった。ローザは黙って坐ったまま穏やかな茶色の眼で彼を見つめた。癒しの灯火《ともしび》のような眼だ、とダニーは思った。ローザは教会の壁面に描かれた聖人のような顔をしている。

ダニーはローザのためにワインをもう一杯注文し、自分はコーヒーをブラックで飲んだ。

「聞いてくれてほんとうにありがとう、ローザ。なんだか体から悪いものが抜けたみたいだ。きみに何もかも話したら気分がすっきりしたよ」

「いつでも話し相手になるわ、ダニー」

今度はローザが話す番だった。悲しい離婚のこと、若い頃からの夢が破れたこと。弁護士になるつもりだったのに、子供と怒りっぽい夫のせいでその夢はレンジの奥のバーナー（煮込み料理をかけておく後列のバーナー。「あとまわしになるもの」という意味もある）にかけておくしかなかったのだ。夢はそのまま煮込まれてほろ苦いシチューになった。

ふたりは〈ベニーズ〉をあとにした。角まで歩いたところでダニーは立ち止まり、ローザの頬を手ではさむようにして唇に軽くキスをした。ローザはダニーの首すじをそっと撫でた。

シャーマン・アヴェニューを歩いていると、ローザが街灯の柱に貼られた〝行方不明〟のポスターを指差した。「インウッド・ヒル・パークでジョギング中にいなくなった娘《こ》ね」

「ああ。妙な感じだよ。おれは毎日あの公園を走ってるけど、彼女とは一度も会ってない。変人のユーリはよく見かけるけど、サラ・ミラーは一度も見たことがない」

歩きながら、ダニーはその日の朝の〝いかれたロシア人〟の様子――ダニーのことなどまるっきり眼にはいっていなかったこと――をローザに話して聞かせた。

「あの人を見るとぞっとするわ、あのユーリって人」とローザは言った。「二カ月くらいまえ、あの人が二百七丁目を走ってるのを見たの。罵声を浴びせながら大学生ぐらいの女の子を追いかけてた。その子は逃げたけど、ユーリは気味の悪い眼つきをしてたわ。もし彼女が捕まってたら、何かとんでもないことをされたかもしれない」

「ほんとうに？　じゃあ、きみは……」

ローザは大きく息をついた。「断言はできない。でもあの男にはいやなものを感じる。あなたが彼を見かけた場所に案内してくれない？」

「ローザ、もう真っ暗だ。あの公園を夜歩くのは危険だよ」

「あら、やだ。ボクサーと一緒にいるっていうのに、そのボクサーは暗闇が怖いだなんて。それなら……」ローザはハンドバッグの中に手を入れ、小さな懐中電灯を取り出した。「これでいいでしょ。ちょっとロマンティックじゃない？」

ふたりはダニーのランニング・コースを歩いてたどった。公園に足を踏み入れるとダニーは全身を緊張させ、四方にくまなく眼を配った。

森は真っ暗で人気《ひとけ》がなく、懐中電灯がなければ朝走った小径が見つからないところだった。

ダニーはローザの手を取って丘をのぼった。

「あそこだ。あいつはちょうどあのあたりに立っていた」

ローザは注意深く茂みに分け入り、懐中電灯で地面を照らした。

「何を探してるんだい？」そう言いながら、ダニーはあたりを見回した。暗がりに何が潜んでいるかわかったものではない。

「わからない。何かあればと思って」

さらに一歩踏み出したローザが囁いた。「やだ、大変」

ローザのそばに寄ると、茂みの中に人がいるのがダニーにも見えた。それから低いうめき声が聞こえた。ローザが懐中電灯で照らし、ダニーが茂みに手を差し入れる。手が相手の腕に触れると、ダニーはその腕をそっと自分のほうに引っぱった。

「ジョギングの娘だわ。まちがいない、サラ・ミラーよ」若い娘を見下ろしながらローザが言った。娘は意識を失ったまま地面に横たわっていた。呼吸は浅く、金髪は汚れてもつれ、顔には切り傷やあざがあったが、確かにサラ・ミラーだった。

「病院へ連れていかなければ」とダニーは言い、身を屈めて娘を抱え上げると背中におぶった。

「気をつけて、ダニー」

ローザが道を照らし、ダニーはなるべくそっとサラ・ミラーを運ぼうとした。娘が逃れようとして身をよじるのが背中に感じられた。小径に戻ると、ダニーはペースを上げた。

「十ブロックくらい先にメモリアル病院がある。救急車を呼んでくれ。二百七丁目に面した公園の入口に来てくれるように頼むんだ」

ローザは携帯電話を出しながら、大股で歩くダニーに遅れまいと急いだ。小径の途中で、ダニーは左側から何かが近づいてくる気配を感じた。振り向くと、大ぶりの枝を手にしたユーリが木立のあいだから突進してくるのが見えた。

「それはおれのだ！」ユーリがわめきながらダニーの脚めがけて枝を振り下ろした。ダニーの膝ががっくりと折れた。ひざまずいた姿勢でなんとかサラ・ミラーを地面に横たえた直後、背中を枝で強打され、ダニーは地面に突っ伏した。口の中に泥の味がした。顔を上げると、ローザがユーリに向かってハンドバッグを振りまわしているのが見えた。

「彼に近づかないで！　この変態野郎！」

ユーリはハンドバッグをつかみ、ローザを殴った。ローザはベンチに倒れ込んだ。ダニーは立ち上がっていた。頭がくらくらして足がふらついた。しかしそれでも戦う準備はできていた。

「おい、こっちだ。おれが相手だ」

ユーリが振り返り、ダニーに向かってきた。なんてこった、でかいくせにボクサーのような動きをしやがる、とダニーは思った。まるでヘビー級のボクサーだった。ユーリは脇からダニーを殴った。ダニーはユーリの懐にはいり込んでボディ・ブローを放った。ユーリは喘《あえ》ぎながらもダニーの肋骨にパンチを叩き込んだ。

痛烈なパンチだった。これまでに経験したことのない痛みがダニーを襲った。何かが体の内側にはいってきたような感覚。ユーリの手にナイフが握られているのが見えた。ユーリが突進してきた。が、ダニーはかわした。体を回転させ、ありったけの力を込めてユーリのこめかみに左フックを見舞った。プロのパンチだ。これまでに繰り出した中で最高の一発だった。

　ロシア人は地面に倒れた。ノックアウトだ。ダニーは馬乗りになってユーリの顔を殴った。両手が血まみれになるまで殴りつづけ、やがてローザが自分の肩を引っぱっているのに気づいた。

「ダニー、お願い、もうやめて。この男はもうダウンしてる。あなた、怪我をしてるじゃない」

　ローザの手を借りて立ち上がると、ダニーはふらつきながらベンチまで歩いた。肋骨のあたりに手をやると、指にべったりと血がついたのがわかった。すべてが体から流れ出ていくようだった。憎しみも、悲しみも、そして力も。このままふわふわ飛んでいけそうな気がした。

　彼の白いシャツが血で染まっているのを見て、ローザは泣き出した。

「しっかりして、ダニー。しっかりして」

「寒いよ、ローザ」

　彼女はダニーを抱きしめた。むせぶような救急車のサイレンが遠くに聞こえた。ダニーはローザの首に頭をもたせかけ、彼女の香りを吸い込んだ。そして首筋にキスをし、うめき声を洩らした。

「血が出てるじゃないか、ローザ。あいつに殴られたんだね。ほら、唇から」ダニーが囁くように言った。

ローザは血を舐めた。「大丈夫。腫れてるだけ。気をしっかりね、ダニー。しっかりして！　救急車が来るわ、あなたとサラを助けに。あなたのおかげよ、ダニー、あなたがサラを救ったのよ」

ダニーは顔を上げてローザに微笑みかけた。かつてないほど体が軽かった。何年も体にあった重さが、今体から離れようとしていた。

「勝ったよ、ローザ。やつをノックアウトしてやった」

「そうよ、チャンプ。勝ったのよ」

泣きつづけるローザに抱えられたまま、ダニーは眼を閉じた。

オードリー・ヘプバーンの思い出に寄せて

シュー・シー
高山真由美＝訳

Crying with Audrey Hepburn

by Xu Xi

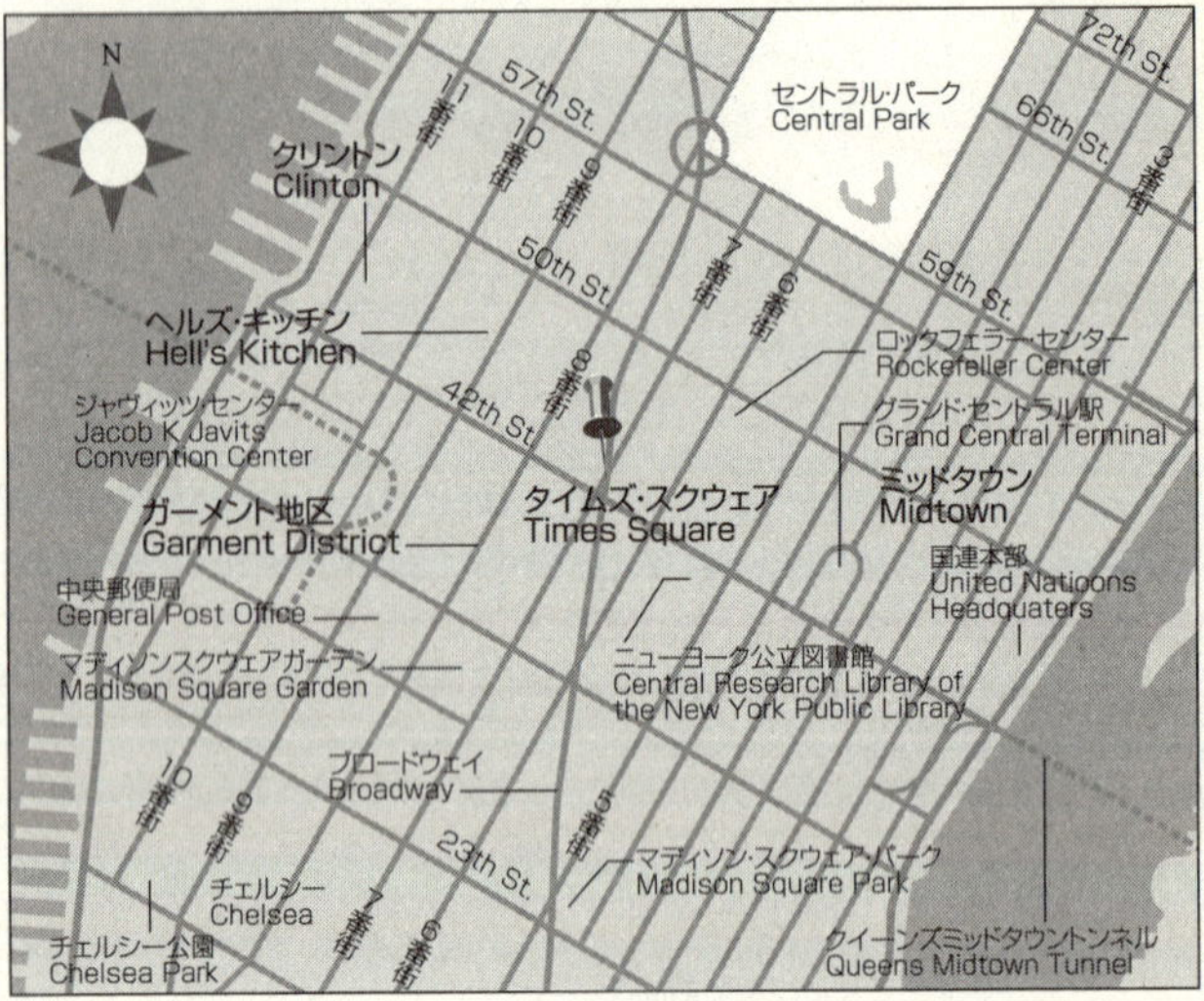

タイムズ・スクウェア

Times Square

―― ウィリアム・ウォレンに

そう、その指輪は本物よ。なんでそんなことで嘘つかなきゃならないの？　で、何よ、あんたが知りたいのは？　ロンがいなければあたしは〝踊り〟をやってなかっただろうって？　ロンが自分から消えるような真似をしなければ何かちがってたかどうか？　ロンはあたしを家族に引き合わせなかった。母親が再婚してからというもの、母親も再婚相手もぼくのことなんかろくに考えてもくれなかったっていうのになぜ連絡する必要があるんだい？　って言って。ロンを責めることはできないよ。

もちろん、あたしじゃロンの家族の話し相手にはならないだろうし。

それでもね。義理の両親がアメリカ人っていうのも悪くなかったかもしれない。ふたりがマンハッタンに来ることはないにしてもね。

さあ、書きなよ。

母さんはオードリー・ヘプバーンの映画を見て泣いていた……

「なんて清楚なのかしら」と言って母さんは洟をすすった。「それに頼りなさそうで。男たちが面倒を見たがるのも当然ね」

テレビでは『麗《うるわ》しのサブリナ』が例の非論理的な結末に向かっていた。一九六四年の二月二十九日、土曜日。父さんの五十九回目の誕生日の夜。あたしは十四歳だった。父さん《アバ》は三人の兄に招待されて夕食に出かけていた。あたしたちはオードリーの映画があったので行かなかった。母さんによれば五十九なんて大騒ぎするような歳じゃないし、三人の息子とその妻たちは遺産をあてにしてあの人にへつらっているけれど時間の無駄よ、ということだった。「母さんがなんで泣いてるのか全然わからない」とあたしは言った。「ただの映画でしょ。つくり話よ」

母さんはシルクのハンカチで眼を拭きながら言った。「あんたももうちょっと柔和というか、優雅になっても損はないのに」

母さんはユーラシア人だったけれど、正面から見た顔は充分に中国人でとおった。エキゾティックではあっても中国人。母さんの母親はアメリカ人宣教師の娘で、両親の意志に背いて裕福な広東人の貿易商と結婚した。あたしの父さんは広東人ビジネスマンで、酔っぱらっていないときには醤油――〝揚子江醤油〟――をつくって売っていた。父さんの醤油のコマーシャル――グリーグのピアノ協奏曲に合わせて流れ落ちる醤油の滝――が映るたびに、母さんはうんざりしたようにテレビを消した。

「さあ」と言って、母さんは自分でつくったかぎ針編みの小物をあたしに手渡した。「これをどこかに片づけておいて」

あたしは言われたとおりにして、逃げるように自分の寝室に戻った。涙の谷から這い上がれるのがありがたかった。

優雅さ。第三ポジション（バレエで、両方のつま先を外向きに開いて、一方の足の踵をもう一方の足の土踏まずに重ねた姿勢）をとって鏡に向き合い、自分の足をじっと見た。二十五センチ半で、まだ育っている。すでに足に合う靴を見つけるのが大変だった。あたしがいつも男の子のパートを踊っていると知ったら母さんは憤死するかもしれない。「バレエを習えばもっと優雅になれるはずよ」と言い張って、九年前にあたしにバレエを始めさせたのは母さんだったから。「若い女の子が優雅でいるのは大事なことよ。男はそういうのが好きなんだから」母さんは優雅だった。漆黒の髪に大きな眼、高い頰骨、オードリーのような細身。母さんがハンフリー・ボガートの腕に抱かれ、「イズント・イット・ロマンティック」に合わせてダンスをしているところなら容易に想像できた。母さんはダンスが大好きだったけれど、父さんはどうしてもフォックストロット（社交ダンスのスタイルのひとつ）ができなかった。

『麗しのサブリナ』は馬鹿げた話だ。ボガートとホールデンがロングアイランドの裕福な一家の兄弟というのがまずありえない。オードリーは運転手の娘で、ホールデンに想いを寄せる。彼女はパリの料理学校へと発ち、洗練された大人の女性になって戻ってくるのだが、そこでやっとホールデンは彼女の存在に気づく。一家は彼女とホールデンの結婚にいい顔をせず、ボガートが愛想よくオードリーを金で追い払おうとする。ところが今度はボガートがオードリーと恋に落ちてしまい、最後にふたりは結婚する。おしまい。

あたしの髪はこしがなくて、くすんだ茶色をしている。あたしは母さんから身長を、父さんから薄い眉と小さな眼と形の悪い口を受け継いだ。見かけは哀れなユーラシア人といったところ。兄たちは両親の最良の部分を受け継いだ。見た目は中国人で、身長は全員百七十センチ以上。香港の男としては得がたい長所だった。あたしの中に流れているのは残り物の血だ。末の男の子が生まれた十七年後のアクシデント。せめて女の子で幸運だった。女の子だったからこそ母さんは高齢で産んだあたしをかわいがり、あたしの容姿がどんなふうでも気にしなかった。

居間では、白黒のボガートとオードリーが船でパリへとハネムーンに向かっている。言わせてもらえば、あたしには彼のどこがいいのかわからない。あたしならいつだってホールデンを選ぶだろう。たとえホールデンが女たらしでも。結局のところ、パリに着いたあとでボガートがどうなるかだってわかったものではないのだから。

だけどね、こんなことを続けるにはあたしも歳を取りすぎたよ。

え？　ロンの話は昨日のことかって？　昨日はオードリー・ヘプバーンが死んだ日だよ。新聞には癌《がん》だって書いてあった。ロンがいなくて残念だわ。いればふたりで彼女の冥福をお祈りしたのに。

『麗しのサブリナ』をテレビで見た翌日の午後、母さんは友達とのランチから帰る途中で轢き逃げにあって死んでしまった。

「また走って通りを渡ってたんだ」と父さんは怒鳴った。「いつもそうなんだ！」彼がここまで怒ることはめったになかった。父さんは醜い顔をしていたけれど、昔はもう少しましだった。ある晩酔っぱらってひびのはいった便器に顔をぶつけ、そのとき救急で顎の処置をした医師が下手だったのだ。怒ると、父さんのゆがんだ顔はダンスで使うライオンの仮面のようになった。獰猛《どうもう》な眼をした、ぴかぴか光る赤と金の面そっくりに。

「事故だったのよ」とあたしは言った。「警察がそう言ってた。それに、運転手が止まるべきだったのよ」

「いつも走って渡ってた」と父さんはつぶやいた。

お葬式のことはあまり覚えていない。三人の兄は大人としての役割を果たし、あたしにはほとんど何も言わなかった。あたしたちは他人も同然だった。あたしが生まれた頃には兄たちはみんな家を出ていたから。あたしは式場にいた全員に向かって、うるさい、泣くな、と叫びたかった。あたしは泣かなかった。考えがあちらへこちらへとさまよった。母さんを路上に放置して死なせた運転手について考え、母さんとゆっくり過ごすことのなかった父さんについて考え、月光のもとでボガートの腕に抱かれて踊るオードリーについて考えた。ボガートは醜悪な資本家で、一生サブリナの面倒を見るはずだった。銀幕の中だけの話で、香港の話ではないけれど。


ねえ、ちょっと、あたしは出番だから。金曜の夜にはショウを五回やるのよ。待ってる？好きにしていいよ。長くても十五分で戻るから。

どうしてこの作家には話す気になったんだろう。指輪のことを訊かれた、そう、だからだ。この子はほかの作家とはちがう。少しばかり品がある。何度か訪ねてきて、そのたびに飲みものをおごってくれた。で、まっすぐにあたしの眼を見ながら話すんだ。たいていの男はそれができない。男たちが見るのは……まあ、しょうがないね。

ロンはあたしが踊ってるところを見られなかった。この〝演技〟のことは知りもしなかった。だけどもしあたしにこの特技がなければ、今までこの仕事を続けるのは無理だったはずだ。ロンは時々外で待っていてくれたっけ。雪の日にも。嵐のまえの静けさ、みたいな時期だった。「タイムズ・スクウェアは、暗くなってから女の子がひとりで歩くような場所じゃない」迎えにきてくれたときはいつもそう言ってた。帰宅後はよく朝まで一緒に映画を見たものだった。

懐かしい。

野菜が？　おかしいって？　だろうね。葉巻でもやったんだよ、どこかのお調子者が火をつけるまでは。火傷《やけど》した腿が痛かった。まあ、ボスが言うみたいに、どんなことにも変化が必要なんだよ。どっちにしてもキュウリのほうがおいしいし。

ああ、それで、次に何があったか知りたいんだね？　あんたのほうがよっぽどおかしいよ。半年後、父さんはあたしをコネティカット州にある全寮制の女子校に送ったんだ。

「まえからアメリカに行かせてくれと言っていたじゃないか」あたしが行きたくないと言うと、父さんは言った。「もうすっかり手続きもすんでるんだ。それに、私にはおまえの面倒を見ることはできない」

父さんはお葬式のあとも母さんの持ち物に手を触れなかった。あたしはシルクや宝石の中から形見が欲しかったけど、父さんに許しをもらわないうちは敢えて手をつけようとは思わなかった。唯一の娘だったから、何をもらうか最初に選ぶ権利はあたしにあった。でも、いなくなったら最後、兄嫁たちがきれいなものを全部さらっていってしまうだろう。そうなればあたしには何も残らない。

あたしはコネティカットに向かうあいだ、ずっとむっつりしていた。

学校は好きになれなかった。深夜にテレビを見るのは禁止だった。いろいろな規則があったけど、あたしたちは暗くなってからこっそり抜け出して男の子に会いにいった。誰が最初にバージンを捨てられるか、クラスの中で競争になった。その競争には十六の誕生日にあたしが勝った。簡単だった。車の後部座席では優雅さも美しさも必要ない。外国人はあたしひとりだったから、それももてた理由のひとつだったのだろう。いずれにせよ、そういう男の子たちがあたしを家族に紹介することはなかった。

あたしは毎月まじめに手紙を書いて家に送った。兄たちからは一度も返事がなかった。父さんも学期ごとにお金と一緒に短い走り書きを送ってくるだけだった。

母さんなら、映画や社交界の新しい噂話でいっぱいの長い手紙をくれたはずだ。オードリーの映画でも見ようものなら筆が止まらなかっただろう。感傷に耽ることが母さんの生きがいだった。よくこんなふうに言っていた。「いつかニューヨークに連れていってあげる。ティファニーで朝食を、よ。そこであんたの結婚式のためのダイアモンドを買うの」話がエスカレートすると、あたしは大声でさえぎった。「母さん、馬鹿なこと言わないで！　誰があたしなんかと結婚するのよ？」すると母さんはあたしをきつく抱きしめて、涙を流しながら言い張ったものだった。「信じてちょうだい、きっと誰か見つかるから。きっとね」

あたしは泣いて時間を無駄にしたりはしなかった。

夢の家。このクラブはそれだ。男たちが逃げ場や気晴らしを求めてやってくる。自分でそれをつくり出すことができないから。父さんはそういう男たちとはちがった。彼には運よく母さんがいた。問題は、母さんがもっと上品な男を必要としていたことだ。父さんが悪いわけではない。短気なところを除けば、父さんはそんなにいやな人間ではなかった。ただ、醬油をつくるのと同じやり方で品格を身につけることはできない。それだけのことだ。

もしかしたら生まれるのが遅すぎたせいで、あたしが気の滅入るような最終幕しか見ていないだけかもしれない。きっとふたりにも、もっといいときがあったにちがいない。

あたしは誰にも家族の話をしなかった。

卒業後の夏、やっと帰宅を許された。コネティカットにいたときには母さんや、父さんと過ごした母さんのみじめな人生について考えずにいることもできた。しかし家ではちがった。母さんのいない家で過ごすのは、学校に追いやられていたときよりもさらにつらかった。

八月の終わりに、『暗くなるまで待って』が香港でも公開された。盲目のオードリーがつまずきながら歩き、獲物のように追われたり脅《おびや》かされたりするのを見て、身のすくむ思いがした。母さんがこれを見ずにすんでよかった。恐怖はロマンティックではない。

ねえ、あんたはこの話を書きたいの？　いよいよロンの章にはいるよ。物語には歴史とプロットとサスペンス―それに登場人物の欠点―が必要だって、作家の学校で習わなかった？それがないと始まりと真ん中がごっちゃになって、終わりまでたどり着ければお慰み、なんてことになるよ。

南コネティカット州立大学は退屈だったけど、高校よりはましだった。

男の子たちは高校の頃より落ち着いていた。あたしにも専攻はあったけど、やりたいのはダンスだけだった。それにしても、あたしの足！　この頃には二十六センチ半までふくれあがっていて、どう考えても大きすぎる気がした。

二年生の秋、ロン・アンドルーズがあたしの人生に飛び込んできた。

ロンの劇団は『ダンス・ノスタルジア』を上演していた。フレッド・アステアの十八番《おはこ》で、ポーターとカーンとガーシュウィンの曲を使ったやつ。ロンは金具のない靴でタップを踏みながらソロで歌った。グランド・フィナーレでは、高くてまっすぐな背もたれのついた椅子に飛び乗ると、その背もたれを飛び越えて、客席のほうに突き出た張り出し舞台の縁《へり》に向かって膝でスライディングをした。あたしは勢いよく立ち上がって大声で「ブラボー」と叫んだ。誰にどう思われようと構わなかった。あたしが引き金になったのか、それとも彼の演技がそれだけよかったのか、観衆がみんな興奮して立ち上がって拍手喝采の嵐になった。

あとで楽屋に行くと、ロンはタオルを首にかけてそこに立っていた。Tシャツにタイツという格好で片脚をストゥールに乗せたロンはブロンドのウィリアム・ホールデンのようだった。たくさんの人が興奮気味の大きな声でお祝いのことばをかけていた。背はそんなに高いほうではなかったけれど、賛辞の中心にいるロンは巨人のように見えた。

紹介されると、あたしはほとばしることばを止められなかった。「信じられない！　ほんとに、最高にすばらしかったわ！」ロンは笑みを浮かべながら感謝のしるしにうなずいてみせて、その場はそれで終わりだった。

その夜寮に戻ってから、あたしは馬鹿みたいに泣いた。そんなふうに気持ちが昂ぶるのは妙だった。つまり、そのときは彼が特別な存在になるなんて思っていなかったし、そもそも泣くというのがあたしらしくなかった。

翌日、あたしはロンたちの劇団の夏期公演のオーディションを受けにいった。

あたしはダンサーとしては悪くなかったけれど、最高とは言えなかった。けれども問題は、踊れるか踊れないかではなかった。ほかの学生たちもなんとかオーディションに受かろうとしてもう何週間もまえから練習しており、あたしは友達のサラから男性役のパートナーになってくれと頼まれて承知してしまっていたのだ。でもそれはロンに出会うまえの話。もちろん、今になってサラとの約束を破ることはできなかった。〝ショウは続行しなければならない〟のだから。

「笑顔よ、いい？」舞台に上がる直前にサラが小声で言った。「軍人みたいな仏頂面はやめて。アステアになるのよ」

あたしたちは「ダンシング・イン・ザ・ダーク」に合わせて踊った。サラは小柄なブルネットで実に優雅だった。ぴったりした白の夜会服を着た彼女はスタイルも抜群で、ただただ美しかった。あたしはタキシードを着ていた。髪をきっちりピンで留めてネットで押さえ、口ひげまで貼りつけて、ほんとに馬鹿みたいだった。サラは力のあるダンサーだったけれど、すべての演技を誇張しすぎた。屈む動作では身を低くしすぎたし、ターンも大げさすぎた。友達はみんな褒めてくれたけど、とてもオーディションを通過できるような演技ではないとあたしにはわかっていた。

そのあと、メイクを落としている最中に顔を上げて鏡を見ると、ロンの姿が眼にはいった。ステージで見たときほど若くなかった。彼は両手をあたしの肩に押しつけて、あたしの顔をじっと見た。「女性のパートを踊ったことは？」彼の声はよく響くバリトンだった。

うなずいて、すぐまた首を横に振って、あたしは口ごもりながら答えた。「何回か」

「じゃあ、行こう」ロンは手を取ってあたしをステージに連れ出した。あたしはタキシード用のシャツにタイツというおかしな姿だったけれど、ロンはそれを気にする様子もなく、ふたりで並んで立って腕を伸ばした。あたしの手は彼の手の中にあった。あたしのほうが背が高い。緊張した。

「ダンシング・イン・ザ・ダーク」がかかった。

「ぼくに合わせて」とロンが言った。

脚がなめらかに動く。魔法よりすごかった。神とロンのリードに導かれて全身で踊った。曲が終わると、すぐにまた「イン・ザ・ムード」がかかった。ロンはあたしの腰をつかんで勢いよくスウィングさせた。完璧なパートナーだった。自信に満ちていながら独りよがりに陥らず、こちらの動きを抑えつけることなくリードしてくれた。あたしたちがダンスを終えると、長いあいだ拍手が続いた。

ステージの上で、あたしはロンに微笑みかけた。気分が高揚し、激しく動いたせいで心臓がどきどきしていた。ロンは汗もかいていなかった。彼は最後に回転させながらあたしを引き寄せた。「名前は?」と訊かれた。ロンの眼は深い青緑色だった。海と同じくらい、いや、海よりもっと深い青。

あたしは大学をやめてニューヨークまでロンについていった。ロンは三十歳で、劇団の上級団員だった。

「ダンサーだって?!」国際電話をかけると、父さんは大声を上げた。「白人のダンサーと暮らしてるだって? 正気の沙汰とは思えん!」

「父さんだって白人と結婚したじゃない。少なくとも半分白人の女と。一応、知らせておきたかっただけだから」

「もう金は送らないぞ」

「父さんのお金なんて必要ないわ。自分で働く」

「何をやって？　ダンサーの靴でも磨くのか？　学位も取らずに何ができると思ってるんだ？」

あたしは電話を切った。ロンは父さんと話さなかった。

あたしが自分の家族と連絡を取ったのはそれが最後。母さんが生きてたらなんて言っただろう。

あたしがあんたの姉さんに似てるって？　彼女もファニー・フェイスってわけ？　すべては家族へとつながっていくんだよ。始まりは家族なんだから。最後にはどこか遠い場所に行き着くことになってもね。ロンもそうだった。継父はそしらぬ顔でロンをさんざん殴ったり、彼のことをおかま野郎って呼んだりしたんだけど、それでもロンは母親のことを大事に思ってた。もちろん本人は認めないだろうけど、あたしにはわかってたんだ。毎年母の日になると決まって夢を見て泣いていたからね。

ロンとあたしは出会って半年後に結婚した。

新生活はすばらしかった。ロンはブロードウェイのショウのチケットを難なく手に入れることができた。中の人間を知っていたから。ロンには友達が大勢いた。太陽系みたいなものだった。ロンは恒星になって光を放ち、軌道上にいるみんなをきらきら輝かせる。ウェイターをしたり、生活保護を受けたりするダンサーも多い中、ロンはどこからでも踊る場所を見つけてきた。オフ・ブロードウェイから、国じゅうのあらゆる場所から。アラスカからも。「とにかく踊らずにはいられないんだ。場所や方法はどうでもいい」とロンは言っていた。ロンの本物の仕事のあいまに、賞金稼ぎのためにふたりでコンテストや大会に出て踊った。それ以外で一緒に仕事をすることはほとんどなかった。彼が心血を注いだのはソロだった。お金に余裕はなかったけれど、あたしはロンを愛していたし、あたしたちは家賃統制の家に住んでいたからまったく問題はなかった。当時のロンはたくさんの仕事をこなした。めぼしいオーディションはすべて受けて、大きな舞台を目指していた。ものすごいエネルギーだった。「ディスコは続かないよ」とロンは予言した。「きっと死ぬほど退屈なものになる。まあ、見てなよ」

あたしたちはたくさん話をした。ロンには母さんのことを全部話した。ティファニーで結婚指輪を買ってくれるはずだったこと。オードリー・ヘプバーンの映画を見て泣いていたこと。そうやって話しながら、あたしは時々泣いてしまった。ロンはあたしが落ち着くまで抱きしめてくれた。血を流すための《ブラッド・トーク》おしゃべりだよ、と彼は言った。血を流せばかさぶたができ、傷は治る。

ニューヨークで暮らしはじめて二年が過ぎた頃、あたしはタイピスト兼書類整理係として仕事に就いた。ダンスよりはるかにお金になるうえに医療保険にもはいれた。ロンはあたしにその仕事をさせたがらなかった。「ダンサーとしてのキャリアはどうするんだい？　やる気になればきみはいいダンサーになれるのに」

「ダンスはあなたがやって」とあたしは答えた。「あたしは生活費を稼ぐから。コンテストぐらいは出られるし」

　彼はやすやすとあたしを持ち上げて言った。「怠け者だな。いつでも楽なほうを選びたがる」

　宙に浮かんだまま、あたしは笑った。「いつもきついばっかりじゃやってられないわ」

「ダンサーをやめるなら、このままきみを窓の外に放り出すよ？」そう言って、ロンはそのままの高さであたしを運び、窓のそばで止まった。

「嘘でしょ」

　身動きせずにいると、ロンはあたしをおろした。それがロンのやり方だった。こちらの意志を尊重してくれる。あたしのほうはロンがスターでいられるならそれで満足だった。

　それに、彼のタップシューズを磨くのも好きだった。ロンの足は小さくて優雅で、母親のお腹にいるときからダンスをするためだけにつくられたみたいだった。

　この岩？　偽物だよ。本物だったらあたしがその上で踊ると思った？

　昨日、オードリーのニュースを聞いたあと、ティファニーに行ったよ。ただもうそうしなきゃいられない、そういうこともあるもんだね。ダイアモンドっていうのは、色がないんだ。

母さんはダイアのどこがよかったんだろう。少なくとも母さんは、自分なりの愚かなやり方であたしを愛してくれた。それについてはロンが正しかった。ロンはたいてい正しかったけど、とくに愛について何か言うときは正しかった。彼はこうも言ってたよ。きみのお父さんも心の底ではきみを愛してるはずだ、血を分けた子供なんだからって。ロンの父さんはダンサーで、ロンが八つのときに死んでしまったんだって。だからロンは〝心にぽっかりあいた穴〟についてはよく知ってるんだってさ。

だけどロンが父さんについて言ってたことはまちがいだよ。今までずっと、父さんは一度もあたしを探そうとしなかったと思う。

一九七六年にオードリー・ヘプバーンが復帰すると、ロンとあたしはその話題で持ちきりだった。

あたしたちは彼女がやめてしまうのは残念だと思っていた。あたしは母さんの思い出に浸りながらオードリーの映画を一本残らず見たけど、ロンもオードリーが好きだった。彼女は歳のわりにはすごくきれいだった。彼女の顔は正面から見るとユーラシア人みたいに見える。

その年、あたしは髪と眉を真っ黒に染めて、若い頃のオードリーみたいなボブカットにした。すごくエキゾティックに見える、とロンは言ってくれた。職場の男たちもみんな気づいた。あたしは毎日きちんとメイクをするようになった。

化粧というのはおかしなものだ。あたしが舞台活動にいまひとつ本気になれなかったのは、あのステージ用のべったりしたメイクがきらいだったからというのもある。ロンは飽くことなく念入りにメイクをした。皺を隠す必要があったから。母さんは、ナチュラル・メイクが流行《はや》るずっとまえから、何もつけていないみたいに見えるメイクをしていた。母さんのファンデーションやパウダーは首の色ともなじんでいた。顔色と首の色が合わなくて首をすげ替えたようになっている女たちとは大ちがい。アイラインはブラシを使ってすばやく上手に――まるでアーティストのように――引いたけど、アイシャドウはつけなかった。

「ああいう真っ青な瞼《まぶた》って」と母さんは軽蔑をこめて言いきった。「凍傷みたいに見えるんだもの」

ロンが眉を抜いてくれたときには新鮮な驚きがあった。「ほら、ちゃんと眼があるだろう」とロンは言った。「今までぼさぼさの眉で隠れてたんだよ」ちょっとアイラインを引くと、あたしの眼は大きく、明るくなって、ぱっちりとした。

あたしはいつも下を向いていたのをやめて、人に笑顔を向けるようになった。足もそんなに馬鹿でかいわけじゃないと思うようになった。ロンも言っていたけれど、アメリカでは二十六センチ半なんて普通のサイズだ。流行《はや》りのノスタルジックなワンピースなんかを中古の店で買って着るようになった。ロンはその独特の新しいスタイルをすごく気に入ってくれた。「マイ・フェア・レディだね」と彼は熱をこめて言った。「女優やモデルも目じゃないよ！」

一生のうちで一番幸せな時期だった。自分が優雅な女に、いや、それどころか高貴な人間になったような気がした。

ねえ、誰にでも話すわけじゃないんだよ。書かせてくれって言ってくる作家全員に話すわけじゃない。え？　まさか書きたいって言ったのは自分が最初だと思ってたわけじゃないよね？

ここで踊りはじめたのは失業保険が切れたから。馘《くび》になったあと、しばらく働かずにいられたのはすごくよかった。長い休暇みたいだった。主婦になって、誰の言うことも聞かなくていいのが嬉しかった。次の仕事を探そうなんて躍起にならなくていい、そのうち何かあるさってロンは言ってた。オーディションでも受ければ、とも言ってた。だけど二十八にもなって若い子たちと張り合うのもなんだか馬鹿馬鹿しくてね。ロンにはそうは言わなかったけど。彼が気を悪くするようなことを言ったってしかたないから。

最初はただ踊ってるだけだった。ストリップショウもやってみたけど、うまくいかなかった。ボスが言うように、ストリップをやるには胸がないと駄目なんだけど、シリコンを入れる気にはなれなくてね。それで洗濯板のまま、棒みたいな体型のままでなんとかしようとしたんだ、脚には自信があったからね。いろんな衣装を着てステージに上がったよ、ウエストまでスリットのはいった透け透けのチャイナドレスとか。『スージー・ウォンの世界』みたいな。ああ、若い人は知らないか。とにかく、それがすごく受けたんだ。〝演技〟をするようになったのはずっとあと。

ロンとあたしが一緒に踊るのをやめたときのことは、よく覚えてない。

あんたは何が知りたいのさ?

オードリーが復帰してすぐ、ロンにとっては風向きが悪くなってきた。

ロンは、最初はそれを認めなかった。問題を笑い飛ばして、まるで永遠にステージにいられるかのようにそれまでどおり続けていこうとしてた。悪くなりはじめた最初の年、まずエージェントからの電話が間遠になった。エージェントを変える、とロンは言っていた。それから業界内の友達も電話をかけてこなくなった。エージェントは、たとえば牛の着ぐるみを着て巨大な牛乳壜のまわりでタップを踊るコマーシャルみたいな、ほんとうにひどい仕事しかよこさなくなった。そういう時期なのよ、景気が悪いの、今にきっとよくなるから、とあたしは彼に言って聞かせた。アラバマなんかに行くロードショウの仕事はまだ時々あった。少しだけなら貯金もあった。生活していくには充分だった。ケチだね、とロンにはからかわれたけれど、あたしはしっかり者の主婦だったのだ。

それからあたしが失業して、次の仕事がなかなか見つからなくて……あとはご存知のとおり。当時、四十二丁目ではいつでも新しい女の子を探してた。

昼間見るタイムズ・スクウェアは多少みすぼらしかったけれど、そんなにひどくはなかった。香港の灣仔公園《ワンチャイ・パーク》を思い出した。十三歳の頃、放課後によく駱克道《ロックハート・ロード》で寄り道をした。〝ママさん〟たち――きつすぎるチャイナドレスを着て厚化粧をした、年配の太った娼婦たち――がそこいらじゅうに立ってて、アメリカの海兵隊員が通りかかると野次るように呼びかけながらカーテンの閉まったドア口を指差した。どこかすごく小さい劇場の桟敷席の入口みたいな感じだった。あたしは友達と小声で笑い合いながら、追い払われるまでじっと見ていたものだった。

あの日、一番大きな店にはいっていくなんて、どこにそんな度胸があったのか自分でもよくわからない。見た目は悪くなかったし、まだ踊れる自信があったからかもしれない。すぐに雇ってもらえた。最初の夜は緊張した。火曜日で、隅のほうに何人か変人がいたのを別にすれば、店はがらがらだった。「映画に出てるんだと思えばいい」と女のうちのひとりが教えてくれた。「そうすれば、自分の体のような気がしなくなる」

ロンは怒ったけれど何も言わなかった。お金は必要だったから。あたしがいつもまっすぐに帰宅するのを見て、最初の三カ月が過ぎた頃にはロンも安心したようだった。「単なる仕事だもんな」と彼は言っていた。あたしはもう彼が踊ることを期待しなかった。ダンスのことはほのめかしもしなかった。ロンはそのときだってすばらしいダンサーだったけれど。このままではあまりにももったいない。続けるだけでいいのに。

あの作家。ちょっとだけロンに似てる。

明日街を出るって？　え、結婚するの？

ロンはいなくなった。もう何年もまえのことだよ。

冬の午後だった。あの日出ていくまえに、もう何もかもいやになった、とロンは言ってい
た。きみはボガートと一緒になったほうがよかったんだ、とも言っていた。あたしにはロン
が何を言ってるのかさっぱりわからなかった。仕事に遅刻しそうになって急いでたから。
朝になって、ブルックリン・ブリッジで彼のタップシューズが見つかった。中に財布と結
婚指輪がはいってた。ロンが四十歳になる前日だった。それだけは覚えてる。

**じゃあ、またね。執筆とか、いろいろ頑張ってね。あ、ねえ、あんたの名前は？　いつか
あんたの本を探してみるよ。**

これでおしまい。物語が終わったあとのことなんか誰も聞きたがらない。
あたしはその後何カ月も涙で枕を濡らした。それまであたしが希望を持ってなんとかやっ
てこられたのは、ロンがいたからだった。こんな生活だけど女優にも引けを取らない、そう
思えたのはロンのおかげだった。「オードリー・ヘプバーンなんてきみの足元にも及ばない
よ」ロンは何度もそう言ってくれた。心がいっぱいになって破裂してしまうんじゃないかと
思うほどたくさんの愛で彼はあたしを満たした。これ以上、望むことなどあるだろうか？
ロンのことで泣いていると母さんを思い出した。ロンと母さんならお互いうまくやれただ

ろうに。あたしもふたりのいるところへ行ってしまおうか、と思った時期もあった。あたしは毎晩ステージに上がって、口笛や野次の中で踊り、重い息遣いの聞こえるがらがらのスペースに向けて踊った。そのあいだは大丈夫だった。だけど舞台を離れて昼間ひとりでいると、心がひどく空虚になった。自分の意志とは無関係に、どことも知れない場所から涙が湧き出て滝のように流れ、一日が終わってまた夜が戻ってくるまで止まらなかった。

いつ、どうしてかはよく覚えていないけれど、しばらくするとあたしは泣くのをやめた。踊るのは人生のようなものだ。すぐに慣れる。うるさい音をたてる電動タイプライターを叩いているよりずっといい。カーボン紙で手を汚すこともないし、途中でカートリッジが切れる心配をすることもない。それに職場の人間関係に悩むこともない。踊りをやるような女はたいてい友達になるか、放っておいてくれるかのどちらかで、こちらも好きにすればいい。独立独歩のタイプ。そういうのもあたしの好みに合った。

ボスもいい人だった。ロンが死んだあともあたしを働かせてくれた。気の毒だから、というのが一番の理由だった。だけどビジネスはビジネスだ。現実に直面しなければならない。あたしは三十を過ぎていて、店が求めているのは若い女の子だ。それであたしは葉巻を思いついた。どうかな、とボスは言っていたけれど、とにかくやってみようということになった。あたしは店の呼び物になった。点火事件のあとは野菜に変えた。大根以外は悪くなかった。大根だけは生だとまずい。だけどボスは正しかった。変化はスパイスになる。あたしはピンヒールで気取って舞台に出ていって、舞台の縁まで歩く。葉巻を吸うみたいなふりをしたあと、脚のあいだから野菜のスティックを取り出して、次々口に押し込んでバリバリと噛み砕く。皮をむいた白い大根でフィナーレ。ジャグリングみたいなものだ。それを踊りながらやる。

数年前、あたしが四十歳になったとき、ボスと店の女の子たちが大きなパーティを開いてくれた。あたしは歳のわりにきれいなほうだ。近寄らなければ皺も見えない。メイクのおかげ。たくさんの女の子がはいってきては辞めていったけど、あたしはずっとこの店にいた。誰しも暮らしていかなきゃならない。

〝演技〟のおかげであたしは続けていられる。だけど最近では慎重にやる必要がある。昔より逃げ道が少ない。時代の雰囲気だ。どこもかしこも保守的な空気に満ちている。ディスコと同じで、そんな空気もそのうち消えていくだろうけれど。それにしてもそろそろ辞めどきか、とは思う。景気も上向いてきているし、社交ダンスがまた流行《はや》りはじめたから、ショッピング・モールやYMCAなんかにも仕事がある。そういう仕事をしてもいい。若くなくても華がなくても、フォックストロットやジルバは踊れる。必要なのはパートナーだけ。

死んでしまうなんて、ロンは馬鹿だ。ふたり分の生活費ぐらいずっとあたしが稼いだのに。ロンだけが、あたしの帰りたい場所だった。彼がベッドから抜け出せなかったときだってそれは同じだった。生きてさえいてくれれば、それだけでよかったのに。ずっとあたしのスターでいてほしかったのに。

出番だ。足が痛い。

あとで『パリの恋人《ファニー・フェイス》』が放映される。あたしの一番のお気に入り。『マイ・フェア・レディ』の習作みたいなものだけど、オードリーがほんとうに歌ってるところがいい。アステア扮する有名ファッション誌のカメラマンが、地味な本の虫だったオードリーをトップモデルに仕立て上げる。当然のことながらふたりは恋に落ち、グランド・フィナーレはふたりの結婚式。

アステアはとても愉しそうに踊るし、オードリーが着るドレスも最高にかわいい。ストーリーも陽気だ。あたしが大好きなのは、無表情なパリの似非《えせ》インテリたちのあいだを全身黒ずくめのオードリーが踊ってまわるところ。古くさいつくりのラストも笑える。フレッド・アステアはもちろんオードリーよりずっと年上だし、プロットだってありえないような代物だ。だけど映画の中ではそんなことはどうでもいい。お似合いのふたりが迎えるべくしてハッピーエンドを迎えるのはいつものことだから。この世では無理でも、天国では。

住むにはいいところ

ローレンス・ブロック
田口俊樹＝訳

IF YOU CAN'T STAND THE HEAT

BY LAWRENCE BLOCK

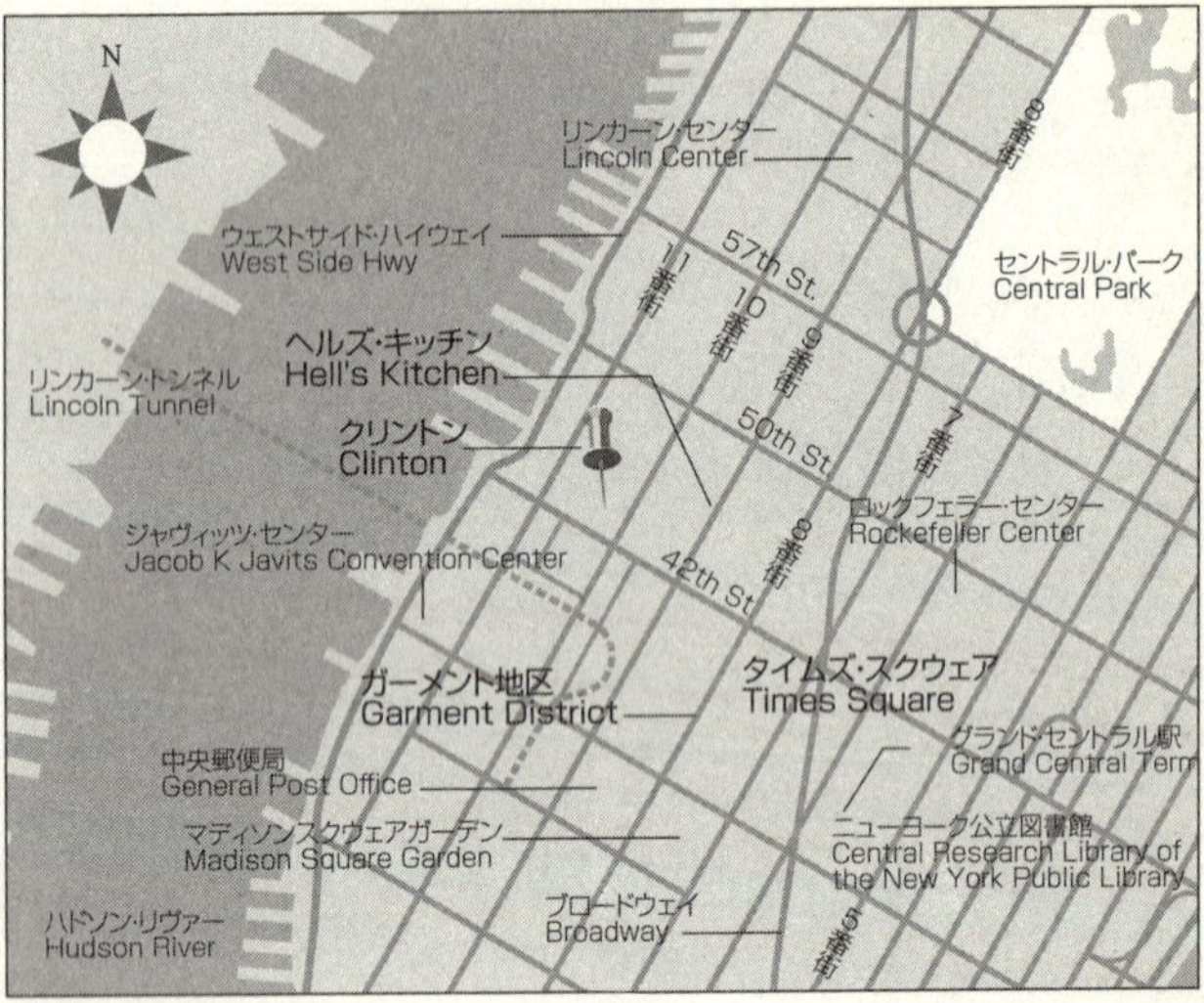

クリントン
CLINTON

バーテンダーがカウンターにベックスビールのコースターを置き、さらにその上に彼女のドライ・ロブ・ロイ（スコッチ、ドライベルモット、ビターズでつくるカクテル）を置くのとほぼ同時に、彼女は男の視線を感じた。振り返って、誰に見られているのか確かめたくなった。が、まえを向いたまま、自分が感じ取っているものを分析した。物理的にはっきりと特定できるものではなかった。うなじにちくちくした感覚があるわけでもない。ただわかるのだ――見られていることが。それも男に。

なじみの感覚であることははっきりしていた。彼女は昔から男に見られつづけてきた女だった。思春期を迎え、体つきが少女から女へと変わりはじめた頃からだろうか。いや、それよりもっとまえからだ。まだほんの子供だった頃でさえ、男たちから賞賛のまなざしを向けられることがあった。そのまなざしにはそれ以上のものが含まれることも少なくなかった。

ノースダコタ州との州境から東に三十マイルのところにあるミネソタ州の町、ホーリーの男たちはみなそんなふうに彼女を見た。そのまなざしはレッドクラウドやミネアポリスにまでついてきて、ここニューヨークでも当然のことのように男たちは彼女を見た。

グラスを手にして飲みものに口をつけると、男の声がした。「失礼。もしかしてそれはロブ・ロイ？」

男は彼女の左側に立っていた。背が高く細身で、ネイビーブルーのブレザーにグレーのスラックスという、きちんとした身なりをしていた。ボタンダウンのシャツに、ストライプが斜めにはいったネクタイ。魅力的ながら、ハンサムという顔ではない。一見すると若く見えたが、よく見るといくらか皺があった。黒っぽい髪には白いものがちらほら交じっていた。

「ドライ・ロブ・ロイ」と彼女は言った。「でも、どうして?」

「誰もがコスモポリタン(ウォッカ、ホワイトキュラソー、クランベリージュース、ライムジュースでつくるカクテル)を頼むこのご時勢で」と彼は言った。「ロブ・ロイを飲む女の子とはまた古風で好ましい。いや、失礼、女の子ではなくて、女性だね」

彼女は視線を落とし、男が何を飲んでいるのか見ようとした。

「まだ何も頼んでない」と男は言った。「来たばかりなんでね。その手のカクテルも飲んでみたいと思わないでもないけれど、古い習慣はなかなかなくならない」そう言って、バーテンダーが自分のまえに来ると、ジェイムスンをロックで注文した。「アイリッシュ・ウィスキー」と男は彼女に説明した。「そう、このあたりは昔、アイルランド系の住民がほとんどで、実にタフな一帯だった。ほんの何年かまえまでは、かなり危険な場所だった。きみみたいな若い女性が連れもなくふらりとバーにはいってきて、居心地よく思えるなんて場所じゃなかった。市《まち》のこのあたりは。たとえ連れがいたとしても、レディが来るようなところじゃなかった」

「その頃とはずいぶん変わったってことね」と彼女は言った。

「呼び名まで変わった」と男は言い、出された飲みもののグラスを手にして明かりにかざすと、琥珀色の液体をほれぼれと眺めた。「今では、このあたりはクリントンと呼ばれてる。ビルではなく、ディウィット・クリントンにちなんで。ディウィットは大昔のニューヨーク州の知事で、エリー運河を掘った人物だ。自分で掘ったわけじゃないけれど、彼のおかげで運河ができた。ジョージ・クリントンという人物もいたな。彼もニューヨーク州知事で、合衆国憲法が施行されるまえに就任して、七期も務めた。そのあと副大統領にもなった。どれもきみが生まれるまえのことだけれど」

「何年かはね」と彼女は認めて言った。

「ぼくでさえまだ生まれてなかった」と彼は言った。「でも、ぼくはここで育ったんだ。ここからほんの数ブロックしか離れていないところで。で、実際、その頃は誰もクリントンなんて呼んではいなかった。だったら、なんて呼ばれていたか。きみもたぶん知ってると思うけれど」

「ヘルズ・キッチン」と彼女は言った。「今でもそう呼ばれてる。クリントンと呼ばれないときには」

「そう、その呼び名のほうが味があるよね。クリントンという呼び名にご執心だったのはもっぱら不動産関係者でね。ヘルズ・キッチンなんて呼ばれてるところには誰も引っ越してきたがらないと思ったんだろう。実際、当時はそのとおりだったのかもしれないけれど。このあたりの治安がどれほどひどいかよく知られていた頃はね。でも、昔の名残がなくなるまですっかりきれいになって、再開発されて、ヤッピー向けの一帯になると、逆にその古い呼び名が一帯に少しばかり趣《おもむき》を添えるようになった。ギャング・スタイルとでもいうような」

「熱に耐えられなければ――」

「――キッチンに近づかなければいい（〝熱に耐えられなければ台所を出ることだ〟という言いまわしがある）」と彼はあとを引き取って言った。「ぼくが子供の頃、このあたりはアイルランド系のギャング団、ウェスティーズに仕切られてた。彼らはイタリア系マフィアほど効率的な集団じゃなかったけれど、それを補ってあまりあるほど、やることが派手で、血に飢えていた。そう言えばこんなことがあった。ぼくの家の二軒隣に住んでいた男が忽然《こつぜん》と姿を消したんだ。その男の死体はとうとう見つからなかった。ただ、十一番街五十三丁目にある家の冷凍庫から、そいつの片手が見つかった。彼らは大昔に死んだ男の指紋を利用しようと思ったわけだ」

「そんなことってうまくいくの？」

「運がよければ」と彼は言った。「うまくいくかもしれない。いずれにしろ、そんなウェスティーズも今ではもうほとんどいなくなった。彼らが住んでいたアパートメントはどこもきれいに改装されて、株のブローカーや弁護士に貸し出されてる。きみはそのどっちだね？」

「わたし？」

「株のブローカー？　それとも弁護士？」

　彼女は苦笑いして言った。「あいにくそのどちらでもないわ。わたしは女優なの」

「そのほうがずっといい」

「女優といっても、それは週に二度演技のクラスを取ってるってことだけど」と彼女は言った。「あとは配役の公開募集やオーディションに顔を出しまくってるってことね」

「ウェイトレスをしながら？」

「シティーズではしてた。ここでもしなければならなくなるでしょうね。貯金が底をつきはじめたら」

「シティーズ？」

「ツイン・シティーズ。ミネアポリスとセントポール」

ふたりは彼女の生まれ故郷について話した。やがて、彼が自分の名前はジムだと言い、彼女のほうもジェニファーだと名乗った。彼は近隣に関する別の話をしはじめた。実際、話のうまい男で、その頃には彼女のロブ・ロイも彼のジェイムスンもなくなっていた。「もう一杯ずつ飲もう。おごらせてくれ」と彼は言った。「飲みものが来たらテーブルに移らないか？　そっちのほうがくつろげるし、静かだし」

彼はクリントンに関する話をさらに続けた。

「アイルランド系が多かったのは言うまでもないけど、アイルランド系だけというわけでもなかった。イタリア系ばかりのブロックもあれば、ポーランドやほかの東ヨーロッパ系の住民もいた。劇場街《まち》のレストランで働くフランス系の住民も多かった。実際、あらゆる人種がそろってた。市の反対側のイースト・リヴァー沿いに国連本部があるけど、ここヘルズ・キッチンでも国連総会が開けるぐらいだった。でも、五十七丁目通りが境界線だ。それより北はサンフアンヒルと呼ばれていて、黒人が大勢住んでいた。子供の頃を過ごすにはおもしろい場所だったよ、どこかで子供の頃を過ごさなければならないとしたら。でも、ミネソタ生まれの可愛いお嬢さんが引っ越してきたいと思うようなところじゃなかったな」

〝可愛いお嬢さん〟ということばに彼女は両の眉を吊り上げた。彼はにやりと笑ってから、真顔になって言った。「ひとつ、打ち明けなきゃならないことがある」

「ええ？」

「実はきみのあとを尾《つ》けてこの店に来たんだ」

「わたしがロブ・ロイを頼むまえから、わたしに気づいていたってこと？」

「きみを通りで見かけて、思ったんだ……」

「なんて？」

「その、きみは通りに立ってるんじゃないかって」

「そりゃ立ってたんでしょうよ。あなたが見たって言うなら。そうじゃないなんて……ああ、そうか。あなたはつまり――」

「きみは娼婦じゃないかと思ったんだ。こんなこと言うつもりはなかったんだけど。誤解しないでほしいんだけど……」

だったら正解はなんなの？　と彼女は内心思った。

「……きみがそれらしく見えたわけじゃない。通りに立つ女の子たちと同じような服を着てるわけでもない。でも、このあたりはこぎれいにはなったけど、だからといって売春婦がいなくなったわけじゃない」

「それはわたしも気づいてた」

「きみの歩き方だ」と彼は続けた。「といっても、きみは腰を振っていたわけでもないし、歩き方自体がそれっぽかったというわけでもない。ただ、どこかに行こうとして急いでいるようには見えなかったんだ。そもそもどこに行ったらいいのかわからないといった感じがした」

「どこかで一杯飲んでいこうかって思ってたのよ」と彼女は言った。「でも、ほんとうにそうしたいのかどうかわからなかったの。といって、まっすぐ家に帰りたいのかどうかも」

「それなら説明がつく」

「それに、このあたりに来たのは初めてだったから、そういうことをしていいものかどうかもわからなかった」

「まあ、今は大丈夫だ。何年かまえなら、そうはいかなかっただろうけど。それでも今でも女性がひとりで――」

「そうよね」と彼女は言って飲みものを口にした。「それじゃ、あなたはわたしが売春婦かもしれないと思って、この店にはいってきたのね。その、がっかりさせたくはないけど――」

「ぼくがこの店にはいってきたのは」と彼は言った。「きみは売春婦かもしれないと思いながらも、そうじゃなければいいと思ったからだ」

「わたしは売春婦じゃないわ」

「わかってる」

「女優よ」

「それもとびきりの。賭けてもいい」

「それはときが経てばわかると思う」

「たいていのことがそうだ」と彼は言った。「もう一杯どうだい？」

彼女は首を横に振って言った。「それはどうかしらね。ここには一杯やりにはいっただけで、それだってほんとうにそうしたいのかどうかわからなかったのに、もう二杯も飲んでるんだもの。もう充分」

「ほんとうに？」

「悪いけれど。お酒のことだけじゃないの。時間のこともある。もう家に帰らなくちゃ」

「送っていくよ」

「あら、その必要はないわ」

「いや、あるとも。ここがヘルズ・キッチンだろうが、クリントンだろうが、その必要はある」

「ううん……」

「ぜひそうさせてくれ。このあたりは確かに昔より安全になったけれど、ミネソタとは大ちがいだ。いや、そういうことを言えば、ミネソタにだって好ましくないやつはいるはずだよ」

「そう、それはあなたの言うとおりよ」店のドアのところで彼女は言い添えた。「あなたがわたしを送らなければならないと思ってるのは、わたしが淑女だからじゃないといいんだけど」

「ぼくがきみを送るのは、きみが淑女だからじゃない」と彼は言った。「ぼくが紳士だからだ」


彼女の家までなかなか面白い道行きになった。通り過ぎる建物の半分ほどについてジムがいろいろな話を知っていたからだ。この建物では殺人があり、次の建物には名うての酔っぱらいが住んでいた。彼のそうした話の中には心おだやかでいられなくなるような話もあったが、彼と並んで歩いていると、ジェニファーはどこまでも安全な気がした。


建物の玄関でジムが言った。「きみのアパートメントにあがって、コーヒーを一杯飲ませてもらえるチャンスはぼくにどれぐらいある？」

「そうしたいけれど」とジェニファーは言った。

「わかった」

「ルームメートがいるのよ」と彼女は言った。「これがもう耐えられない相手なの。ほんとうに。わたしにとっての成功とはブロードウェイで主役になることじゃなくて、自分の住まいを持てるだけのお金を稼ぐことよ。ルームメートが家にいると、プライヴァシーなんてまったく望めない。それに、そのろくでもない子は年じゅう家にいるのよ」

「それは残念」

ジェニファーはひとつ息を吸ってから言った。「ジム？　あなたにもルームメートはいるの？」

彼にはいなかった。それにいたとしても、プライヴァシーを守る余裕が充分ある広々としたアパートメントだった。ゆったりとした居間、広い寝室、大きなキッチン。家賃統制されていてね、そうでなきゃとても払えない、と彼は言い、アパートメントの各部屋を案内してから、ジェニファーを抱きしめ、キスをした。

「わたしたち」抱擁が解かれると彼女は言った。「やっぱりもう一杯飲んだほうがいいかも」

ジェニファーは夢を見た。支離滅裂で脈絡のない夢だった。いきなり眼が開いた。が、すぐにはどこにいるのかわからなかった。ややあってニューヨークにいることがわかった。そこで、夢がホーリーでの子供の頃の思い出、あるいはその思い出を再構成したものだったことに気づいた。

ここはニューヨークだ。ジムのアパートメントだ。

そう、彼のベッドの中だ。ジェニファーは横を向いて、隣でジムが身じろぎひとつせずに横たわっているのを見た。反射的に用心しながら体をずらしてベッドから抜け出した。音をたてずに寝室を出て、バスルームを見つけるとトイレを使い、シャワーカーテンの中をのぞいた。独身男性のアパートメントにしては驚くほどバスタブが清潔で、誘われているような気がした。体が汚れているとは思わなかった。厳密に言えばそんな気はしなかった。が、それに近い感覚があった。生気をなくしている。それだ。リフレッシュする必要があった。

ジェニファーは蛇口をひねり、温度を調節して、シャワーの下に立った。

もともと一夜を過ごすつもりはなかったのだが、うっかり眠ってしまったのだ。ロヒプノール、と彼女は思った。デートレイプ・ドラッグ――ルーフィ。人を眠らせ、あるいはそれに近い状態にさせて、身に起きたことをその人の記憶に一切残さない薬物。

たぶんそれだ。間接的に自分にも薬が効いたのだろう。

バスタブから出ると、タオルで体を拭き、服を取りに寝室に戻った。ジェニファーが寝室を出ていたあいだもジムは身じろぎひとつしていなかった。上掛けを掛けて仰向けに横たわっていた。

彼女は服を身につけ、鏡をのぞき、ハンドバッグを見つけて口紅を引いた。が、ほかのメイクはしなかった。それだけで満足できた。反射的にもう一度ちらっとベッドを見てから、アパートメントを物色しはじめた。

財布――彼が椅子の背に放って掛けたグレーのズボンの中にあった――に三百ドル近い現金がはいっていた。ジェニファーはその現金だけ抜き出し、クレジットカードとほかのものにはどれにも手をつけなかった。靴下が入れてあった引き出しに千ドルちょっとはいっており、それも盗んだ。が、小銭が詰められたマヨネーズの瓶には手をつけなかった。キッチン・カウンターに置いてあった、よく磨かれたアルミニウム容器のセットと冷蔵庫も調べた。が、冷蔵庫には食べものと飲みものしかなく、容器のひとつにはティーバッグが入れられていたが、ほかのふたつは空《から》だった。

もう何も出てこないだろう。もっと徹底的な家捜しもできなくはない。が、時間の無駄になるだけのことだ。

そろそろここを出なければ。

しかし、そのまえに寝室に戻らなければならない。ベッドのそばに立って、彼を見下ろさなければ。ジム、と彼は名乗っていた。財布の中のクレジットカードによれば、ジェイムズ・ジョン・オローク、四十七歳。彼女の父親といっても充分通る年齢だ。実のところ、ホーリーにいる彼女の父親はそれより八歳か九歳年上だが。

ジムに動いた気配はなかった。

ロヒプノール、とジェニファーは思った。ラヴ・ピル。

「わたしたち」と彼女は言ったのだった。「やっぱりもう一杯飲んだほうがいいかも」

あなたが飲んでるのをわたしが飲むわ、とも彼女は言った。自分のグラスにクスリを入れて、彼のグラスと取り替えるのはなんとも簡単なことだった。そのあと、たったひとつの心配は、彼が服を脱ぐまえに意識を失うかもしれないということだったが、そういうことにはならず、ふたりはキスをして愛撫を交わしてベッドになだれ込むと、服を脱いで抱き合った。

るまでは。

実際、すべてがよかった。彼があくびをし、筋肉を弛緩《しかん》させ、彼女の腕の中でぐったりとなるまでは。

ジェニファーは彼を仰向けにしてその寝顔を眺め、起こすことなく、眠れる巨人から反応を引き出そうと、彼のものを撫でてしごいた。ロヒプノール。どちらの性にとってもデートレイプの手助けとなるすばらしいクスリ。彼女は彼を口にくわえ、そのあと彼にまたがって交わった。強烈なオーガズムに達したが、それは彼女だけのものだった。彼はそれを分かち合うことができなかった。彼女が彼の上から降りると、彼のペニスは固さを失い、太腿の上でぐにゃりとなった。

ホーリーでのこと。彼女の父親は夜、彼女の部屋をのぞきにくるのを習慣にしていた。「ジェニー？　もう寝たのか？」彼女が返事をすると、父親はおでこにキスをして、ぐっすり寝なさい、と言った。

が、それから三十分もするとまたやってきて、彼女が眠っていたら、名前を呼んでも返事がなかったら、彼女のベッドにはいってきた。そして、彼女の体に触り、キスをした。キスするところは今度はおでこではなかった。

そういうときにはジェニファーはよく眼を覚ましたものだ。が、いつしか寝ているふりをすることを覚えるようになった。そんな彼女に父親はしたいことをした。

ほどなくジェニファーは、父親が部屋にはいってきてもいつも寝たふりをするようになった。寝ているのかと問われても無言でじっと横たわっているようになった。父親はそそくさとベッドにはいってきた。彼女はそれが好きでもあり、嫌いでもあった。父親を愛してもいれば憎んでもいた。

いつかふたりはふりをすることさえやめてしまい、やがて父親は彼のものに触るやり方や、口の使い方を彼女に教えるようになった。最後にはふたりはもうたいていのことをやっていた。

いくらか手間取ったが、ジェニファーはジムのものをもう一度固くさせ、彼をイかせた。果てる瞬間、彼はうめき声を発し、その直後、深い眠りに落ちた。ジェニファーは疲れきっていた。まるで自分もクスリを飲んだかのような気がした。それでも、バスルームに行くことを自分に強いてリステリンを探した。見つからなかった。しかたなく、アイリッシュ・ウイスキーを口にふくんでうがいをした。

キッチンに寄ってから寝室に戻った。そして、やらなければならないことをすますと、ジムの横に寝そべって眼を閉じても問題はないだろうと思ったのだ。ほんの少しなら……

それがもう朝になっていたのだった。いくらなんでももうここを出なければ。ジェニファーはジムを見下ろした。すると一瞬、彼がゆっくりと規則正しく呼吸しているように見えた。胸が上下に動いているように。もちろんただの錯覚だった。彼の胸は静止しており、彼はもはや息をしていなかった。彼女が包丁を二本のあばら骨のあいだに挿し込み、心臓に突き立てたときに、彼は息を永遠に止めていた。

ジムは声も立てずに死んだ。フランス人はオーガズムのことを〝ラ・プティット・モール〟と言う。〝小さな死〟と。小さな死は彼にうめき声をあげさせたが、本物の死に音はなかった。彼は息を止め、その息が繰り返されることはもう二度となかった。

ジェニファーは彼の二の腕に手を置いた。その冷たさは彼が安らかに眠っている証しのように思われた。実際、彼はなんと平穏な境地にいることか。彼女にはそれがほとんど羨ましくさえ思えた。

相手を殺す必要はなかった、ある意味では。彼が眠っているあいだを利用して、彼のものを盗むこともできなくはなかった。彼女がドアを出ていくまえに彼が眼を覚ましたりしないことはクスリが保証してくれていた。彼女は内なる要求に応じて包丁を使ったのだ。せっぱつまった要求に応じて。満たされると、その要求は彼女をすぐさま眠りへと誘った。

ジェニファーはナイフを使うこともなければ、ほかのどんなものも使わなかった、ホーリーでは。考えたことはあった。何度も。しかし、最後に彼女がしたのは家を出ていくことだけだった。決定的なシーンもなく、置き手紙もなかった。何もなかった。ドアから出て、町を出る最初の〈トレイルウェイズ〉のバスに乗った。それだけのことだった。

ジェイムズ・ジョン・オロークにしたように、父親も安らかにしていたら、すべてはちがっていただろう。しかし、そういう選択肢はあったのだろうか。実際の話、そんなことが自分にできただろうか。

たぶんできはしなかっただろう。

アパートメントを出るとドアを閉め、鍵がきちんとかかったことを確認した。建物はエレヴェーターのない四階建てのアパートメントだった。三階分降りて、誰にも出くわすことなく、玄関のドアを出た。

そろそろどこかに移ることを考える潮時かもしれない。

といって、ひとつのパターンができてしまったからではないが。先週の男は〈ジャヴィッツ・センター〉近くの瀟洒《しょうしゃ》なロフトで窒息死させたのだった。その男は大変な大男で、レスラーのような体型をしていたが、あのクスリにかかっては手もなかった。ただ男の顔に枕を押しつけさえすればよかった。男は意識を取り戻してもがくこともなかった。そのまえの男は広告会社の重役で、再開発されようとされまいと、どこにいようと、安全に思えるわけを彼女に説明した。ベッドサイド・テーブルの引き出しに弾丸《たま》を込めた銃を入れているところを見せて。不運な泥棒が私の家に侵入したら、そのときには——

その男とことを終えると、ジェニファーは銃を取り出し、男の手に握らせ、銃身を男の口に突っ込んで引き金を引いた。自殺に見えるはずだった。レスラーが心臓発作を起こしたように見えるのと同様。警察が熱心に捜査しなければの話だが。もしかしたら、警察は三件ともすべて殺人と見なすかもしれない。しかし、同一人物の仕業とはまず思わないだろう。

それでも、場所を変えて悪いことはない。通りや酒場に姿を見せる自分に人たちが気づきはじめるまえに、また別な住処を見つけて悪いことはない。ジェニファーはここが、クリントンが、ヘルズ・キッチンが――なんとでも好きに呼べばいい――好きだった。住んで悪くない場所だった、過去がどうであれ。しかし、そういうことを言えば、ジムとも同意したように、マンハッタンはどこも住むのにいい場所だ。実際のところ、劣悪な地域はもうどこにも残っていない。

どこに移ろうと、身の危険を感じることはありえない。そのことについてはジェニファーには確信さえあった。

著者紹介

『見物するにはいいところ』 *A Nice Place to Visit* by Jeffery Deaver

ジェフリー・ディーヴァーは『ボーン・コレクター』ほか数々の国際的ベストセラーの著者である。生まれはシカゴ郊外だが、マンハッタンのダウンタウンに二十年近く住んでいた。フルタイムの作家になるまえにはウォール街で弁護士をしていたこともある。初期作品のひとつに（創作の）フィルム・ノワールが登場する『汚れた街のシンデレラ』というタイトルンのクライムノベルがあり、エドガー賞にノミネートされている。

『善きサマリヤ人』 *The Good Samaritan* by Charles Ardai

チャールズ・アルダイは生粋のニューヨーカーだ。人生の最初の三十年を二番街五十一丁目と一番街五十二丁目で過ごし、その後、大型の幌馬車《コネストーガ》に荷物を詰め込んで一〇〇二一の荒野（郵便番号一〇〇二一のエリア。セントラル・パークの東側一帯の高級住宅街）をあとにした。最初の小説はリチャード・エイリアス名義の『愛しき女は死せり』で、この作品はエドガー賞、シェイマス賞の両賞にノミネートされた。アルダイはまたハード・ケース・クライム――パルプ小説の復刊をメインとする出版社、受賞作多数——の共同創立者兼編集者でもある。

『最後の晩餐』 *The Last Supper* by Carol Lea Benjamin

キャロル・リー・ベンジャミンは、ウィリアム・J・バーンズ探偵事務所の秘密捜査員、教師、犬の訓練士を経て作家になった。シェイマス賞を受賞した〈レイチェル・アレクサンダー〉シリーズのミステリと、犬の行動と訓練に関する八冊の名著の著者である。最近、ＩＡＣＰ（犬の訓練や関連ビジネスに携わるプロの国際協会）の功労者に選ばれた。夫と三頭の大型犬とともにグリニッチ・ヴィレッジに住んでいる。

『雨』 *Rain* by Thomas H. Cook

トマス・H・クックは二十作の小説と二作のノンフィクションの著者で、エドガー賞では四つの部門に計五回ノミネートされ、一九九六年の小説『緋色の記憶』で最優秀長篇賞を受賞した。マンハッタンおよびケープ・コッド在住。

『次善の策』 *The Next Best Thing* by Jim Fusilli

ジム・フジッリは〈テリー・オア〉シリーズの著者である。『ＮＹＰＩ』を始めとするこのシリーズには、二〇〇五年にガムシュー賞の最優秀長篇賞を獲得した*Hard, Hard City*ほか、*A Well-Known Secret*や*Tribeca Blues*などの作品がある。フジッリはまた〈ウォール・ストリート・ジャーナル〉や、公共ラジオ放送局《NPR》の時事評論番組All Things Consideredにも寄稿している。

『男と同じ給料をもらっているからには』 *Take the Man's Pay* by Robert Knightly

ロバート・ナイトリーはニューヨーク市警の元巡査部長で、一九八〇年代にはマンハッタン南部（九十六丁目以南の東西）のすべての分署で働き、九〇年代には街の〝暗い側〟に目を向け、法律扶助協会の弁護士としてニューヨーク郡最高裁判所で刑事裁判の弁護をした。

『ランドリールーム』 *The Laundry Room* by John Lutz

ジョン・ラッツは、一番お気に入りの街、ニューヨークを舞台としたサスペンスを長いあいだ書いてきた。そのうちの一作は『ルームメイト』という映画になった。最近の作品には*Fear the Night*があるが、舞台はやはり……ニューヨークだ。

『フレディ・プリンスはあたしの守護天使』 *Freddie Prinze Is My Guardian Angel* by Liz Martínez

リズ・マルティネスは警察・警備関係の出版物の編集者であり、コラムニストでもある。彼女の短篇小説はCombat（戦争文学を扱うアメリカの季刊誌）やOrchardPressMysteries.com、警察季刊誌、Cop Tales 2000という本で読める。ニューヨーク市生まれの彼女は、インターボロ・インスティテュート（マンハッタンにある短期大学）で教鞭を執っている。ちなみに、フレディ・プリンスとはちがい、マルティネスはメキシコ系アメリカ人だ。

『オルガン弾き』 *The Organ Grinder* by Maan Meyers

マアン・マイヤーズ（マーティン&アネット・マイヤーズ）は六冊の本と多数の短篇の著者である。いずれも十七世紀から十九世紀にかけてのニューヨークを舞台とし、オランダ人一族を主人公とする歴史ミステリのシリーズだ。

『どうして叩かずにいられないの？』 *Why Do They Have to Hit?* by Martin Meyers

マーティン・マイヤーズはマディソン・ストリートで育った。イースト・リヴァーにマンハッタン・ブリッジがかかっている場所から数ブロックのところで、当時はロウアー・イーストサイドと呼ばれ、今はチャイナタウンと呼ばれる地域である。現在の彼は妻――作家のアネット・マイヤーズ――とともにアッパー・ウエストサイドに住んでいる。一九七五年、まだ俳優としての仕事もしていた頃に、最初の本*Kiss and Kill*――〈私立探偵パトリック・ハーディ〉シリーズの一作目――を書いた。

『怒り』 *Building* by S.J. Rozan

S・J・ローザンはブロンクス育ちの作家で、*Absent Friends*や、エドガー賞を受賞した

〈リディア・チン／ビル・スミス〉シリーズの著者である。青春を〝浪費した〟場所はずっと住みたいと思っていたロウアー・マンハッタンだそうで、現在はそこに住んでいる。

『ニューヨークで一番美しいアパートメント』 *The Most Beautiful Apartment in New York* by Justin Scott

ジャスティン・スコットはリヴァーサイドとウエスト・エンドのあいだの西七十六丁目で生まれ、小さな町で少年期を過ごしたのち、ミステリやスリラーを書くためにマンハッタンに戻ってきた。ミッドタウンやアッパー・ウエストサイド、グリニッチ・ヴィレッジ、チェルシーなどを舞台とする短篇も書いている。エドガー賞に二回ノミネートされた彼の描くニューヨークの物語には、『シャドー・マフィア』、*Many Happy Returns*、*Treasure for Treasure*、*Normandie Triangle* などがある。

『最終ラウンド』 *The Last Round* by C.J. Sullivan

C・J・サリヴァンはブロンクス育ち。現在は〈ニューヨーク・ポスト〉紙の記者である。執筆のほかに彼が愛するのは、ルイーザ・マリー・サリヴァンとオリヴィア・キャスリーン・サリヴァン——彼のふたりの子供たち——だ。

『オードリー・ヘプバーンの思い出に寄せて』 *Crying with Audrey Hepburn* by Xu Xi

シュー・シーは、長篇小説 *The Unwalled City* や、短篇とエッセイを集めた *Overleaf Hong Kong* などを含む六冊の本の著者である。香港文学のアンソロジーの編纂も二冊手がけた。ヴァーモント・カレッジの学部生に美術を教え、おもにマンハッタン、ニューヨーク州北部、香港、ニュージーランド南島を行ったり来たりしながら執筆している。詳細は www.xuxiwriter.com に。

『住むにはいいところ』 *If You Can't Stand the Heat* by Lawrence Block

ローレンス・ブロックはミステリ関連の主要な賞の多くを受賞しており、典型的なニューヨークの作家と呼ばれている。が、ブロック本人の主張によれば、ニューヨークの街はあまりにも大きく、〝典型〟などありえないそうである。彼のシリーズものの主人公——マシュウ・スカダー、バーニイ・ローデンバー、エヴァン・タナー、チップ・ハリスン、ケラー——は、みなマンハッタンの住人である。生みの親と同じように、主人公たちも別の街にいたのでは幸せになれないようだ。

（高山真由美＝訳）

ザ・ミステリ・コレクション

マンハッタン物語《ものがたり》

編者　ローレンス・ブロック

訳者　田口俊樹《たぐちとしき》
　　　高山真由美《たかやままゆみ》

発行所　株式会社 二見書房
　　　　東京都千代田区三崎町2-18-11
　　　　電話 03(3515)2311［営業］
　　　　　　 03(3515)2313［編集］
　　　　振替 00170-4-2639

印刷　株式会社 堀内印刷所
製本　関川製本

ISBN978-4-576-08104-5
http://www.futami.co.jp/

殺し屋
ローレンス・ブロック
田口俊樹［訳］
【殺し屋ケラーシリーズ】

他人の人生に幕を下ろすため、孤独な男ケラーは今日も旅立つ…。MWA賞受賞作をはじめ、孤独な殺し屋の冒険の数々を絶妙の筆致で描く連作短編集！

殺しのリスト
ローレンス・ブロック
田口俊樹［訳］
【殺し屋ケラーシリーズ】

いやな予感をおぼえながらも「仕事」を終えた翌朝、ケラーは奇妙な殺人事件に遭遇する……。巨匠ブロックの自由闊達な筆が冴えわたる傑作長編ミステリ。

殺しのパレード
ローレンス・ブロック
田口俊樹［訳］
【殺し屋ケラーシリーズ】

依頼された標的を始末するため、殺し屋ケラーは新たな旅へ――殺しの計画の微妙なずれに揺れる孤独な殺人者の心を描いた連作短篇集。人気シリーズ待望の第三弾

砕かれた街（上・下）
ローレンス・ブロック
田口俊樹［訳］

同時多発テロから一年後、復讐、頽廃、情欲が渦巻くNYに突如起きる連続殺人事件の謎。復讐の儀式はさらに続くのか？ 名匠によるサスペンス巨篇！

聖なる酒場の挽歌
ローレンス・ブロック
田口俊樹［訳］
【マット・スカダーシリーズ】

裏帳簿を盗まれた酒場の店主と、女房殺害の嫌疑をかけられたセールスマン。彼らを苦境から救うべく同時に二つの事件の調査にのりだしたスカダーだが…

過去からの弔鐘
ローレンス・ブロック
田口俊樹［訳］
【マット・スカダーシリーズ】

スカダーへの依頼は、ヴィレッジのアパートで殺された娘の過去を探ること。犯人は逮捕後、独房で自殺していた。調査を進めていくうちに意外な真相が。

死者との誓い

ローレンス・ブロック
田口俊樹［訳］
【マット・スカダーシリーズ】

弁護士ホルツマンがマンハッタンの路上で殺害された。その直後ホームレスの男が逮捕され、事件は解決したかに見えたが…PWA最優秀長編賞受賞作！

死者の長い列

ローレンス・ブロック
田口俊樹［訳］
【マット・スカダーシリーズ】

年に一度、秘密の会を催す男たち。ところがメンバーの半数が謎の死をとげていた。調査を依頼されたスカダーは意外な事実に直面していく。（解説・法月綸太郎）

処刑宣告

ローレンス・ブロック
田口俊樹［訳］
【マット・スカダーシリーズ】

新聞に犯行を予告する姿なき殺人鬼。次の犠牲者は誰だ？ NYを震撼させる連続予告殺人の謎にマット・スカダーが挑む！ ミステリ界に君臨する傑作シリーズ。

皆殺し

ローレンス・ブロック
田口俊樹［訳］
【マット・スカダーシリーズ】

友人ミックの手下が殺され、犯人探しを請け負ったスカダー。ところが抗争に巻き込まれた周囲の人間も次々に殺され、スカダーとミックはしだいに追いつめられて…

死への祈り

ローレンス・ブロック
田口俊樹［訳］
【マット・スカダーシリーズ】

NYの裕福な弁護士夫妻が惨殺され、数日後、犯人たちも他殺体で発見された。被害者の姪に気がかりな話を聞いたスカダーは、事件の背後に潜む闇に足を踏み入れていく…

雪の狼（上・下）
グレン・ミード
戸田裕之［訳］

四十数年の歳月を経て今なお機密扱いされる合衆国の極秘作戦〈スノウ・ウルフ〉とは？ 世界の命運を懸け、孤高の暗殺者と薄幸の美女が不可能に挑む！

ブランデンブルクの誓約（上・下）
グレン・ミード
戸田裕之［訳］

南米とヨーロッパを結ぶ非情な死の連鎖。遠い過去が招く恐るべき密謀とは？ 英国の俊英が史実をもとに入魂の筆で織り上げた壮大な冒険サスペンス！

熱砂の絆（上・下）
グレン・ミード
戸田裕之［訳］

大戦が引き裂いた青年たちの友情、愛…。非情な運命に翻弄され、決死の逃亡と追跡を繰り広げる三人を待つものは？ 興奮と感動の冒険アクション巨篇！

亡国のゲーム（上・下）
グレン・ミード
戸田裕之［訳］

致死性ガスが米国の首都に！ 要求は中東からの米軍の撤退と世界各国に囚われている仲間の釈放！五十万人の死か、犯行の阻止か？ 刻々と迫るデッドライン

すべてが罠（上・下）
グレン・ミード
戸田裕之［訳］

スイス・アルプスで氷漬けの死体が！ 急遽スイスに飛んだ主人公を待ち受ける偽りの連鎖！ 事件の背後に隠されている秘密とは？ 冒険小説の旗手が放つ究極のサスペンス！

地獄の使徒（上・下）
グレン・ミード
戸田裕之［訳］

約三十人を残虐な手口で殺した犯人の処刑後も相次ぐ連続殺人！ 模倣犯か、それとも処刑からよみがえったのか？ FBI女性捜査官ケイトは捜査に乗りだすが…

二見文庫 ザ・ミステリ・コレクション